エラリー・クイーンの騎士たち

横溝正史から
新本格作家まで

Iiki Yusan

How did Japanese Authors Refurbish the Queen's World?

飯城勇三

論創社

エラリー・クイーンの騎士たち　目次

本書の読者へ

・敬称を省略している点を了承いただきたい。
・各章の最初に、その章で真相等に言及している作品名を掲げている。
・『　』の作品名は長編または単行本、「　」は中短編やエッセイ等を表す。
・〈国名シリーズ〉とは『ローマ帽子の謎』『フランス白粉の謎』『オランダ靴の謎』『ギリシア棺の謎』『エジプト十字架の謎』『アメリカ銃の謎』『シャム双子の謎』『チャイナ橙の謎』『スペイン岬の謎』を、〈レーン四部作〉とは『Xの悲劇』『Yの悲劇』『Zの悲劇』『レーン最後の事件』を指す。
・取り上げた作品には複数の刊行本が存在する場合が多いので、引用箇所はページではなく「第〇部第〇章」等で示した。
・二字下げの引用文は、特に断りがない限り原文を忠実に引用している。また、文中に「　」で引用した場合は、忠実な引用ではないこともある。
・特に断りがない限り、「クイーン」は作者、「エラリー」は探偵を指す。
・二〇一三年以降に発表された作品は対象外となっている。また、取り上げた作家の作品すべてを読んでいるわけではないので、考察の対象は私が読んだ範囲だけに留まっていることを了承いただきたい。
・引用文には現在では不適当とされる言葉が使われているものもあるが、修正はしなかった。了承いただきたい。

序　章　クイーンから日本の本格ミステリ作家たちへ

本書の主題

「日本の本格ミステリ作家に最も影響を与えた作家は？」という質問に対して、かなりの人が「エラリー・クイーン」と答えるに違いない。そして、「本格ミステリというのはクイーンのような作品」と考える人もまた、少なくないだろう。

本書は、そのクイーンが日本の本格ミステリ作家に与えた影響について考察したもの――ではない。日本の本格ミステリ作家が、クイーンをいかに自作に取り込んだかを考察したものである。つまり、主体は〝エラリー・クイーン〟ではなく、〝日本の本格ミステリ作家〟の側においている。

なぜ影響を与えた側ではなく与えられた側を主体にしたのか。それは、日本におけるクイーン作品の受容の形態には、他の国にはあまり見られない、異様とも言える特徴があるからだ。

一つめは、徹底化や肥大化や変容がなされているということ。これはクイーン以外の作家の受容についても見られる特徴なので、日本人の特質によるものだろう。

例えば、小栗虫太郎の『黒死館殺人事件』が、ヴァン・ダインの影響を受けていることは有名な話である。しかし、実作を比べるならば、徹底化や肥大化や変容によって、まるで別世界の作品のように見えてしまうに違いない。

あるいは、江戸川乱歩の通俗ものや〈少年探偵団シリーズ〉を見てみよう。この作品群が、モーリス・ルブランの〈アルセーヌ・ルパン・シリーズ〉の影響下に書かれていることは、作者自身も認めている。しかし、実作を見るならば、乱歩自身の変態性、もとい、作家性のために、劇場型猟奇犯罪者が跳梁跋扈《ちょうりょうばっこ》するミステリへと姿を変えてしまっているのだ。

クイーン作品もまた、各作家の資質によって、徹底化や肥大化や変容がなされてきた。本書では、作家毎に、その有様を考察している。


二つめは、日本の各作家によって、クイーン作品から取り込んだ要素が異なっていること。こちらは、アガサ・クリスティやジョン・ディクスン・カーやF・W・クロフツといった他の作家には見られない、クイーン独自の特徴である。

例えば、J・D・カーの影響を受けた二階堂黎人や加賀美雅之、それにフランスのポール・アルテを比べてみよう。どれも、似たような印象を受けるはずである。

一方、「クイーンの影響を受けた」という作者や、「クイーンのような作品に挑んだ」という作品を比べても、似たような印象は受けない。法月綸太郎と北村薫と有栖川有栖と太田忠司と麻耶雄嵩が、全員そろって同じ作家の影響を受けていると言われても、ピンとこない読者も多いのではないだろうか？　クイーンの国名シリーズやレーン四部作を模した題名をつけた作品同士ですら似ていない。法月綸太郎の『一の悲劇』と太田忠司の『紫の悲劇』の差は、数と色の差よりも大きいのである。

この差は、それぞれの作家が、クイーンに惹かれる要素が異なるために生じている。クイーンは、フレデリック・ダネイとマンフレッド・リーという二人のタイプの異なる天才が〝合作〟という手段で作品を生み出したために、他の作家にはあり得ないほど多彩な魅力を備えることになった。加えて、彼らは一つの成功に満足してそこで立ち止まることをせず、新たな挑戦を続けたために、他の作家にはあり得ないほど多彩な作風を備えることにもなった。これにより、それぞれ異なる資質を持った日本の作家たちが、それぞれクイーンの異なる部分に惹かれ、それぞれ自作に取り込み、それぞれ徹底化や肥大化や変容を行うことが可能になったわけである。

ある作家は初期の国名シリーズに惹かれ、別の作家は中期のライツヴィルものに惹かれる。後期の作風に惹かれる作家も少なくないし、ハリウッドものに惹かれる作家もいないわけではない。クイーンの長編を好む作家も、中短編を好む作家も、ショート・ショートを好む作家もいる。探偵エラリー・クイーンに魅せられた作家もドルリー・レーンに魅せられた作家もいるし、クイーン父子のやりとりに萌える作家だっている。

いや、同じ〝国名シリーズのパズル性〟に惹かれた作家でも、惹かれた要素まで同じとは限らない。ある作家は緻密な伏線に、別の作家は巧妙な手がかりに、また別の作家は鮮やかな推理に、また別の作家は意外な真相に、また別の作家は高度な犯人当ての物語に惹かれたということだって、珍しくない。だからこそ、太田忠司の『倫敦時計の謎』と有栖川有栖の『スイス時計の謎』の差は、ロンドンとスイスの距離よりも大きいのである。

本書では、日本の本格ミステリ作家たちが、クイーンのどの要素に惹かれて自作に取り込んだのかについても、考察している。

本書の構成

日本作家におけるクイーンの受容のありかたについては、大きく三つのタイプに分けられる。

第一のタイプは、作家として活動を開始してから、クイーンを取り込んだ人々。彼らにとって、クイーン作品は〝参考書〟にあたる。本書では、このタイプの代表として、横溝正史に一章を充てた。

第二のタイプは、作家活動を開始する以前にクイーンを読んではいるが、その時期には、すでに作家としての土台が出来上がっていた人々。彼らにとっては、クイーン作品は〝教科書〟にあたる。本書では、鮎川哲也と松本清張の二人を代表として取り上げた。

第三のタイプは、年少の時期にクイーンを読んで、本格ミステリの魅力に取り憑かれた人々。彼らの中には、そもそも、クイーンと出会わなければ、本格ミステリ作家を志《こころざ》さなかった者も少なくない。こういった作家にとっては、クイーンという存在自体が〝偶像〟なのだ。

そしてこのタイプは、作家としての土台に、あらかじめクイーンが組み込まれている世代でもある。彼らにとってのクイーン作品は、〝参考書〟や〝教科書〟といった外部に存在するものではない。〝土台〟、つまり本格ミステリ作家である自身を構成する基本的な要素なのだ。

従って、考察の対象としては、この世代の作家が最も魅力的ということにもなる。そのため、笠井潔、綾辻行人、法月綸太郎、北村薫、有栖川有栖、麻耶雄嵩の六人を対象とした。――まあ、私自身もこの世代であり、共感する部分が多いというのも、無視できない理由なのだが。

もちろん、この九人以外の作家にも、クイーンのさまざまな要素を取り込んだ、興味深い作家は少なくない。彼らについては、第十章で考察している。

言うまでもないが、本書で一章を与えられるかどうかは、クイーンの受容のありかたによるものに過ぎない。取り上げた作家が本格ミステリの書き手として優れていて、取り上げなかった作家が劣っている、というわけではない。また、「どれくらい熱烈なクイーン・ファンか」というのも、一章を割くかどうかの基準になっていないことも、ここで述べておこう。

本書が考察の対象としたのは、クイーンの影響を受けた作家でもなく、クイーンを愛した作家でもなく、クイーンを真似た作家でもない。クイーンの持つ〝何か〟を感じ取り、受け取り、守り、拡大し、発展させた作家――言い換えると、クイーンに挑んだ作家なのだ。

本書の題名を、『エラリー・クイーンの子供たち』でもなく、『エラリー・クイーンの愛好者たち』でもなく、『エラリー・クイーンの後継者たち』でもなく、『エラリー・クイーンの騎士たち』とした理由は、まさにここにある。

第一章

横溝正史

必然という呪縛

〔本章で真相等に触れている作品〕E・クイーン『オランダ靴の謎』『エジプト十字架の謎』『Yの悲劇』『チャイナ橙の謎』「暗黒の家の冒険」『災厄の町』。横溝正史『真珠郎』『白蠟変化』「迷路の三人」『本陣殺人事件』『獄門島』『びっくり箱殺人事件』。

はじめに

『本陣殺人事件』から始まり、『蝶々殺人事件』『獄門島』『八つ墓村』『犬神家の一族』と続く戦後の横溝正史の本格ミステリ群。これらが、日本の本格ミステリの最上位に位置することは、誰の目にも明らかだろう。『獄門島』などは、世界的に見てもトップクラスに位置すると言っても過言ではない。

同時に、横溝作品の戦前と戦後のあまりにも大きいギャップに驚かない者も、ごくわずかしかいないはずである。戦前の代表作「鬼火」「蔵の中」「かいやぐら物語」は、どれも本格ミステリと呼ぶことはできない。唯一、『真珠郎』だけは〝本格ミステリ長編〟と呼ぶにふさわしく、作者自身もそれを自負しているらしいが、出来は、戦後の傑作にはるかに及ばない。

なぜ戦後の横溝は、戦前にはその片鱗《へんりん》すらうかがわせなかった本格ミステリの傑作長編を、次々と生み出すことができたのだろうか？

この点については、横溝正史自身がいくつものエッセイの中で、J・D・カーの影響を挙げている。しかし、カーから学んだものはストーリーテリング、つまり物語の進め方である。横溝は「ヴァン・ダインやエラリー・クイーンのように冒頭で起こった事件を警察が捜査する姿を延々と描くタイプではなく、カーのように次々に事件を起こして読者を引っぱるタイプの方が自分に向いているので、（戦後は）この書き方を選んだ」と言っているに過ぎない。もちろん、作者が自分の資質に合った叙述形式で書けば質は高くなる。だが、それで優れた本格ミステリになるかどうかは、全く別の問題だろう。

また、横溝はカーのシチュエーションやトリックも好んで用いているが、これもまた、優れた本格ミステリを生み出す力になるかどうかは疑わしい。カーの『曲がった蝶番』の相続人の真偽問題を自作に取り込んだり、『死人を起こす』のトリックを変形させて自作で用いれば、それだけで傑作になるわけではないだろう。

なぜ戦後の横溝正史は、優れた本格ミステリを次々と生み出すことができたのだろうか？　本章では、その答えの一つを提示したい。――「エラリー・クイーンの影響」というキーワードを用いて。

1　その出会い

横溝正史の作家デビューは一九二一年なので、一九二九年にデビューしたクイーンの先輩ということになる。ただし、横溝が最初にクイーンと接したのは、作家としてではなく、編集者としてだった。一九三二年に自身が編集する「探偵小説」誌にクイーンの『和蘭陀《オランダ》靴の秘密』を連載したのだ（最終回のみ「新青年」誌掲載）。この時の話は横溝本人のエッセイで何度も語られているが、ここでは三つの文章について考察する。

まず、連載第二回め（五月号）に載った「前号のあらすじ」の冒頭と、連載第三回め（六月号）に添えられた編集部のコメントを並べて載せる。前述のエッセイなどから、いずれも横溝自身の文だと考えて間違いないだろう。

（第二回）この物語は前後六回を以つて完結する予定である。第一回を読まれた諸君はきつとあまりに退屈な書出しに、些か失望された事に違ひない。言つておくが、今回と次回の半分あたりまでは尚この調子が続くのである。それでゐて、この小説がかくもアメリカに於て歓迎されたのは何が故であるか、終《をはり》まで読通されて後、読者は初めてこの小説の価値を知られるに違ひない。

（第三回）この小説の人気は大変なものである。こんながつちりとした、最初の中《うち》は殆ど場面の変化などのない小説が、かくも白熱的な人気を博さうとは、些か意外に感じられるくらゐである。然し、これは少し読者諸君を軽蔑した考へ方であつたらしい。凡そ、本誌の探偵小説を読まうといふぐらゐの読者が、この本当の探偵小説の味に心酔しない筈はないのであるから。

読んだ人には言うまでもないが、クイーンの『オランダ靴』は、最初に殺人が起きた後は、延々と捜査が続いていく。どうやら横溝は、この部分が読者に飽きられると危惧していたようだ（それなのになぜ連載にしたのかというと、一挙掲載だと大幅にカットしなければならず、それでは本作の面白さが半減してしまうと考えたかららしい）。前述のように、横溝はクイーン風の書き方を選ばなかったのだが、その萌芽は、すでに戦前のこの時期にあったのだ。

次は、同じく連載第三回めが載った六月号の編集後記から。

　最近僕はエレリー・クイーンの「ローマン・ハット・ミステリー（『ローマ帽子の謎』）」を漸く手にする事が出来た。（中略）彼の第一作「ローマン・ハット・ミステリー」は第三作より確かに傑作である。僕は「和蘭陀靴」を読んだ時、あらゆるつてを頼つてこの第一作を探したが遂に手に入らなかつた。今、これを読んで、もう三ケ月早く手に入らなかつた事を大変残念に思つてゐる。然し、いづれ機会を見て、この第一作をも紹介するつもりである。

これまた読んだ人には言うまでもないが、クイーンの『ローマ帽子』は、延々と捜査が続いていくという点では、『オランダ靴』を上回る。しかも、『オランダ靴』のように第二の殺人が存在するわけでもない。加えて、犯人による一人二役トリックが盛り込まれている『オランダ靴』に対して、『ローマ帽子』にはトリックらしいトリックが存在しない。横溝がこういった作品の方を高く評価するのに違和感を感じる人は少なくないだろう。

おそらく、横溝は編集者として、あるいは評論家としては、『ローマ帽子』のような作品を高く評価しているのだ。だが、作者としては、「こういった作風は自分には合わない」と考えている。年少時からクイーンを一読者として愛読し、「自分もこんな作品を書きたい」と考えて作家になった綾辻行人以降の新本格ミステリ作家たちとは、ここが決定的に異なっている。そして、それ故に、横溝がクイーンから何を取り込んだかが、見えにくくなっているのだ。
次節からは、その見えにくい影響を見ていきたいと思う。

2 そのトリック

『真珠郎』

戦前の横溝作品で、最もクイーン作品の影響が濃いものは、『真珠郎』（一九三六～三七連載）だろう。この作は、クイーンの一九三二年の長編『エジプト十字架の謎』（邦訳は一九三四年に日本公論社から）を意識して書かれている。具体的には、『真珠郎』の巻末に添えられたエッセイ「私の探偵小説論」で言及されているように、『エジプト十字架』の〈顔のない死体〉トリックのバリエーションに挑んでいるのだ。

ただし、現代の日本の本格ミステリ・マニアで、『エジプト十字架』を「顔のない死体トリックを描いた傑作」として評価する者は、それほど多くはない。それよりも、「ヨードチンキ瓶の手がかりを描いた傑作」として評価する者の方が多いのだ。もちろん、この作に優れた〈顔のない死体〉トリックが用いられていることに間違いはない。だが、そのトリックを見破るきっかけとなるヨードチンキ瓶の手がかり、そしてその手がかりを基にした鮮やかな推理こそが、この作の評価を高めているのだ。

しかし横溝は、『エジプト十字架』の手がかりと推理のすばらしさには着目しなかったらしい。なぜならば、『真珠郎』では、探偵が〈顔のない死体〉トリックを見破る推理が、どこにも描かれていないからだ。

もともと、〈顔のない死体〉トリックの基本は、「A氏のものと思われていた死体がB氏のものだった」という真相なので、いくらでもひっくり返すことができる。「A氏と見せかけてB氏と見せかけて実はC氏」でもいいし、「A氏と見せかけてB氏と見せかけてやっぱりA氏」でもいい。従って、本格ミステリとしては、これら無数の解釈の内から、「死体はB氏である」や「死体はA氏ではない」といった真相を特定する推理を描かなければならない。それなのに戦前の横溝は、『エジプト十字架』のトリックだけしか参考にしなかった。そして、この「他作品のトリックだけの流用」こそが、戦前の横溝の特徴なのである。

『白蠟変化』

では、横溝がクイーンのトリックだけを流用した戦前の作を、さらに二つ挙げてみよう。まずは、一九三六年発表の『白蠟変化』である。

本作では、目撃者の目の前に遊佐耕平という男と相良美子という女が交互に姿を見せる。だが、これは女が男を演じた一人二役だったのだ——とくれば、クイーンの長編『オランダ靴の謎』のトリック。前節で述べたように、横溝はこの作の紹介者なので、『白蠟変化』の執筆時には既に読んでいたことに疑いの余地はないだろう。

そして、『オランダ靴』でも、クイーンの関心は一人二役トリックにはない。「女性が体に合わない男性の服装をしたために、靴に手がかりを残してしまい、探偵がそれを基に真相を見抜く」というのがメイン・アイデアなのだ。

しかし、『白蠟変化』でも、横溝の関心は推理にはない。まず、三津木が「遊佐と相良は顔が似ているし、この二人は同時には目撃されていないので、遊佐が相良に化けたのではないか」という〝想像（と由利は言っている）〟を述べる。そして、その後で由利が「相良が遊佐に化けた」という真相を述べる。だが、どちらがどちらに化けたのかを特定する推理は、どこにも描かれていない。読者が相良犯人説を真相だと思うのは、ただ単に、名探偵の由利が語っているからに過ぎないのだ。

ここで、「『白蠟変化』は通俗ものなので、話の流れが途切れる推理シーンはあえて描かなかったのではないか」という考えを持つ人もいるかもしれない。確かに、本作の二転三転する面白いプロットには、じっくり腰を据えた推理はそぐわないとも言える。だが、前述の「私の探偵小説論」における以下の文を読めば、それが間違っていることは明らかだろう。

「和蘭陀《オランダ》靴の秘密」のトリックなども、これは「密閉された部屋に於ける殺人」の一変形にすぎないのだが、実に巧みに、言うところの読者の盲点をつかまえている。ただこの人は遺憾ながら、それらのトリックを如何に消化すべきか、如何に装飾すべきかという点に於いて、ヴァン・ダイン氏よりも遙かに劣っているようである。

つまり横溝は、『オランダ靴』を「密閉状況の内部にいる人物が一人二役を演じることによって生じる不可能状況を巧く料理できなかった作品」だと言っているわけである。おそらく、「女が男の服を無理して着ることによって生じる〝靴の手がかり〟を巧く料理した作品」という見方は、戦前の横溝には思いも寄らないものだったのだろう。

ここまで考察すると、前節で引用した、横溝が『オランダ靴』よりも『ローマ帽子』の方を高く評価する理由が見えてきたように思える。おそらく横溝は、『ローマ帽子』を、「密閉状態の劇場から警察の監視をかいくぐって帽子を持ち出すトリックを巧く料理した作品」だと評価しているのだろう。

「迷路の三人」

戦前の三つめの作例は、一九三七年の短編「迷路の三人」。本作では「幽霊屋敷の中にある暗黒の迷路にいる被害者に蛍光塗料（燐）をつけて居場所を特定する」というトリックが用いられている。これは、どう見ても、クイーンの短編「暗黒の家の冒険」で使われたトリックの流用だろう。とはいえ、「短剣を銃弾のように発射する」という――これまた先例のある――トリックと組み合わせて射殺から刺殺に変形させている点は、さすがと言えるが。（なお、このクイーンの短編は、初出が「アメリカン・マガジン」一九三五年二月号で、わが国では「幽霊館殺人事件」という題で「新青年」一九三五年夏季増刊号に訳されている。邦題の「幽霊」を作中で使っている点から見て、横溝は邦訳版で読んだのだろう。）

ただし、クイーン作品にあった「犯人が暗闇の迷路から抜け出すときにミスをして自身を示す手がかりを残してしまう」という部分は、すっぽり抜けてしまっている。そして、その代わりとなる手がかりが描かれているかといえば、そんなものは何一つない。由利先生が椅子に座ってしばらく考えると、いきなり真相がひらめき、「そうだ、そうだ。それにちがいない」と叫ぶのだ。またしても、トリックだけの流用に留まっているわけである。

いや、クイーン作品から欠落しているのは、それだけではない。

「迷路の三人」では、第一の殺人の現場にいた人物（黒沼）が、第二の犠牲者となる。その理由について、由利先生は「短剣が外からとんできたということがわかれば、自分の身が危うくなるものだから、同じような手段で、警察の二階にいた黒沼を、窓の外から射ち殺したのですよ」と説明している。犯人は、遠距離からの殺人を近距離からの殺人に見せかけてアリバイを作ろうとした。だが、黒沼が証言すると、殺人が遠距離からだったことがばれてしまう。だから彼を殺した。——と、ここまでは納得できる。しかし、その先が問題。犯人は、警察署の二階にいた黒沼を、短剣を発射するというトリックを再び用いて殺害したのだ。警察署の内部には事件関係者は一人もいない上に、二階の窓の前で殺されていたら、短剣を発射したことに気づかれてしまうではないか。つまり、犯人は同じトリックをくり返して使うことにより、わざわざ捜査陣が遠距離からの殺人トリックに気づくように仕向けているのだ。

一方、『白蠟変化』の考察で挙げた『オランダ靴』でも、二つの殺人は同じ手段で行われている。だが、クイーンの方は、犯人がそうする強力な理由が、きちんと設定されている。

前述の「私の探偵小説論」からの引用で、横溝は「トリックを如何に消化すべきか、如何に装飾すべきか」と言っている。どうやらこれは、「トリックをいかに効果的に使うか、いかに不可能状況を強調するか」という意味だったらしい。決して、クイーンが心を砕いている「トリックを使う必然性をいかに設定するか、トリックを見破る手がかりをいかに設定するか」ではないのだ。

3　そのロジック

『本陣殺人事件』と『獄門島』

横溝は、戦前の「クイーンのトリックのみを流用した」作風から、戦後は大きく転換する。「クイーンのロジックも応用した」作風に変わったのだ。

例えば、代表作の『獄門島』(一九四七～四八連載)。本作がクイーンの『Yの悲劇』(一九三二)のトリックを参考にしていることは、気づいている人も多いだろう。具体的に言うと、『Y』

の「計画犯と実行犯が別人で、計画犯は死去している」というトリックはそのまま使い、さらに、実行犯を〝年少者〟から〝複数犯〟に変える工夫を加えることによって、独自の魅力を持った傑作に仕上げている。

ところが横溝は、このトリックから派生するロジックまでも『Y』から流用し、斬新な変形を加えているのだ。それこそが、有名な「きちがいじゃが仕方がない」のセリフである。

このセリフについて、横溝は、「『Yの悲劇』のマンドリンをやりたかった」というセリフであることを言っている［注］。そして、この〝マンドリンの手がかり〟は、「計画犯が死去している」という意味のこと際の犯行に合わせた修正ができない」という真相と結びつくロジックの見事さによって、前述した『エジプト十字架』の「ヨードチンキ瓶の手がかり」に勝るとも劣らない評価を得ているのだ。

もっとも、これは現在の話である。どうやら、『獄門島』執筆時は、『Yの悲劇』は〈意外な犯人〉トリックの作品としか見られていなかったらしい。江戸川乱歩などは、本作を「犯行の力なき幼児が犯人というトリック」と分類し、子供が罪を犯す古い作品を見つけ出すたびに、「『Yの悲劇』の先駆ここにあり」と紹介しているくらいである。そして、手がかりであるはずの〝マンドリン〟の方は、「殴打殺人における意外な凶器」に分類され、「軽気球の錨による殺人」や「振子利用の殺人」や「高所より氷塊を落として殺す」といったトリックと同列に並べられるという有様だったのだ。

それなのに横溝は、〝マンドリン〟のロジックに着目し、変形させ、日本の本格ミステリにおける傑出した手がかりの一つ、「きちがいじゃが仕方がない」を生み出し、『獄門島』に取り込んだのである。全くもって、驚くほどの読みの深さではないか。都筑道夫が『黄色い部屋はいかに改装されたか』の中で、この作を「モダーン・ディテクティヴ・ストーリー」として高く評価し、法月綸太郎が、森英俊・山口雅也編『名探偵の世紀』での座談会において、「『獄門島』『犬神家の一族』『八つ墓村』なんて、『Yの悲劇』の操りや筋書き殺人に対する解釈のすごさでは、世界的なレベルだと思いますね」と発言したのも、当然と言えるだろう。

そして、都筑や法月が指摘しているように、『獄門島』以外の戦後の作品にも、クイーン的ロジックの影響がうかがえる。『本陣殺人事件』の「三本指の男が一柳家の場所を尋ねた理由」や、『八つ墓村』の殺害予定者メモに関するひねり、『犬神家の一族』の見立ての理由、『悪魔の手毬唄』の「十箇条の疑問」の答え……。どれもこれも優れている。そして、すべてがトリックではなくロジックがらみのアイデアなのだ。

さらに注目すべきは、これらの作品の犯人は、「迷路の三人」の犯人とは異なり、すべての行為に合理的な――すなわちロジックに裏付けられた――動機がある点。クイーン作品の犯人のように、必然性の網にからめとられていると言ってもいい。

例えば、『本陣殺人事件』では、犯人(一柳賢蔵)の弟(三郎)が、共犯者を務めている。この作で〈密室トリック〉に勝るとも劣らない評価を得ている、三本指の男を利用した〈偽犯人のでっちあげトリック〉(センスのないネーミングで失礼)は、彼が考案したものだ。では、なぜ三郎はこんな手の込んだトリックを用いなければならなかったのだろうか? それは、次の理由による。
・三郎は賢蔵にかけられた生命保険の受取人になっている。
・しかし、自殺では保険金はおりない。
・保険金のためには、賢蔵に協力して、自殺を他殺に見せかけなければならない。
・だが、他殺に見せかけると、保険金の受取人である三郎が真っ先に疑われる。
・疑いをそらすためには、完璧な偽犯人をでっちあげなければならない。
「〜しなければならない」——作者は巧みな設定で、手の込んだトリックを実行しなければならない状況に三郎を追い込んだのだ。

また、この三郎は、今度は自分で密室トリックを実行して、読者の目を真相（賢蔵の自殺）から遠ざけてしまう。これもまた、作者が金田一耕助を通じて、そうしなければならないように三郎を追いつめたのだ。犯人がさしたる理由もなく同じトリックをくり返した戦前の「迷路の三人」と比べると、必然性の有無は歴然としているではないか。

必然という呪縛にとらわれているのは、共犯者の三郎だけではない。犯人の賢蔵もまた、予期せぬ降雪のために、犯行現場を密室にしなければならなかったのだ。——もちろん、作者はそのために雪を降らせたわけである。

『獄門島』の第二十五章で、実行犯の一人である了然和尚は、「なにもかもが揃いすぎたので犯行に踏み切るしかなかった」と嘆く。この嘆きの背後には、「なにもかもを揃えて」犯人を追い込んだ作者の姿が見えないだろうか……。

『びっくり箱殺人事件』

では今度は、犯人の行為に隠されたロジックを推理する作品の最高傑作にして、横溝がクイーン的ロジックだけを用いた戦後の作品を考察しよう。――一九四八年の『びっくり箱殺人事件』を。

本作は連続殺人を扱っているが、メインとなる謎は、「怪物団殴られ騒動」である。作者自身が冒頭で「あのビックリ箱殺人事件が起こるまえに、なぜ怪物団諸君が殴られなければならなかったのか、もしそれが後に起こった殺人事件の前兆であったとすれば、どういう意味での前兆であったか。――おシャカ様と犯人以外、誰にもそれはわからなかった。そしてそこにこの事件の、なんともいえぬ変てこな味があったわけである」と語っているのが、その証拠になるだろう。『本陣殺人事件』や『黒猫亭事件』同様、作者が作品のポイントを冒頭で示しているわけだ。

そしてその解決は以下の通り。

・犯人は何者かが仕掛けたビックリ箱のグローブで顔にアザを作った時に、これを殺人に用いることを思いついた。
・しかし、自分だけアザがあれば、ビックリ箱にグローブを仕掛けた人物が告白した場合、自分が殺人より前に箱を開けたこと、すなわち犯人であることに気づかれてしまう。
・そこで関係者を次々とグローブで殴って同じアザを作った。

クイーン・ファンならば、これが『チャイナ橙の謎』（一九三四）のロジックの応用であることに気づいたと思う。クイーンの作では、犯人が犯行現場のものをすべてあべこべにした謎がメインとなり、その解決は、「犯人が自分に不利になる〝たった一つのあべこべ〟を隠すために、他のすべてもあべこべにした」となっているのだ。

しかも、応用したのは犯人の計画だけではない。クイーン作品の探偵が、無数のあべこべから犯人が隠そうとした〝たった一つのあべこべ〟を見つけ出し、被害者の身元を特定したのと同じことを、横溝もやってのけたのだ。

本作の探偵役の幽山は、他の者が顔の左側を殴られているのに、細木原のアザだけが右側にあることから、彼が犯人だと指摘する。ただし、この推理には穴がある。犯人が細木原に罪を着せたいために、わざと反対側を殴ったという可能性も存在するからだ。だが、この可能性も、後で細木原が左側にもアザを作ったことで消去される。犯人が細木原に罪を着せたいのならば、こんなことはしないからである。

『びっくり箱殺人事件』は、クイーンの『チャイナ橙』のロジックの応用だけで、謎とその解決が組み立てられている。戦後の横溝は、こういった作品を生み出せるほどに、クイーン的ロジックへの理解を深め、自家薬籠中のものとしていたのだ。

その理由については想像するしかないが、おそらく、戦争中にクイーンの作品を〝再読〟したからではないだろうか。トリックは一度読むだけでわかるが、ロジックはそうではない。特に、クイーンのロジックの巧妙さは、再読しなければ見えてこないのだ。
横溝はエッセイ集『真説　金田一耕助』の中で、「本格探偵小説は二度読むべし」という持論を述べている。そして、興味深いことに、このエッセイの題名とテーマは「Yの悲劇」となっている。そう、『Yの悲劇』は、そしてクイーン作品は、二度読むべきなのだ。——横溝正史がそうしたように。

斬新なトリックだけでは傑作は生み出せない。トリックを見破るロジックを、トリックから生み出されるロジックを、トリックを支えるロジックを積み重ねてこそ、作品が傑作の域に近づいていく。
横溝正史は、戦争中にクイーンのこういったテクニックを学び、戦後は応用・変形させて自作に取り込んでいった。彼が戦後に次々と傑作を生み出すことができた理由——その一つがここにある。

［注］横溝のこの言葉は『横溝正史読本』での小林信彦との対談からの引用だが、正確には以下のようになっている。

横溝　あれはネ、『Yの悲劇』です。『Yの悲劇』の中には、大きなトリックがあるでしょう。その間に〈ブラント・インストルメント〉（子供が〈鈍器〉を〈楽器〉と解釈する）、あれにとっても感心したの。だからメイン・トリックのほかにああいうトリックをちりばめなきゃいけないんだなと思った。それであの「気違いじゃが」になったわけね。

ここで指摘したいのは、横溝は〝マンドリン〟も〝気違いじゃが〟も、トリックだと言っていること。これは、ミステリに用いられる趣向はすべてトリックとみなす乱歩の影響なのだろう。間違いというわけではないが、本書では他の章との整合性をとるために、「トリック」ではなく「手がかり」とさせてもらった。また同様に、〝見立て殺人〟や〝童謡殺人〟も、乱歩はトリック分類の対象としているが、本書では「テーマ」または「プロット」としている。

ちなみに、右に引用した文の後にも、興味深い箇所がある。そちらも引用しよう。

小林 そして、「気違いじゃが」というのはミス・ディレクションになりますからね、気違いのほうへ読者の目が行っちゃいますからね。

横溝 そうそう、そのために、気違いの男、出してあるンだ。（笑）だから一ぺん、武田武彦君にいわれたワ、「あの気違いはどうして出したんです?」「だって、あれゴマカスために気違い出さなくちゃ困るじゃない」。

この「季違い」の手がかりを「気違い」にミスリードするためにわざわざ頭のおかしい人物を出すというのは、クイーンがよくやる手。例えば、前述の『チャイナ橙』では、あべこべの手がかりをミスリードするために、わざわざ「あべこべの国＝中国」から来た人物を出す、といった風に（なぜ中国が「あべこべの国」なのかは、この作を読んでほしい）。横溝は、こういったテクニックが理解されていない時期に、さらりと使っていたわけである。戦前の作品にはこの種のテクニックは見られないので、これもまた、クイーンから学んだのだろう。

4　その舞台

しかし、横溝はクイーン的ロジックを取り込むだけに留まらなかった。そのロジックを自作で生かすために、独自のアイデアを生み出したのだ。それこそが、戦後の横溝作品の最大の特徴となった、〝日本の古い風習が残る舞台設定〟に他ならない。あるいは、〝おどろおどろしい血の因習〟とか、〝岡山の旧家もの〟と言ってもいいが、要するに、旧弊な村社会を舞台にするという手法である。もちろん、戦後の横溝がこういった舞台をたびたび用いた理由については、いくつも考えられるだろう。だが、前節で挙げた「トリックを支えるロジック」のためという理由も、決して小さくはないはずである。

その「トリックを支えるロジック」というのは、犯人がトリックを弄する理由付けのことである。本格ミステリでは、これをおろそかにすると、解決に説得力がなくなってしまうことは、言うまでもないだろう。「A氏はこうやって危険を冒して密室を作ったのです。でも、なぜ危険を冒してまでそんなことをやったのかは不明です」と言う名探偵がいたら、笑われるに決まっている。

戦前の横溝は、この点をさほど気にしていなかった。第一節で述べたように、「迷路の三人」の第二の殺人でわざわざ自分が不利になるトリックを用いた理由は説明されていない。また、同じく第二節で述べた『白蠟変化』でも、たった一人の目撃者のために綱渡りのような一人二役を演じた理由は存在しない。戦前の横溝作品の犯人は、メリットとデメリットを秤《はかり》にかけることなくトリックを用いているのだ。

だが、前節で述べたように、戦後の横溝作品の犯人は、クイーン作品の犯人のように、必然性の網にからめとられている。犯人たちは、必然という呪縛によって、トリックを使用せざるを得ない立場に追い込まれてしまうのだ。そして、その呪縛を生み出すものこそが、舞台となる旧弊な村社会なのである。

例えば、『獄門島』を見てみよう。第三節では、作者が「なにもかもを揃えて」犯人たちをトリッキーな殺人に踏み切らせた点に触れたが、この「なにもかも」とは、

①戦時中に供出した吊鐘が島に戻ってくること。

②鬼頭千万太が死亡すること。

③鬼頭一が生きて島に帰ってくること。

の三つ。①は、殺人方法のための必要条件なので、犯行の動機は②と③となる。

獄門島の太閤と言われる鬼頭嘉右衛門は、鬼頭家本家を継ぐべき孫の千万太が戦死してしまうのではないかと恐れていた。その場合はもう一人の孫で、やはり出兵した鬼頭一に継がせたい。だが、分家である一よりも、千万太の妹である月代・雪枝・花子の方が優先順位が高い。かくして嘉右衛門は、この三人姉妹を殺す計画を立てることになった。——が、条件が揃う前に寿命が近づいてきてしまう。そこで、信頼する島の和尚、医師、村長の三人に、自らが練り上げた殺人

計画を託すことにした……。

おそらく、現在の日本には、嘉右衛門の動機に納得する読者は、ほとんどいないだろう。三姉妹は男に騙されやすい自己中心的な性格だが、殺されるほど悪いことをしているわけではない。嘉右衛門がしっかりした婿養子を探してやればいいだけの話である。いや、嘉右衛門が「一に家を継がせる」と言えば、逆らう者はいないだろう。そもそも、鬼頭一が家を継いだとしても、その先の代までの展望があるわけではないのだ。

そして、罪なき姉妹の殺人を引き受けた三人の動機といえば、さらに理解に苦しむものとなっている。

まず、和尚が殺人を決意した理由は、三姉妹を後見してみて、その「さかりのついた牝猫みたいな」性格にあいそをつかし、「死なせたほうが本人たちのためにも慈悲、世間のためにもなろうと思うた」という信じられないようなもの（まさか、『Yの悲劇』におけるレーンのジャッキー殺しへのオマージュではあるまい）。しかも、残りの二人を、こう言って脅すのだ。

「わしは約束どおり（殺人を）決行する。おまえたち、警察へ訴えたければ訴えてもよい。そのかわり、嘉右衛門どのの怨み、わしの祟り、きっと思い知るときがあろうぞ」

おそらく、現在の日本には、実行犯三人の動機に納得する読者も、ほとんどいないはずである。しかし、どちらの動機にも納得できない読者でも、『獄門島』では動機が致命的な欠点になっていると思ったりはしない。「自分はこんな動機では殺人は犯さないが、この時代のこの舞台ならば、そんな人がいてもおかしくない」と考えるだろう。言い換えると、作中で設定された世界では、この動機は成立しているのだ。

本作では、前半にかなりの枚数を割いて、この島の風習や本鬼頭と分鬼頭の因縁が説明されている。そして最後には、鬼頭早苗が、金田一の思いを知りながら、「（島に残って）よいお婿さんをさがし出して、かなわぬまでも本鬼頭を守りそだてていきましょう」と言うシーンまで描かれている。鬼頭家では最もまともな人物として描かれている彼女でさえ、自分よりも家を優先してしまう――この姿を見た読者は、あらためて、「家を守る」という犯行動機が、（作中では）不自然なものではないことを思い知らされるのだ。


ただし、『獄門島』では、旧家の因習は、一人の計画者と三人の実行者を犯行に踏み切らせ、トリックを成り立たせるためにしか使われていない。手の込んだトリックを用いる理由は、「計画犯と実行犯の分離」によって生まれているのだ。「殺害者にアリバイを与える計画によって、実行者に殺人をうながす」という理由が。

だが、『本陣殺人事件』では、犯人がトリックを弄する理由付けにまで、旧家の因習が使われている。

この事件の犯人・賢蔵は、新妻・克子を殺した後に自殺し、それを他殺に見せかけようとする。なぜこんな手の込んだことをしなければならないのか？

まず、妻の殺害動機は、「潔癖症の賢蔵は、妻が処女でなかったことが許せなかった」となっている。そして、それを聞いた磯川警部は、「しかし、しかし、それしきの事で……女が処女でなかったら、そしてそれが気に入らなかったら、破談にすればいいじゃないか」という、もっともな反論をする。それに対して金田一は、こう言うのだ。

「そして親戚じゅうの物笑いの種になってもかまわないとおっしゃるのですか。（中略）そんなことをするのは今まで軽蔑しきっていた親戚じゅうの人たちに、はっきり兜をぬぐのも同然ですからね。（中略）おそらく賢蔵氏は、自分をこういう、のっぴきならぬ立場におとしいれた克子さんに対して、はげしい憎しみを持っていたに違いない。（中略）つまり、ふつうの人間にとって不自然に見えるこの動機も、賢蔵氏の性格と、本陣の末裔というこの家の雰囲気から見れば、少しも不自然ではない」

そして、自殺を他殺に見せかけようとした理由については、警部と金田一の間で、次のような会話が交わされる。

「自殺と思われたくなかったのは、やはり親戚に兜をぬぎたくない。それ見たことかと、親戚や良介さんにも嗤われたくないという考えからなんですね」

「そうです、そうです。この事件の謎はすべてそこから出発しているんです。つまり本陣の悲劇なんですね」

横溝は、旧家を舞台に設定することにより、「ふつうの人間にとって不自然に見えるこの動機」を、「少しも不自然ではない」ものに変えてしまい、犯人がトリックを弄する必然性を与えることに成功した。言い換えると、『本陣』の犯人もまた、作者の編んだ必然性の網にかけられてしまったのである。

横溝正史が戦後に生み出した、「閉鎖的な舞台を設定して不自然な動機に説得力を持たせる」という手法。だが、ミステリ・ファンならば、同じ手法を用いたシリーズを、クイーンも書いていることに気づいたと思う。それこそが、クイーンの〈ライツヴィルもの〉である。

ライツヴィルとはクイーンが生み出した架空の町で、〈国名シリーズ〉の舞台となったニューヨークとは対照的な、旧弊な地方の小都市という設定である。

このシリーズ第一作の『災厄の町』において、最も不自然な行動をとる人物は、ジム・ハイト。地元の旧家・ライト家の三姉妹の一人であるノーラと結婚したばかりの男である。実は彼は、ノーラと結婚する前に、別の女と結婚し、しかも、離婚していなかった。つまり、ノーラはジムの正式な妻ではないのだ。

ジムはこの件で強請《ゆす》られて破滅の縁に追いやられるが、それでも自分の重婚を告白しない。なぜならば、「ライツヴィルという町には秘密もデリカシーもない。残酷さがあるだけだ」からである。ノーラが正妻ではないことを知った町の人々が、彼女に牙をむいて襲いかかることを恐れたからである。ニューヨークではスキャンダルにすらならないことでも、ライツヴィルでは致命的な――ノーラが自殺してもおかしくないほどの――汚点になるからである。

かくしてジムは、沈黙を守り続けることになった。そしてこのジム・ハイトの姿は、『本陣殺人事件』の一柳賢蔵と重なり合う。どちらの男も、舞台となった旧弊な村社会によって追い込まれ、不自然な行動を取らざるを得なかったのだ。

実を言うと、私は最初、横溝は『本陣殺人事件』執筆前に『災厄の町』を読んでいたと思っていた。『本陣』が「宝石」一九四六年四月号連載開始で、それより前の一九四二年に『災厄』が本国で出ていたからである。しかし、『探偵小説昔話』によると、横溝が『災厄』を読んだのは、一九四六年六月のことらしいので、それはあり得なかった。つまり、横溝とクイーンは、「事件関係者に（プロットやトリックの都合に合わせた）不自然な行動をとらせるにはどうしたらいいか？」という問題に対して、ほぼ同じ時期に、全く同じ解答を生み出していたわけである。――家が、村が、町が、必然性という網で、犯人たちをからめとるという解答を。

なお、私見だが、『災厄の町』の影響は、『本陣殺人事件』ではなく、『獄門島』にうかがえるように見える。前述のように、この作のミステリ部分は『Yの悲劇』の影響を受けているが、探偵と舞台の関わり方については、『災厄の町』とよく似ている。これは、小説同士を読み比べるよりも、野村芳太郎監督が『災厄の町』の舞台を日本に移し換えた映画『配達されない三通の手紙』を観た方が、よくわかると思う。

おわりに

クイーンが横溝正史に与えた影響。それは、戦前にはトリックのみの変形・応用に留まっていた。だが、戦後はそれにロジックが加わった。

トリックを見破るための秀逸なロジックが登場する『びっくり箱殺人事件』などの作品。

トリックから生み出された秀逸なロジックが登場する『獄門島』などの作品。

トリックを支えるための秀逸なロジックが登場する〈岡山もの〉の数々。

もともと優れていた横溝のトリックを、こういったロジックの積み重ねが補強したからこそ、戦後の作品が傑作・佳作ぞろいになったのだ。

クイーンから得たものを変形・応用・発展させ、独自の傑作を次々と生み出した横溝正史。彼もまた、〈クイーンの騎士〉の一人なのだ。

第二章

鮎川哲也

証拠という問題

【本章で真相等に触れている作品】Ｅ・クイーン『エジプト十字架の謎』『アメリカ銃の謎』『十日間の不思議』。鮎川哲也『ペトロフ事件』『黒いトランク』「達也が嗤う」『死のある風景』「鎌倉ミステリーガイド」。

はじめに

「日本のエラリー・クイーン」と言えば、現在では有栖川有栖や法月綸太郎を思い浮かべる人が多いと思う。だが、かつてはこの代名詞は鮎川哲也が独占していた。その理由としては、「デビュー長編が懸賞応募作であり、順位をめぐるゴタゴタがあった」とか、「アンソロジストとしても活躍して、多くの新人のデビューにも力を貸した」といった作家に関する共通点や、「読者に挑戦するタイプの〈犯人当て〉の傑作を多数書いている」とか、「ダイイング・メッセージなどの〈言葉遊び〉を好んで作品に取り入れる」といった作品に関するものなど、いくらでも挙げられるだろう。しかし、両作家のファンが真っ先に挙げるのは、「見事な手がかりの案出に優れている」という共通点に違いない。

鮎川哲也作品における〈手がかり〉については、芦辺拓の優れた研究を参照させてもらおう。

『鮎川哲也読本』に収録された「四〇〇のトリックを持つ男」である。これは鮎川作品二百十六編に登場するオリジナリティのあるトリックを抽出・分類したもので、作例数は以下のようになっている。

［1位］時間に関するトリック――114例
［2位］トリッキーな犯罪発覚の手がかり――74例
［3位］人間に関するトリック――66例

なんと、〈手がかり〉が二位で、34％の作に登場していることになる。一方、内外のミステリ全般を対象にした乱歩の分類では、〈手がかり〉は六位（下からは四位）。全八百二十一編中の四十五編、すなわち5％しか占めていないことになるのだ。他のミステリと比べると、鮎川作品では手がかりが占める割合が高いことが、よくわかると思う。（実は、芦辺は「ダイイング・メッセージや文字の思いがけない解読」を〈暗号〉の方に含めている。この十例を〈手がかり〉の一種と見なすならば、さらに比率はアップし、八十四例で39％となる。）

ここで、「本格ミステリはほとんどの作品に手がかりが登場するので、ミステリ全般を対象とした場合よりも高くなるのは当然じゃないか」という反論が出るかもしれない。確かに、ほとんどの作品が本格ミステリである鮎川作品の場合は、手がかりが必須条件とも言える。だが、芦辺は作中に登場する手がかりすべてをカウントしているわけではない。「最終的に読者に意外性を与えるもので、しかも何らかの創意を含むもの」しか採用していないのだ。内外のミステリを数多く読んでいる読者ならば、他の本格ミステリ作家に比べ、鮎川作品にはこういった〝意外性と創意のある〟手がかりが頻出することを、否定できないはずである。――もちろん、クイーンは「他の本格ミステリ作家」から除く必要があるが。

しかし、共に手がかりを重視した鮎川哲也とクイーンではあるが、実作を読むと異なる印象を受けるに違いない。

例えば、鮎川が最も得意としたジャンルである〈アリバイ崩しもの〉と〈倒叙もの〉は、クイーンはほとんどと言っていいほど描いていない。

あるいは、作者自身が「クイーン流」と認める〈星影龍三もの〉の犯人当て長編『りら荘事件』『白の恐怖』『朱の絶筆』。これらはすべて閉鎖状況での連続殺人を扱っているが、クイーン作品でこのタイプの作風は、『シャム双子の謎』くらいしか見当たらない。

あるいは、クイーンお得意のダイイング・メッセージの謎を扱った鮎川の『翳ある墓標』や『王を探せ』を見てみよう。これらの長編を、同じくダイイング・メッセージを扱ったクイーンの長編と比べるならば、プロットに大きな違いがあることに気づくはずだ。鮎川はこれらの作で、ダイイング・メッセージの謎を中心に据えているが、クイーンの場合は、そうではない作の方が、圧倒的に多い。

そして、「達也が嗤う」などの叙述トリックを用いた作品の数々。これらの作品の大部分では、叙述トリックは読者に対してのみ仕掛けられている。言い換えるならば、読者よりも作中探偵の方が、圧倒的に真相を見抜きやすくなっている。これもまた、クイーンが使わない手法である。

実は、こういった作風の違いが、手がかりの性質や使い方に影響を及ぼしているのだ。本章では、「鮎川哲也もクイーンも〝手がかりの作家〟である」という通説を一歩進めて、手がかりの性質や使い方を考察し、その共通点や相違点をあぶり出していくことにしよう。

1　本格ミステリを描いて

鮎川哲也の作風がクイーンと異なる理由は簡単である。そもそも鮎川は、有栖川有栖や法月綸太郎などとは違い、クイーン・ファンからミステリ作家になったわけではないからだ。言い換えると、鮎川哲也には、「クイーンのような作品を書きたい」という思いは希薄だったのである。――というよりは、デビュー当時の鮎川は、クイーンではなく、F・W・クロフツのような作品を書きたいと思っていたらしい。デビュー間もなくの一九五三年に書かれたエッセイ「クロフツィアンの嘆き」では、クロフツ風の作品が少ないことを嘆き、「私はクロフツ流の作品こそのぞましい」とまで言い切っている。

ならば、クイーン作品に対する鮎川の評価はどうだったのだろうか？　まずは、日本版「アルフレッド・ヒッチコック・ミステリマガジン」の一九六〇年六月号に載った、「世界長編推理小説ベスト10」におけるアンケート回答を見てみよう。（以下、作品名は現行のものに合わせている。）

①黄色い部屋の謎（ルルー）　②バスカヴィル家の犬（ドイル）　③樽（クロフツ）　④矢の家（メースン）　⑤赤い館の秘密（ミルン）　⑥グリーン家殺人事件（ヴァン・ダイン）　⑦僧正殺

人事件（ヴァン・ダイン）　⑧黄色い犬（シムノン）　⑨マネキン人形殺害事件（ステーマン）　**⑩災厄の町（クイーン）**

さほどクイーンを評価していないのがわかる。また、少なくとも私が読むことができた範囲では、デビューした一九五〇年代から一九六〇年代前半までは、鮎川がクイーンを高く評価した文章は見つけることができなかった。

ところが、一九六〇年代後半からは、評価が一変する。例えば、前述のアンケート回答の十一年後に行われた「推理文学」一九七一年新春特別号の「内外推理長編小説ベスト10」を見てみよう。鮎川の海外部門のアンケート回答は、次のように変わっている。

①Yの悲劇（クイーン）　②Xの悲劇（クイーン）　③Zの悲劇（クイーン）　④オランダ靴の謎（クイーン）　⑤災厄の町　⑥樽　⑦ユダの窓（ディクスン）　⑧マネキン人形殺害事件　⑨僧正殺人事件　⑩矢の家

前回のアンケートが嘘に思えるくらい、クイーンの作品を選んでいる。その後、「サンデー毎日」一九七七年十月九日号の「推理作家が選んだ3冊の推理小説」のアンケート回答の中の、「海外の作品から1冊」では、『Zの悲劇』をセレクト。さらに、「中央公論」一九八〇年夏季臨時増刊号の「推理小説に関する355人の意見」の「お好きな国外作品三作」では、『樽』『オランダ靴』『災厄の町』を挙げている。

鮎川哲也は、デビューしてしばらくの間まで、クイーン作品をさほど評価していなかった。それが、一九六〇年代後半頃から評価が高くなり、ついには、「わたしのクイーン作品に対する感じはまさしくこのベタ惚れである。ドイルやクリスティやカーの小説にはいろいろと不満もあり、愛読したとはいえないが、クイーンだけは違う」（一九七七年のエッセイ「クイーンとわたし」）となったわけである。

なぜ、このように評価がアップしたのだろうか？　その答えと思われる文が、一九六四年に連載が開始された『死者を笞打て』に出て来る。――作中に登場する、作者と同名の探偵作家〝鮎川哲也〟の述懐として。

外国作家のなかでわたしの好きなのはエラリイ・クイーンなのだが、（略）わたしがクイーンを読むと作者の苦心がいたいほどこちらの身につたわってきて、ただもうクイーンの才能に感心してしまう（以下略）

つまり鮎川哲也は、読者としてではなく、同業者として、クイーンを高く評価しているのだ。本格ミステリを書き続けていく中で、さまざまな問題に直面し、苦労を重ねていき、そこでクイーン作品のすばらしさに気づいたわけである。

では、鮎川は作家として、クイーンのどこをすばらしいと思ったのだろうか？　こちらの答えは早川書房の『世界ミステリ全集第三巻／エラリイ・クイーン』（一九七二年発行）の巻末座談会の中に見つけることができる。『エジプト十字架』のヨードチンキ瓶の手がかりに対して、鮎川は「こいつはすばらしいと思いましてね。本格物はトリックを案出するよりも、それが崩れてゆくきっかけの設定が難しい」と語っている。つまり、トリックではなく手がかりをすばらしいと思っているのだ。

横溝正史の章で述べたように、この「ヨードチンキ瓶の手がかり」が高く評価されるようになったのは、比較的最近のことに過ぎない。横溝が『真珠郎』を書いた時は、この作を〈顔のない死体トリック〉としか見ていなかったのだ。それなのに鮎川は、今から四十年以上も昔に、この手がかりに注目していたわけである。

鮎川哲也は、作家活動の途中から、作家として、クイーン・ファンになった。そして、そのために、手がかりの性質や使い方が、クイーンとは異なってしまったのである。

以下の節からは、その違いを見ていくことにしよう。

2　手がかりを描いて

同じように手がかりを重視した本格ミステリを描いても、鮎川とクイーンでは、作品から受ける印象が大きく異なっている。これは、本格ミステリにおける〈手がかり〉の使い方が二種類あるためである。

一つめは、犯人を特定するために使う手がかり。もう一つは、トリックをあばくために使う手がかり。そして、クイーンが多用するのは前者だが、鮎川哲也が多用するのは後者なのだ。

例えば、鮎川が前節で「こいつはすばらしいと思いましてね」と誉めている〝ヨードチンキ瓶の手がかり〟を見てみよう。本作では、「ヨードチンキ瓶の手がかりから推理すると、犯人はアンドルー・ヴァンしかいない」→「ならば首なし死体はヴァンではない」→「ならば〈顔のない死体トリック〉が用いられている」という流れで真相が明らかになっている。つまり、瓶の手がかりは、間接的にはトリックをあばいているが、直接的には犯人の特定にしか使われていないのだ。従って、この瓶の手がかりを用いて、トリックのない犯人当てタイプの物語を描くことも可能となる。

もちろん、クイーン作品には、「トリックをあばく手がかり」も少なくない。中には、「神の灯」に登場する〝家屋消失トリックをあばく手がかり〟のような傑作がいくつもある。だが、全体として見れば、犯人を特定する手がかりの方が、圧倒的に多い。

鮎川哲也の場合は逆である。もちろん、鮎川作品には、「犯人を特定する手がかり」も少なくない（これについては第五節で考察する）。だが、全体として見れば、トリックをあばく手がかりの方が、圧倒的に多い。

そして、「手がかりを使って何を解明するか」の違いが、鮎川とクイーンの作風の違いにつながっていく。犯人を特定する手がかりを軸にするならば〈犯人当て〉タイプに、トリックをあばく手がかりを軸にするならば〈トリック当て〉タイプになることは、当然の結果だ。

では、次節からは〈手がかり〉それ自体を、クイーンと比較して考察していこう。

3 トリックをあばく手がかりを描いて

鮎川哲也の描く〈手がかり〉それ自体の考察に入る前に、質問を一つ。クイーン作品における手がかりの最高傑作が『エジプト十字架』の〝ヨードチンキ瓶〟だとすれば、鮎川作品では、何になるだろうか?

おそらく、『黒いトランク』に登場する〝風見鶏の手がかり〟を挙げるファンが一番多いに違いない。確かにこの手がかりは印象深いし、トリックをあばくための重要なキーになっている。だが、殺人現場に風見鶏が残されていたわけではないし、ダイイング・メッセージが「風見鶏」だったわけでもない。北風が吹いていないのに北を指している風見鶏を見た鬼貫が、トランク移動のトリックを見抜く、という風に使われているだけだ。つまり、〝手がかり〟というよりは、〝ヒント〟と言った方がいい。

実は、これが「トリックをあばく手がかり」の問題なのだ。他の作家の作品も含めて、名探偵がトリックを見抜くきっかけは、手がかりではなくヒントになりがちなのである。

例えば、犯人が掃除機を使って密室を作った場合、音を聞かれないようにするだろうし、床に車輪の跡が残らないように気を配るだろう。となると、「自宅でくつろぐ探偵が奥さんが掃除している姿を見てトリックに気づく」シーンを入れるのが、一番簡単になる。読者の立場からは、「掃除を見た探偵がトリックを見抜くシーンを作者が描いたならば、犯人は掃除がらみの方法で密室を作ったに違いない」と考えてかまわないので、フェアプレイも担保されていることになるからだ。

しかし、作中探偵にとっては、妻の姿を見てひらめいた「掃除機を使って密室を作るトリック」は、新たな可能性を一つ見つけただけに過ぎない。確かに掃除機を使えば密室を作ることは可能だろう。だが、実際に犯人がそのトリックを使ったとは限らない。掃除機ではなく、紐や氷を使ったかもしれないではないか。

「このトリックを使えば犯行が可能になる」と「このトリックが犯行に用いられた」との間に横たわる大きなギャップ――鮎川哲也は、もちろんそれを知っていた。処女長編である『ペトロフ事件』が、まさにそのギャップを利用した作品だからである。「このトリックを使えば偽アリバイが作り出せる」を「犯人がこのアリバイ・トリックを用いた」と勘違いした鬼貫は、まんまと騙されてしまうのだ。

この反省を踏まえた鬼貫は、次の長編『黒いトランク』では、トリックが用いられたことを、ヒントではなく、手がかりによって推理していくことになる。そしてその結果、クイーン的な手がかりとその使い方が、登場しているのだ。

本作では、犯人の弄した大きなトリックは三つある。

一つめは、犯人と共犯者による二人一役トリック。これは、〝二人の靴の色の違い〟という手がかりから入れ替わりがあったことを推理している。しかも、頭のいい犯人がなぜ靴の色をそろえなかったのか、という突っ込みに関しては、「犯人は共犯者に赤い靴を履くように指示したが、共犯者の妻が靴を修理に出していたので履けなかった」という弁解まで用意している。全くもってお見事と言うしかないだろう。作者もかなり自信があったらしく、第七章では「この靴磨きの少年との対話は、一見無意味であったように思えるけれど、後日になってみると、ここにアリバイトリックを破る鍵の一つがひそんでいたことを知らされるのである（傍点は引用者）」という挑戦的な文を入れているのだ。まさしく、クイーン的ではないか。

二つめは、犯行現場を誤認させるトリック。これは、被害者の胃に残された白いんげんから、福岡ではなく東京で食事をしたことを推理している。ただし、こちらは後出し的なデータであり、読者が推理できるようなものではない。鬼貫自身も、「これがただちにきめ手になるわけじゃありませんけど」と認めている。

三つめが、トランクの移動に関するトリック。鬼貫はこのトリックを「風見鶏の手がかり」から見破っているが、前述のように、これは〝ヒント〟と呼ぶべきだろう。ならば、手がかりはないのかと聞かれれば、答えはイエスでもありノーでもある。トリック分類の作例となるような手がかりは一つもないが、鬼貫がトリックを推理できるデータは存在するからだ。

そのデータとは、「不可能状況」に他ならない。鬼貫は、「死体をトランクに詰めるチャンスは二島駅しかない」という前提で推理を進め、行き詰まる。二島駅では死体を詰める時間が足りないからだ。それでは、不可能状況なのだろうか？　いや、不可能ということはあり得ない。（ここで風見鶏のヒントを得て）ならば、前提が間違っていたのだ。二島駅以外にも死体を詰めるチャンスがあったのではないだろうか。――という推理を重ねて、トリックを見破る。

これは、ある意味では究極の〝手がかり〟とも言える。白いんげんや靴の色のように、作中にデータを忍び込ませる苦労はいらない。読者に向けて不可能状況をアピールする行為自体が、手がかりの提示になっているのだから。そしてもちろん、この手がかりは、犯人当てタイプの物語には使えないのだ。

ちなみに鮎川は、本作以前に、すでにこの究極の手がかりを用いた作品を書いている。アリバイものの最高傑作と言われる『黒いトランク』と同じように、密室ものの最高傑作と言われる「赤い密室」で――。

この作で密室トリックをあばく星影龍三の推理は、通常の手がかりを基にしているわけではない。彼は「犯人はなぜ屍体をあれほど小さく切断したのか?」や「犯人はなぜあわてて逃げる際にドアに二つとも鍵をかけたのか?」といった疑問を起点に推理を重ねてトリックを見抜いたのだ。この星影の疑問が、いわゆる手がかりではなく、密室状況の頭に「なぜ」を付けただけであることは、言うまでもないだろう。本作が密室ものとして高い評価を得ているのは、その密室の隙のない堅牢性にある。だが、その堅牢性が同時に、名探偵にとっての手がかりになっているのだ。

物でも証言でもなく状況自体を手がかりとして、その手がかりを基にトリックを解明する推理を描く――鮎川哲也は、こういった高度な本格ミステリをも生み出しているのである。

興味深いことに、この「不可能犯罪の不可能状況自体を手がかりにして解決する」という手法は、クイーンも使っている。もちろん、クイーン作品では「トリックをあばく推理」は少ないのだが、その少ない作品数の中に、いくつもこの手法が存在している。例えば、密閉された金庫室での殺人が登場する『帝王死す』。名探偵エラリーは、この完璧な密室の完璧性自体を手がかりとして、トリックをあばくのだ。他にも、短編「クリスマスと人形」や「七月の雪つぶて」、ラジオドラマの「ダイヤを二倍にする男の冒険」などが同じ手を使っている。いずれも不可能犯罪ものであり、いずれも不可能状況自体が手がかりになっている。

右に挙げたクイーン作品の邦訳年から見て、鮎川が参考にしたとは考えられない。この二作家は、日本とアメリカで、それぞれ別々に、同種の手がかりを用いた作品を書いたのだ。おそらくは、偶然の一致ではなく、優れた作家が手がかりの案出に頭を絞れば、同じ答えを導き出すということなのだろう［注］。――横溝とクイーンが、同じ時期に、地方を舞台にしたシリーズを書き始めたように。

もちろん、鮎川のアリバイものには、状況ではなく物を手がかりとした秀逸な作品も多い。こちらのタイプでは、長編『死のある風景』に登場するチューインガムの手がかりが、最も優れているように思われる。130列車の桑原の座席にガムが付着していたことを、百済木が「子供にズボンにガムを付けられた」と文句をつけたことも、きちんと作中で描かれている。だが、この二つを結びつけてトリックを見破るには、推理に推理を重ねる必要がある。こういった「推理しなければその意味するところがわからない手がかり」は、クイーンが得意としているが、鮎川も負けてはいないように見える。

さらに、鮎川哲也お得意の〈時刻表トリックもの〉にも、こちらのタイプの優れた手がかりが描かれている。最も重要な手がかりである時刻表は、読者に対して堂々と提示されているが、ただそれを眺めているだけでは、トリックを見破ることはできない。いや、仮に、時刻表マニアの読者が短縮ルートを見つけ出したとしても、犯人がそのルートを使ったとは限らない。他にも短縮ルートが存在するかもしれないし、時刻表トリックではなく死体移動トリックが使われたのかもしれないし、替え玉トリックの可能性だって無視できない。どのトリックが使われたのかは、手がかりを基に推理をしなければならないのだ。

実を言うと、鮎川哲也のアリバイものは、トリックだけを抜き出して分類するならば、死体移動と替え玉トリックが多く、ある意味では斬新とは言い難い。しかし、そのトリックを手がかりから見破る過程は、他に類を見ないほど優れている。鮎川のアリバイものは、「アリバイ・トリックもの」ではなく、「アリバイ崩しもの」なのだ。そして、完璧に見えたアリバイが、秀逸な手がかりに基づく推理によって崩れていく過程の面白さこそが、鮎川哲也のアリバイものの魅力なのだ。言い換えると、アリバイを崩すための手がかりこそが、鮎川作品の要石《かなめいし》なのである。


［注］『黒いトランク』がらみで、手がかりとは関係ないが、クイーンと関係ある指摘を一つ。

この作品の犯人は、おそろしく手の込んだアリバイ工作をしている。しかも、凡庸な警官ならば、そもそも追及をしない部分にまでトリックを仕掛けているのだ。なぜ犯人は、わざわざこんなことをしたのだろうか？　答えは「鬼貫を欺くため」である。鬼貫の頭のよさを知り尽くした犯人が、鬼貫を騙そうとしたからこそ、複雑なトリックを弄さなければならなかったのだ。――となると、これは、クイーンお得意の「名探偵エラリーを欺こうとする犯人がエラリー向けの複雑な事件を作り上げる」アイデアと同じだと言える。

作中の犯人に、現実の犯人なら決してやらないような手の込んだ犯罪計画を立てさせるにはどうすればいいか？――本格ミステリにつきもののこの難題を、鮎川とクイーンは、「犯人が名探偵を意識する」という同じ方法で解決したのだ。

4　犯人のミスという手がかりを描いて

だが、鮎川作品には、アリバイものよりもさらに多くの手がかりが登場するジャンルがある。もちろんそれは、〈アリバイもの〉と並んで作者が得意とする〈倒叙もの〉に他ならない。「犯人はどんなミスを犯したか？」という謎が軸となる倒叙ものが、手がかりを中心に構築されていることは、言うまでもないだろう。犯人のミスというのは、探偵側にとっては、手がかりになるわけだから。

ちなみに、鮎川哲也の倒叙短編「自負のアリバイ」が、エラリー・クイーン編の『日本傑作推理12選・第二集』に収録された際に、編者のクイーンは、以下のコメントを添えている。

収録作品は、題名のごとく、当初から作者が読者に対し、彼が構築したアリバイの堅牢性を問うた挑戦状である。倒叙形式で述べられる犯人の完璧なアリバイ構成。果たしてどこに隙があるのだろう？

鮎川の倒叙ものが――ロイ・ヴィカーズの〈迷宮課シリーズ〉などとは異なり――手がかりをはさんで作者と読者が対決する本格ミステリであることを、正しく見抜いての指摘である。おそらくクイーンの方も、自分に近いものを鮎川作品から感じ取っていたのではないだろうか。

鮎川哲也とクイーンは、共に手がかりの案出に長《た》けていた。だが鮎川は、手がかりを軸にした〈倒叙もの〉という、クイーンが全く描かなかったジャンルに挑み、数々の傑作を生み出したのだ。

……と言えたらいいのだが、残念ながらそうではない。鮎川の〈倒叙もの〉は、本格ミステリの読者には、あまり高く評価されていないのだ。例えば、『鮎川哲也読本』収録の北村薫「鮎川哲也短編の世界」では、北村自身に加え、芦辺拓、有栖川有栖、二階堂黎人、山口雅也が短編のベストを選んでいるが、倒叙ものは選ばれていない。私自身が老舗ミステリFC〈SRの会〉の会誌「SRマンスリー」編集長時代に鮎川短編のベスト選出を行った際も、倒叙ものは票が少なかった記憶がある。『透明な同伴者』の解説として書かれた山前讓の研究によると、鮎川短編の中で倒叙ものが占める割合は32％にも達しているのにもかかわらずである。

だが、これは当たり前の話だろう。例えば、本格ミステリ・ファンが評価の基準とする〝斬新なトリック〟は、倒叙ものには期待できない。作者がすばらしいトリックを思いついた場合、早々とそれを明かしてしまう倒叙ものには使わず、最後まで伏せておく通常の形式を選ぶに違いないからだ。

あるいは――クイーン・ファンのような――〝鮮やかな推理〟に注目する本格ミステリ・ファンにとっても、倒叙ものは高く評価できない。倒叙ものの手がかりは、それを基に推理を積み重ねなければ犯人にたどりつかない、というものではないからだ。むしろ、それに気づけばダイレクトに犯人に結びつくものがほとんどである。仮に、作者が推理に推理を重ねなければ真相にたどりつけないような巧妙な手がかりを思いついた場合、倒叙ではなく犯人当て形式で描くに違いない。

倒叙ものには斬新なトリックも鮮やかな推理も描かれていない、と書くと、安易なジャンルだと思われるかもしれない。実は、鮎川自身が短編集『わらべは見たり』のあとがきで、こう言っている。

本格物の面白さは動機を秘め、犯人の正体を伏せることによって生じる謎やサスペンスにあるのであって、作者個人の好みからすれば、冒頭から犯人を登場させ、動機を割って了う倒叙物に与するわけにはいかない。だが、雑誌社から短編の注文を受けた場合、起承転結のキチンとした本格物を限られた枚数で書こうとするとかなりの困難を伴う。が、これを倒叙型式でいくと、捜査側の描写を大幅に省略することが可能となって、五〇枚もあればさして不自由なしに一編の小説を書き上げられる。

韜晦《とうかい》かもしれないが、字句通りに受けとめると、作者も安易だと自覚していることになる。ただし、別の見方も可能である。鮎川の倒叙ものは、トリックでも推理でもなく、手がかりに特化した形式だという見方が。

本章の冒頭では、芦辺拓の研究を紹介して、鮎川作品には斬新な手がかりの作例が多いことに触れた。そして、この作例の大部分は、倒叙ものだ。言い換えると、倒叙ものがなければ、鮎川が案出した斬新な手がかりの数が、ごっそり減ってしまうのである。

鮎川の持つ〝手がかりを生み出す才能〟。それをフルに発揮できる形式こそが、それだけで作品を生み出すことができる形式こそが、倒叙ものだったのだ。

5　犯人を特定する手がかりを描いて

第二節で述べたように、鮎川作品の手がかりはクイーンとは違って、犯人を特定するためのものよりも、トリックをあばくためのものが多い。なぜかというと、鮎川の作品には、トリックが盛り込まれたものが多いからである。

例えば、『りら荘事件』や「達也が嗤う」や「薔薇荘殺人事件」のように、犯人当てとして書かれている作品でさえも、犯人や作者のトリックをあばくことが、犯人の特定につながるように組み立てられている。殺人がらみのトリックのない『死者を笞打て』にしても、犯人の属性に関するトリックを見破らなければ、真相にたどりつけないのだ。

それではなぜ、鮎川はいつもトリックを軸に作品を構成するのだろうか。

これはおそらく、デビュー当時の本格ミステリ界が、乱歩の影響で、トリック至上主義に陥っていたからだと思われる。J・D・カーを持ち上げ、高木彬光を売り出した乱歩によって、「トリックのない作品は本格にあらず」という風潮が蔓延していたのだ。この風潮の中で若手が本格を書こうとしたならば、トリック中心になるのは、やむを得ないことだろう。

これは、鮎川が乱歩に乞われて「宝石」誌に書いた作品を見ると、よくわかる。「五つの時計」「白い密室」「早春に死す」「道化師の檻」「薔薇荘殺人事件」……いずれも傑作ではあるが、すべてがトリックを軸に組み立てられているのだ。

この考えが正しいことは、乱歩編集時の「宝石」誌に掲載された七作を収録した短編集『時間の檻』を読めば、明らかである。本書の巻末には、初出時に添えられた乱歩のルーブリック（コメント）がまとめて収められているのだが、文庫本で六ページに満たない分量の中に、「トリック」という言葉が二十四回も登場するのだ。加えて、ルーブリックの内容の方も、以下のごとしである。

「白い密室」――トリックは尽きた尽きたと言われているが、この作者にとっては、トリックは決して尽きていない。

「早春に死す」――この調子で、さらに四、五編の長編、十余編の短編がなしとげられるならば、西にディクスン・カーあり、東に鮎川哲也ありと称号できるのではないかと思う。

「愛に朽ちなん」――斬新なトリックを毎月考案するのは、なかなかの難事であるが、鮎川さんはこの稿執筆中、風邪を引かれて気分がすぐれなかったにもかかわらず、今度もまた一つの新しいトリックを案出している。

「不完全犯罪」――この作者の鉄道トリックは、無尽蔵である。

江戸川乱歩が鮎川哲也という作家に何を期待していたのかが、あからさまに書かれている。一九六〇年代までの鮎川は、乱歩のこういった期待に応えるべく、トリック案出に力を注いでいたのである。そして、当然の結果として、手がかりはトリックをあばくためのものばかりになってしまったのだ。


とはいえ、一九六〇年代までの鮎川作品に、クイーンのような「犯人を特定する手がかり」を中心にしたものが皆無というわけではない。実を言うと、数だけならば、けっこう書いている。――三十枚にも満たない小品、そして、テレビやラジオの脚本として。

脚本については活字化されたものを読んだだけだが、犯人を特定する手がかりを軸としてプロットが組み立てられているものが多い。おそらくは、ミステリ・マニア向けではないからだろう。拙著『エラリー・クイーン論』にも書いたが、ラジオの聴取者やテレビの視聴者の大部分は、新案トリックの品評会には興味がない――というか、そもそも新案かどうかを判断するためのデータベースを持っていないのだ。

また、小品も同様に、手がかりが中心になっているものが多い（まあ、小品にトリックを盛り込んだら短編になってしまうので、当たり前と言えば当たり前の話なのだが）。例えば、「実験室の悲劇」

とクイーンのラジオドラマ「放火狂の冒険」は、ほとんど同じ手がかりで物語が出来ている、といった具合である。

これらの作品は、後に残ることがまれな脚本や小品なので、ファンの印象には残っていない。だが、いずれも作者の手がかり案出の才能をまざまざと見せつけてくれるものばかりだ。

そしてさらに、鮎川にはもう一種類、犯人を特定する手がかりを中心にした作品群が存在する。それこそが、〈三番館シリーズ〉に他ならない。

このシリーズが始まった一九七二年というのは、鮎川がクイーン・ファンを公言するようになった後である。つまり、乱歩の呪縛から解き放たれ、トリックよりも手がかりの案出を重視するようになった時期に開始されたシリーズだ。そのため、この〈三番館シリーズ〉の手がかりは粒ぞろいである。しかも、ほとんどが「犯人を特定するための手がかり」なのだ。探偵役のバーテンが、誰もが見落としていた些細な――それでいて大胆に提示されている――手がかりから鮮やかに犯人を指摘する手際は、まさしくクイーン作品の味わいがある。

ちなみに、このシリーズは、クイーンではなく、アイザック・アシモフの『黒後家蜘蛛の会』との類似を指摘されることの方が多い。だが、作者自身は『モーツァルトの子守歌』のあとがきで、『クイーン検察局』的な作風を狙ったと述べている。加えて、『黒後家蜘蛛の会』の第四集の解説では、「エラリー・クイーンの短編に比べると、アシモフのほうはSF作家の余技でもあるせいだろうか、謎の底が浅く、したがってヘンリーの謎解きもあざやかではあるものの、いさささか呆気ない」と言っている。一九七〇年以降の、鮎川のクイーン的作風への思いと、自分もそれを描いているという自負が、よくわかるではないか。

6　叙述トリックを描いて

〈三番館シリーズ〉のクイーン的作風については、一九八七年に書かれたシリーズの一編「鎌倉ミステリーガイド」と、一九五六年に発表された「達也が嗤う」を比べてみるのがいいだろう。この二作は共に、「叙述トリックによって犯人を読者の目から隠す」というアイデアを使っているのだが、手がかりという観点からは、天と地ほども差があるからだ。

「達也が嗤う」で使われているのは、「叙述によって女である浦和（＝語り手にして犯人）を男に見せかけるトリック」。犯人が女であることは作中にはっきり書いてあるので、読者は女性の登場人物しか容疑者と見なさない。ゆえに、男である（ように見える）浦和は読者の犯人候補からは外れる。ただし、この作品の妙は、叙述よりも、「語り手は鮎川哲也であり、『浦和』は彼が旅行時に使う変名である」と読者に思い込ませる点にある。つまり、メタレベル（作品の外）にトリックが仕掛けられているのだ。乱歩の「陰獣」のアイデアをさらに徹底化して犯人当てに応用したトリックとも言えるだろう。

ただし、「陰獣」では、今、読者が読んでいる「陰獣」という作品が江戸川乱歩の筆によるものであるという事実が揺らぐことはない。ところが、「達也が嗤う」では、記述者の浦和はミステリ作家ではあるものの、鮎川哲也とは別人であることが解決篇で明かされる。すなわち、探偵作家クラブの犯人当てのためのネタに困った鮎川が浦和に助けを求め、浦和は自らの犯罪を犯人当て形式で小説化した――という設定だと作者・鮎川は言っているのだ。

つまり、本作のメイン・トリックは、読者に（作品のメタレベルに立つ）作者を誤認させるというものである。読者が女の作者を男の作者だと誤認させられたならば、当然のこととして、作者つまり語り手の性別も誤認してしまうことになる。犯人当てミステリにおける作者の目的が、「読者に犯人を当てさせないこと」だとするならば、本作はその究極の形だとも考えられるだろう。

鮎川がこういったアイデアを思いついたのは、おそらく、本作が探偵作家クラブの例会での犯人当てゲーム用に依頼されたからだと思われる。例会では、作者と読者が直接ゲームを競う。つまり、作者からすると、読者が自分を男だと知っていることは確実となる。ならば、作品の外にトリックを仕掛けても問題はないわけである。（逆に、本作を英訳して「エラリー・クイーンズ・ミステリマガジン」に掲載したとしても、アメリカの読者には――特に「テツヤ」が男の名前だと知らない読者には――何が面白いのかわからないに違いない。）

また、綾辻行人以降の新本格作家たちも、学生時代に、大学の同好会等で、作者と読者が直接ゲームを競うタイプの犯人当てを体験している。彼らが「達也が嗤う」を発展・応用したかのような叙述トリックものをいくつも書いているのは、このあたりが原因だろう。

ただし、本作を「手がかりを基にした推理を描く本格ミステリ」と見た場合、評価は低くなる。まず、推理の前提となる「犯人は女」というデータは、手がかりから導き出されたものではない。犯人の名前を知っているはずの被害者が、なぜか「おんな、おんな、女」と、性別だけ告げてから絶命するのだ。しかも、犯人が女装していたために見間違えた可能性や、「おんな」というダイイング・メッセージには性別とは別の意味があった可能性などは、一切検討されていない。他の解釈があり得ないことは、読者への挑戦状の中で、「犯人は三人の女の中の誰であろうか」と、メタレベルから作者が保証しているだけにすぎないのだ。作者は、全篇にミスリードのための文を散りばめながら、最も重要なこのデータだけは、書かれた通りに読んでほしいらしい。

また、解決篇では、作者（語り手にして犯人の浦和）によって、以下の文が書かれている。

私が第一の殺人と書いたのはチヅ子の毒殺をさしたのであり、これを「板原の射殺」と早呑み込みをされたのもあなたがそそっかしいからである。私はチヅ子と達也のどちらが先にやられたのか故意にしるさなかったけれど、一応それを検討してかかってこそ、作者のペテンにおちいらずにすむというものであろう。

しかし、そそっかしくない読者が殺人の順番を検討してかかると、「犯人は達也殺しの罪をチヅ子に着せようとしているので、達也→チヅ子の順で殺したはず」という結論になる。チヅ子を先に殺してしまうと、本命の達也殺しに失敗した場合、取り返しがつかない。つまり、与えられたデータを基に正しい推理をすると、作者のペテンにおちいってしまうのだ。

次は、江田島ミミが男だということを示す手がかりを見てみよう。

まず、解決篇で作者が述べている「作者はミミが女であるとは一度も云わなかったし、ミミを彼女という代名詞で呼んだこともなかった」というのは、手がかりではない。「アンフェアではないよ」と言っているだけである。

作者が手がかりとして挙げているのは、①ヴェニティケースに髭の毛抜きがあった。②喉仏を隠すためにマンダリンカラーの服を着ていた。③龍之介とミミが結婚できないことを述べておいた。の三つ。だが、問題篇を読むと、①については「毛抜き」としか書いておらず、②も「最近流行のマンダリンカラーの桃色の服」となっている。どちらも、それを基にしてミミが女だと推理できるようなものではないので、手がかりというよりは伏線と呼ぶべきだろう〔注1〕。③も同様に、手がかりとは呼ぶことはできない。


そして、本作で最も重要な、浦和が男ではないことを示す手がかり。まず、「私はただの一度もアンフェアな書き方はしていない。私、この歌川蘭子（浦和のペンネーム）が男であるとは決して、書かなかったはずだ」というのは、ミミの時と同様、手がかりではなく、「嘘は書いていないよ」と言っているにすぎない。

作者が手がかりとして挙げているのは、一つしかない。「私が一夜芳江と同室したにもかかわらず、その翌朝彼女のご亭主は私にあいそをのべている。かりに私が男であってごらんなさい、この嫉妬ぶかい頑固爺さんは私を仇敵のようににらみつけたに違いないのだ」というデータである。芳江の夫が嫉妬深いことも、浦和が芳江と夜通し雑談をしたことも、翌日に芳江の夫が浦和に「昨夜は妻が邪魔をしたそうじゃの」と言うシーンもきちんと描かれているので、手がかりの提示はなされていることになる。……という考えは、叙述トリックものとしての見地からに過ぎない。「手がかりを基にした推理を描く本格ミステリ」としての見地からは、不充分なのだ。例えば、浦和が女のふりをした男だった場合、やはり芳江の夫は嫉妬したりはしないからである。

以上の指摘を読んで、「単なる揚げ足取りだ」と感じた読者も多いと思う。だが、これは揚げ足ではなく、叙述トリックが手がかりに及ぼす悪影響を指摘しているのだ。

男女の区別には、外見的なものと生物学的なものがある。性転換して女になった男は、外見的には女だが、生物学的には男となる。従って、作者の立場からすると、生物学的な区別を用いなければならない。性転換して女になった男について、地の文で「彼女」と書いてはいけないのだ。だが、作中人物の立場では、外見的な区別を用いることになる。男が性転換して女になったことを知らない人物は、「彼女」と言わなければおかしい。

右に引用した解決篇の文の内、「男であるとは決して書かなかった」というのは作者の立場から、つまり生物学的な立場からのデータである。だが、次の「芳江の亭主は私にあいそをのべた」というのは、作中人物の立場からのデータなのだ。となると、外見的な立場で考えなければならないことになり、「芳江の亭主は浦和を女だと思い込んでいた」という可能性が無視できなくなるわけである。

また、犯人よばわりされたミミは、「達也はあたしが男だということを知っている唯一人の人間なんだよ。もしあたしがあいつを射ったとするなら、〝犯人は男だ〟と云うはずじゃないか」と反論する。一見もっともらしいが、これは作者の立場からの論理にすぎない。作中人物の立場からの論理では、「達也は他の者がミミを女だと思い込んでいたので、あえて〝犯人は女だ〟と云った」と考えてもおかしくないのだ。

手がかりの解釈は何通りもある。例えば、「XX」というダイイング・メッセージは、「XX」、「メメ」、「二十」のどれかを示しているのかもしれないし、そうでないのかもしれない。

だが、作者はその中の一つだけを正解として提示しなければならない。かといって、作者がメタレベルから介入して「メッセージの解釈は『二十』です。この物語の作者である私がそう決めたのです」と書いたら、（それは事実なのだが）失笑を買うだけで終わってしまう。

では、クイーン作品の場合はどのように手がかりの解釈を一つに絞り込んでいるかというと、作中探偵にやらせているのだ。読者と同じデータを得ている作中探偵が、そのデータを基に、手がかりの唯一無二の解釈を見つけ出す。そうすれば、読者は「なるほど。こうすれば私にも推理できたな」と思うわけである。つまり、作中探偵に読者の代表を務めさせるのだ。

だが、叙述トリックを用いた場合、この方法は使えない。作中探偵と読者の得るデータが違いすぎるからである。

・読者は浦和は男だと勘違いしているが、作中探偵は女だとわかっている。
・読者は挑戦状の中の「犯人は三人の女の中の誰か」や「犯人は一人、共犯者はいない」というデータを得ているが、作中探偵は得ていない。
・読者は題名の「達也が嗤う」を逆に読めば「浦和がやった」となることに気づく可能性があるが、作中探偵はそもそも題名を知らない。

これだけギャップがあれば、もはや、作中探偵が読者の代表として手がかりの意味を推理することは不可能になる。かくして、「達也が嗤う」では、作者がしゃしゃり出て説明せざるを得なくなり、手がかりという観点からは評価が下がってしまったのだ［注2］。

一方、その三十年以上後に書かれた「鎌倉ミステリーガイド」にも、叙述トリックが用いられている。こちらは、「蔵王光子」と「天童光子」という二人の「光子」を、叙述によって一人に見せかけるというアイデア。犯人は蔵王光子なのだが、作中には「光子」にアリバイがあることが明記されているので、読者は彼女を容疑者から外してしまう。だが、アリバイのあるのは天童光子の方だったのだ。

そして、解決篇では、以下の手がかりに基づく推理が描かれている。
①第六章では、「光子」の身長がグループ仲間の信人や三五八よりも低いことが書かれている。
②第三章では、「光子」の身長が信人よりも高いことが書かれている。
③従って、グループには信人よりも背の高い「光子」と低い「光子」の二人がいることになる。

文句のつけようがないフェアな手がかりと言える。それでいて、「達也が嗤う」と異なり、この手がかりを指摘するのは作者ではない。解決篇で「第六章には～」とメタレベルからのみわかるデータを指摘するのは、作中探偵のバーテンなのである。

どうして、作中の人物が〝章〟を認識できるのだろうか？　実は、本作の殺人事件は、作中作として描かれていて、それを読んだバーテンが、自分が気づいた手がかりを説明しているのである。この設定ならば、作中探偵の立場は読者と完全に一致するので、読者の代表を務められることは言うまでもない。クイーンも『恐怖の研究』において、「作中探偵のエラリーに作中作を読ませる」という設定を導入していることから考えると、叙述トリック作品における手がかりのフェアネスを保証するには、この方法が最良なのだろう。

作中作という設定の利点はそれだけではない。「達也が嗤う」では、手がかりを見落とした読者に向けて、作者が「率直に云わせて頂くならばあなたのアタマが悪いのであり、私を責めるのは見当違いと云うべきである」等の批判を浴びせているのだが、この文を読んで、不満や不快を感じる読者もいるはずである（もっとも、鮎川哲也は「この文は私ではなくピンチヒッターの浦和が書いたものだ」という弁解を用意しているのだが）。一方、「鎌倉ミステリーガイド」の方にも、よく似た文章が出て来る。ところが、こちらは作中作の仕掛けを知った作中の編集者の述懐なので、「作者は、そのデータを三回にわけてそれとなく暗示し、いや、明白に堂々と明示していたのである。それに気づかなかった編集者の頭は、カルメ焼きのように空疎だったことになる」という表現になっているのだ。これならば、読者も素直に受け止めることができるだろう。また、だからこそ、この後に続く述懐も、読者の心に響くのだ。

本格物とはこうした書き方をするのだと教えられたような思いがした。多くの読者はこれを古いというかも知れない。しかし、これが本来の本格物なのだ……。

手がかりを読者に気づかれないように提示するにはどう書けばよいのか？　手がかりから唯一の解釈を導き出せるようにするにはどう書けばよいのか？　鮎川哲也は、一九五〇年代には得られなかったその答えを、一九七〇年代には得ることができたのだ。——おそらくは、クイーン作品からヒントを得て。

［注1］②のカラーの手がかりについては、別の解釈もできる。この手がかりは、やはり女装した男が登場するクイーンの初期短編でも使われているからだ。（ただし、クイーンの作では、カラーは手がかりとして使われていない。ある人物が女装していることを推理した後で、裏付けに使っているだけだ。）そして、「達也が嗤う」が探偵作家クラブの会員向けに書かれたことと併せて考えると、鮎川は、「みなさんはプロの作家や評論家なので、当然、クイーンは読んでいますよね。だったら、『喉が隠れるカラー』が出て来たら、女装を疑わなければいけませんよ」と言いたかったのではないか、という解釈が導き出せる。つまり、新本格ミステリでしばしば見られる「過去のミステリを読んでいる人にしか通用しない手がかりや伏線やヒント」の先駆というわけである。

［注2］この「作者と作中人物のギャップ」について、興味深い文章を紹介しよう。クイーンの『十日間の不思議』のハヤカワ・ミステリ文庫版に寄せた鮎川の解説である。なぜ興味深いかというと、こ

の作の、A氏がB氏に化けるシーンの記述について、鮎川が「作者が相手の人物をB氏と書くのはアンフェアだ。正体はB氏に化けたA氏なのだから。探偵クイーンの主観描写では嘘を書いてもいいが、作者クイーンは客観描写のなかで嘘を書いて読者をペテンにかけてはならない」という意味の批判をしているのだ。これは、「達也が嗤う」の解決篇での浦和の言葉と同じ意味だろう。

だが、作者クイーンはこういう考え方をしていない。クイーン作品の地の文は、三人称ではあっても、作中人物エラリーの事件当時の主観で書かれているのだ。つまり、事件当時のエラリーがある人物をB氏だと思い込んでいたら、たとえその正体がA氏でも、地の文では「B氏」と書くことになる。なぜならば、作者クイーンは、読者と探偵エラリーの得るデータを一致させようとしているからに他ならない。そして、一致させることによって、初めて、「読者のみなさんもエラリーと同じように真相を推理できるはずです」と断言できるようになるのだ。

ただし、すべての叙述が探偵エラリー視点というわけではない。例えば、〈読者への挑戦〉は、同じクイーンでも作者の立場から書かれているので、鮎川の指摘通りに書かなければならないことになるし、実際にそう書いている。こちらは、『アメリカ銃の謎』の挑戦状が好例だろう。解決篇では、二人の被害者の内、バック・ホーンと思われていた人物は別人だと明らかになる。従って、挑戦文では「コロシアムの競技場で二人の騎手を殺したのは誰か」という表現を用いて、アンフェアだと批判されないようにしているのだ。（このあたりは、拙著『エラリー・クイーン論』を読んでもらえるとありがたい。）

おわりに

鮎川哲也はクイーンと同じく、巧妙な手がかりの案出に長けていた。ただし、デビュー当時の一九五〇年代は、トリック至上主義の風潮のために、作品は新案トリックが軸となり、手がかりはそのトリックをあばくものが中心となっている。犯人を特定する手がかりは、小品か脚本くらいしかなかった。

一九六〇年代に入ると、短編は倒叙ものが主となり、〝犯人のミス〟という形での手がかりの案出に力を注ぐようになる。それと歩調を合わせるかのように、クイーン・ファンの度合いを強め、クイーンへの思いを公言するようになった。

そして、一九七〇年代には、犯人を特定する手がかりを軸とする〈三番館シリーズ〉を開始。クイーン的な、そして、優れた作品をいくつも生み出していった。

第一章で述べたように、横溝正史は、自分に欠けていたロジックをクイーン作品から取り込んでいる。そして、このロジックをもともと得意だったトリックと組み合わせることによって、いくつもの傑作を生み出していった。

鮎川哲也の場合は、もともと手がかり案出の才能に恵まれていたので、クイーンから何かを取り込んだというわけではない。むしろ、その才能を伸ばす際にクイーンを参考にした、と表現した方が正しいだろう。おそらく、クイーンが存在しなくても、アリバイ崩しものの長編や、初期のトリックものの短編を生み出すことができたはずである。

だが、〈三番館シリーズ〉や、一九七〇年代のいくつかの短編（「砂の時計」など）は、クイーンがいなければ書かれることはなかったに違いない。そして何よりも、社会派ブームによる逆風の中で、「本格物とはこうした書き方をするのだ」という鮎川の思いを支えていたのは、他の誰でもなく、クイーンだったはずである。

鮎川哲也もまた、〈クイーンの騎士〉の一人なのだ。

第三章

松本清張

犯人という主体

〔本章で真相等に触れている作品〕Ｅ・クイーン『ローマ帽子の謎』『フランス白粉の謎』『オランダ靴の謎』。松本清張『点と線』『砂の器』『時間の習俗』。

はじめに

本書の目次を見た読者が一番違和感を覚えるのは、この第三章だろう。松本清張とクイーンの結びつきにピンと来ない読者は、決して少なくないに違いない。清張がお気に入りの海外ミステリ作家はジョルジュ・シムノンやコーネル・ウールリッチらしいし、参考にした作家はロイ・ヴィカーズらしいからだ。

また、本格ミステリの熱心な読者や、本格ミステリ作家には、清張作品はさほど高く評価されていないように思える。『東西ミステリーベスト１００』のようなミステリ全般のランキングならば——一九八五年選出の第一回も、二〇一二年の第二回も——『点と線』が鮎川哲也の『黒いトランク』より上位に来る。が、本格ミステリ限定のランキングでは、これが逆転する。ミステリ全般のみならず、本格ミステリとしても高い評価を得ているクイーン作品とは、かなり差があると言わざるを得ないだろう。

また、鮎川哲也とクイーンの共通点を指摘した論はいくつもあるが、清張とクイーンの共通点については、私の知る限りでは、二つの論しか存在しない。一つめは、巽昌章の「暗合ということ」。この卓越した論考では、清張の「巨人の磯」「東経一三九度線」『Dの複合』と、クイーンの中期作の共通点を指摘している。もう一つは、私が別冊宝島『松本清張の世界』に寄せた文で、卓越しているかどうかはわからないが、『点と線』を「清張流『国名シリーズ』の最高傑作」と評している。——そう、私は清張の本格ミステリは、クイーンの〈国名シリーズ〉と似ていると考えているのだ。

だが、作品の共通点の前に、作家の共通点にも簡単に触れておこう。

清張とクイーンの作家としての共通点は、どちらも〝ベストセラー作家〟ということである。「ライフ」誌などによると、クイーン作品は、〈国名シリーズ〉後半からは、E・S・ガードナーをも上回るベストセラーだった。クイーンのアメリカにおける人気は、一九三九年から放送が開始されたラジオドラマによるものだと思っているファンも多いが、話は逆。そもそも、小説がミステリ・ファンだけでなく一般読者にも売れていたからこそ、一般の聴取者向けのラジオドラマに進出できたのだ。

一方の松本清張の人気については、言うまでもないだろう。清張もまた、ミステリ・ファンだけでなく一般読者にも受け入れられたからこそ、国民的作家になったのである。

（余談だが、当時の安価な本の普及が一般読者への浸透を後押しした点も、共通している。高価な本を買うのは、その作家かジャンルのファンしかいないが、安価な本ならば、一般読者が気軽に手にとってくれる。松本清張の場合は、もちろん、一九五九年に刊行が始まった、光文社のカッパ・ノベルス。クイーンの場合は、一九三〇年代後半から始まったペイパーバック。例えば、ポケット・ブックでは、クイーンは「最低一作が百万部以上売れた作家」と「全作の総計が五百万部を超えた作家」として、表彰されている。)

そして、作家としてのこの共通点は偶然ではない。作品における共通点こそが、彼らをベストセラー作家に押し上げたのだ。

以下では、それが何だったのかを、考察していこう。

1　社会派推理小説

松本清張のミステリ作品を考察する場合、二つの言葉を無視することができない。

一つめは、清張作品に貼られた〈社会派推理小説〉というレッテル。

二つめは、清張のエッセイ「推理小説独言」に登場する「(私は)探偵小説を〝お化け屋敷〟の掛小屋からリアリズムの外に出したかったのである」という文。

この二つは互いに関係しているのだが、まずは、前者について考察しよう。

〈社会派推理小説〉について書かれた文を読むと、ここで言う「社会」とは、現代の読者の大多数がなじみのある社会を指しているらしい。横溝正史が描く旧弊な村社会などは――たとえ現実に存在していても――対象外ということになる。また、「○○家」といった、富豪や権力者の一家を舞台にしても――たとえ現実に存在していても――社会派とは見なされないようだ。このあたり、便乗作家や出版社が、「清張作品が一般読者にも売れたのは、一般読者に身近な社会を描いているからだ」と考えていたことが、よくわかる。

また、作中での社会性の扱いは、動機にからめなければならないようだ。公務員が犯人でも、不倫がらみで妻を殺したならば、〈社会派推理小説〉とは呼ばれない。

こういった定義が正しいとするならば、クイーンの〈国名シリーズ〉は――特に初期の三作は――社会派と呼んでもかまわないことになる。

〈国名シリーズ〉の舞台を見てみよう。第一作『ローマ帽子の謎』は劇場、第二作『フランス白粉の謎』は大型デパート、第三作『オランダ靴の謎』は総合病院。しかも、それぞれの舞台については、かなり詳しく書かれている。どれも一般大衆には身近なものであり、〈クイーンの言葉を借りるならば〉これまでのミステリではほとんど舞台として使われていなかった。

さらに、動機となると、もっと社会性を感じさせる。

『ローマ帽子の謎』の犯人バリーは売り出し中の俳優で、上流階級の娘と婚約中。だが、彼の先祖には黒人が一人だけいた。自分の体に黒人の血が流れていることを知られたら、身の破滅である。当時のアメリカでは、まだまだ黒人差別が残っていたからだ。かくしてバリーは、その秘密を知る弁護士の殺害を決意したのだった……。

今度は、清張の『砂の器』の犯人の動機を見てみよう。

『砂の器』の犯人・本浦は売り出し中の作曲家で、現大臣の娘と婚約中。だが、彼の父はハンセン氏病に罹《かか》っていた。当時の日本では、まだまだハンセン氏病は差別の対象だったからだ。かくして本浦は、身の破滅である。自分の体にハンセン氏病患者の血が流れていることを知られたら、身の破滅である。

その秘密を知る元巡査の殺害を決意したのだった……。

どうだろうか？　同じような「社会性を盛り込んだ」動機ではないだろうか？

クイーンの次作『フランス白粉』では、麻薬密売がテーマとなり、密売組織の一員クルーサーが犯人。彼が属する組織は、密売ルートとしてデパートを利用していた。だが、麻薬中毒になった娘バーニスを救い出そうとした母親フレンチ夫人にルートを気づかれてしまう。そして、組織のトップは、密売ルートを守るため、バーニスとフレンチ夫人の殺害をクルーサーに指示した。かくしてクルーサーは、何の恨みもない母娘を冷酷にも殺害するのだった……。

というわけで、〝麻薬組織によるビジネスの邪魔者排除のための殺人〟、と社会性充分。しかも、殺人の指示をした麻薬組織のトップまでは法律の手が届かないという結末まで付いている。どこから見ても、〈社会派推理小説〉ではないか。

三作めの『オランダ靴』の犯人は、元外科医のスワンスン。舞台となるオランダ記念病院で外科主任を務めるジャニー博士の息子である。かつては父の後を継ぐと目されていたが、酔ったまま手術をして患者を死なせてしまった。当然のことながら病院から追放され、医師の資格も失ってしまう。彼は、自分を追放した病院のオーナーと自分を守ってくれなかった父親を殺し、復讐と同時に、遺産も手に入れようとするのだった……。

というわけで、こちらも社会性は充分。しかも、スワンスンはオランダ記念病院で働く看護婦を共犯者として利用するのだ。社会派というよりは、テレビドラマみたいだが……。

ここで、クイーン・ファンからは「クイーンの作品で社会性があるのは、〈国名シリーズ〉ではなく中期作ではないか」という意見が出ると思う。確かに、クイーンの中期作には、軍需産業、進化論、宗教、老人問題、マッカーシズムといった社会性のあるテーマを軸にしたものが多い。だが、これらの作品では、社会性は動機ではなくプロットと結びついている。また、清張作品にも社会性のあるテーマがプロットと結びついたものが少なくないが、こちらは本格ミステリとは言い難いものが多い。

本格ミステリとして書かれ、真相が明らかになるにつれて社会性のある動機が浮かび上がる――この形式を持つ作品こそが、清張の『点と線』や『砂の器』であり、クイーンの初期〈国名シリーズ〉なのだ。

2　リアリズム推理小説

松本清張の考えが「社会派＝リアリズム」だと思っている人も多いが、実際はそうではない。例えば、以下の清張自身の文章を見てみよう（「推理小説時代」より）。

動機を主張することが、そのまま人間描写に通じるように私は思う。犯罪動機は人間がぎりぎりの状態に置かれた時の心理から発するからだ。それから、在来の動機が一律に個人的な利害関係、たとえば金銭上の争いとか、愛欲関係におかれているが、それもきわめて類型的なものばかりで、特異性がないのも不満である。私は、動機にさらに社会性が加わることを主張したい。そうなると、推理小説もずっと幅ができ、深みを加え、時には問題も提起できるのではなかろうか。

ここでは前述の「社会性のある動機」について語っているのだが、これはリアリズムを無視した主張だと言える。清張は「動機に特異性がない」のが不満だと言っているが、現実をリアルに反映するならば、類型的な動機になるのが普通ではないだろうか。むしろ、「政財界の大物が自身のスキャンダルの隠蔽のために自らの手で殺人を犯し、複雑なアリバイ・トリックを弄する」事件の方が、リアリズムが欠けていると言える。清張が動機に社会性を加えようとするのは、リアリズムのためではなく、作品に幅と深みを与えるためなのだ。

そのリアリズムについては、前述の「探偵小説を〝お化け屋敷〟の掛小屋からリアリズムの外に出したかったのである」という文に注目したい。この文中の〝お化け屋敷〟という比喩が、一番のポイントと思われるからだ。

では、〝お化け〟と〝お化け屋敷のお化け〟の違いは何だろうか？　私の解釈は、「『お化け』には動機があるが、『お化け屋敷のお化け』には動機がない」となる。〝お化け〟は、基本的には恨みのある相手に対してしか化けて出ない。だが、〝お化け屋敷のお化け〟は、お化け屋敷に来た客であれば、誰の前にも姿を現す。恨みの有無などは、関係がない。もちろん、お化けを演じる人は、それによって金銭を得ているので、それが動機と言えないこともない。だが、金銭はお化けを演じる人にとっての動機であり、その人が演じるお化けにとっての動機ではないのだ。言い換えると、化けて出る理由がある〝お化け〟はリアルだが、化けて出る理由がない〝お化け屋敷のお化け〟は、リアルではないのだ。

さらに考えを進めてみよう。舞台で怪談が上演されているとする。もちろん、幽霊を演じているのは生身の人間だし、観客もそれはわかっている。だが、脚本や俳優や演出がしっかりしていれば、観客はその幽霊にリアリズムを感じることができるのだ。

小説のリアリズムというのは、「いかに読者に作者を感じさせないか」にある。まるで作中人物自身が考えて話しているようだと読者が感じたならば、リアリズムがある。作中人物が作者に代わって話しているようだと読者が感じたならば、リアリズムはない。すなわちリアリズムの要《かなめ》は、作者をいかに消し去るかにあるのだ。

清張は前述のエッセイの中で、「相変らず空疎で、こけ威し的な形容詞。これでもか、これでもかと、押しつけてくる煩雑で虚しい文章」を批判している。おそらく、その理由は、こういった文は、いやおうなしに読者に作者を感じさせてしまうからだろう。つまり、作者がしゃしゃり出る文章は、見せ物小屋の「親の因果が子に報い〜」の口上と同じだと言いたいのだ。

そして、あらゆる文学の中で、読者が最も作者を感じるジャンルは、本格ミステリに他ならない。読者に挑戦し、読者とフェアに競い合う、という他のジャンルには存在しない本格ミステリ固有の特徴こそが、読者が作者を意識せざるを得ないように仕向けてしまうのだ。

かくして、このジャンルが持つ特性が、リアリズムの足を引っ張ることを強いられる。なぜならば、作中の犯人は、フェアプレイなどは考えていないからだ。

例えば、解決篇で犯人が手記に嘘を書いたことが判明したならば、読者は「アンフェアだ」と批判するに違いない。だが、現実の犯人が手記を書く場合、ばれない確信があるならば、嘘を書くに決まっているではないか。逆に、わざわざダブルミーニングを用いて真実を書きながらも隠そうとする犯人の方が、「リアリズムが欠如している」と批判されるべきである。

あるいは、作者と読者の間のルールを定めた〈ノックスの十戒〉や〈ヴァン・ダインの二十則〉を見てみよう。彼らは、探偵、捜査当局の一員、使用人等の端役、秘密結社の一員、プロの犯罪者、双子、といった面々を「犯人に設定してはいけない」と言っている。だが、作中レベルから見ると、これがお笑いぐさであることは言うまでもない。警官だって使用人だって殺人は犯すし、プロの犯罪者を疑わない捜査陣はリアルとは言えないだろう。

リアリズムの観点から見た場合、本格ミステリにおける作者と犯人のギャップ、そして読者と探偵のギャップは、無視できないほど大きい。特に〈トリック〉の扱いにおいては、このギャップは途方もなく大きくなってしまう。

例えば、密室トリックの扱い。作者にとっては、「自分の考えた斬新な密室トリックを描きたい」というのが〝目的〟である。だが、犯人にとっては、「自殺に見せかけたい」という目的を実現する〝手段〟に過ぎない。となると、犯人の側では、密室トリックの（過去のミステリにおける）先例の有無などは関係がないということにもなる。犯人にとって、どんなトリックを用いるかの基準は、独創性ではなく、危険性――失敗する危険や警察に見抜かれる危険の度合い――にあるのだ。

清張以前の本格ミステリに欠けていたのは、まさにこの部分のリアリズムである。確かに、密室トリックを弄した犯人の動機は描かれている。自殺や事故死に見せかけるため、超自然現象に見せかけるため、アクシデントで密室状況が生じたため……。だが、数ある密室トリックの中で、小説に先例のないトリックを選んだ動機の方は、書かれていないのだ。

いや、殺人の動機そのものさえも、リアリズムが欠けているものが多い。確かに、被害者を殺せば犯人に大金が入ることは描かれている。だが、犯人が殺人という大罪を犯してまで金を必要とした理由や、殺人以外の方法で金を入手できなかった理由の方は、書かれていないのだ。

話が抽象的になってきたので、清張作品に戻ろう。

清張の言う〝リアリズム〟とは、作中人物が、作者に動かされているのではなく、自分で考えて動いているように見せかける点にある。言い換えると、読者に「なるほど、自分もこんな状況に追い込まれたら、こんな犯罪を犯すだろうな」と思わせることこそが、〝リアリズム〟なのだ。そして、ここで言う「読者」とは、ミステリ・マニアではなく一般読者のこと。つまり、作者が「犯人は密室にするつもりはなかったが、天気予報が外れて雪が降ったので、密室状況が生じてしまったのだ」という理由を述べた場合、「なるほど、そういえば『天気予報が外れた』という伏線があったな」と思って納得するミステリ・マニアのことではない。「殺人という重罪を犯すというのに、百パーセント当たる保証のない天気予報を信じる犯人はリアルではない」と思う一般読者のことである。

前述の「推理小説時代」から、もう一つ引用しよう。まさにこれは、一般読者とは異なる、ミステリ・マニアのリアリズムを批判している文なのだ。

作者は競争相手の読者を念頭において作品を書くために、いよいよ奇抜なトリックを案出して勝とうとする。そういう作者の脳裡《のうり》にある読者とは、読み巧者の、専門的な、いわゆる「推理小説の鬼」と称する読者たちである。これは数少い選ばれた読者なのであろう。

現在までの、ことに戦後から今日までの、専門的な推理小説作家の作品活動は、大体このような傾向ではなかろうか。作者と「鬼」との競争小説である。作者にとっては、頂上の専門読者に勝てば満足なのである。このへんから、日本の推理小説は一種の同人雑誌的な狭い小説になってしまったようである。トリックはいよいよ奇想天外となり、手品的となり、現実離れがしてくる。選ばれた鬼はそれをとがめない。なぜなら、トリックだけの競争だからである。

ずいぶんと批判的だが（都筑道夫の『黄色い部屋はいかに改装されたか？』や私の『エラリー・クイーン論』でも似たような指摘をしているが）、これが一九六一年という清張ブームのさなかに発表された点を無視してはならない。つまり、一般読者の圧倒的な支持を得た清張が、自信を持って書いた文章なのだ。

では、清張に自信を与えた作品――「リアリズムに裏付けられた本格ミステリ」を意識して描いた最初にして最高の作品――『点と線』の考察に入ろう。

3　『点と線』――犯人の物語

本作の犯人は、かなり手の込んだ計画を立てている。が、それらはすべて、犯人側の都合によって生み出されたかのように書かれているのだ。これが、『点と線』が従来の本格ミステリと決定的に異なっている点であり、リアリズム推理小説と言われるゆえんである。

まず、本作の犯人の計画の根本は、清張自身の言葉を借りると、「警察の捜査権を発動させないトリック」となる。作中の犯人の立場で考えるならば、

・警察の捜査に対抗するよりは、そもそも警察が事件捜査に乗り出さない失踪か自殺か事故死に見せかけるトリックを弄する方が危険性が少ない。

・自殺に見せかける場合、動機としては、汚職と無関係なプライベートなものが望ましい。
・しかし、被害者のプライベートには、自殺の動機が存在しない。
・ならば、自殺の動機をでっち上げればいい。

かくして犯人は、「東京駅の四分間の見通しを利用して無関係の男女を恋人同士に見せかけるトリック」を弄するのであった――。

――というのは、あくまでも作中レベルの話。作品外のレベルで言うならば、まず、〝東京駅の四分間の見通し〟ありきである。作者は、このアイデアを生かすために、犯人が他殺を心中に見せかけるプロットを構築したのだ。この点では、新案密室トリックを生かすためにプロットを構築している他の本格ミステリと、何ら変わらないと言える。だが、大部分の読者は、本作から、他の本格ミステリに見られる「作者の都合」を感じ取ることはないだろう。大部分の読者は、「犯人の都合」しか感じないはずである。まさに、それこそが〝本格ミステリのリアリズム〟なのだ。

では、清張がどのように〝本格ミステリのリアリズム〟を実現したのかについて、もう少し掘り下げてみよう。

まず、「警察が事件捜査に乗り出さないように自殺に見せかけるトリック」は、犯人にとってごく自然な発想と言える。現実にも多いし、鮎川哲也の倒叙ものの短編でも、他殺を自殺に偽装するプロットは、かなりの割合を占めている。

ただし、倒叙もの以外のミステリでは、このトリックはさほど多くない。事件性がない自殺は、本格ミステリの冒頭の謎としては弱いため、読者が不満を感じるからである。また、長編の冒頭で「自殺に見える死体」が発見された場合、マニアな読者は、本当に自殺だと思ったりはしないに違いない。

だが清張は、読者に与えるインパクトよりも、作中犯人の都合を優先したのだ――リアリズムのために。

次の「東京駅の四分間の見通しトリック」は、何人もの評者から、成功率の低さを指摘されている。確かに、目撃される側とする側の動きがずれてしまうと、成功はおぼつかないトリックではある。だが、犯人の立場から見ると、失敗したら犯行を延期すればいいだけの話ではないか。まだ殺人は犯していないし、証人は（失敗した場合は）何も気づいていないので、不利になることは何もない。むしろ、殺人の後で行う密室トリックやアリバイ工作の方が、やり直しも後戻りもできない分、リスクが大きいはずである。あなたが現実《リアル》に殺人を犯すとしたら、どちらのトリックを選ぶだろうか？

しかも、この「四分間の見通しトリック」の優れている点は、まさにその成功率の低さにある。なぜならば、警察は――いや、人間は、偶発性の高いものについては、作為を感じないからだ。もし犯人が、証人が確実に男女二人を目撃するように細工していたら、証人や警察は作為を感じたはずである。たまたま、列車と列車の間を縫って目撃したシーンだったからこそ、当初は疑いを感じなかったのだ。おそらく、警察側に「心中事件が偽装ではないか」という発想が生じていなければ、作為を気づかれることはなかったはずである。清張作品には、偶然の事故に見せかける殺人トリックが多いが、その理由はここにあるのだ。

とはいえ、本格ミステリの愛読者ならば、最初から偶然とは思わないに違いない。作者がわざわざ冒頭で東京駅のシーンを描いた以上、裏の意味があると考えるのは、当然のことだ。本作が本格ミステリ・ファンに高く評価されない理由は、ここにもあるのだろう。ただし、作中の犯人は、作為を読者に気づかれるかどうかなどは全く気にしていないし、そもそも「作品の冒頭」という概念自体が存在しないので、リアリズムの観点からは、どうでもいい話ではあるのだが……。

三つめは、無関係な男女を心中に見せかけるトリック。これもまた、乱歩が狂喜乱舞して〈トリック分類〉に加えたがるようなトリックではないが、いかにも頭のいい犯人が考えそうなトリックである。

もっとも、見方を変えれば、いかにも本格ミステリ的なトリックとも言える。犯人・安田辰郎が殺したいのは、汚職のキーマンである佐山憲一だけだった。だが、心中に見せかけるために、自分の愛人のお時をも殺害し、死体を佐山と並べておいたのだ――。ここでは、「トリックのために殺す理由のない者まで殺害する」という、本格ミステリ的な（すなわちリアリズムの欠如した）発想が登場している。安田はお時を殺したいほど憎んでいるわけではない。心中に見せかけるための道具として、殺したわけだ。これでは、自分が殺したい一人を隠すために、無関係の者を何人も殺した、G・K・チェスタトンやアガサ・クリスティ作品の犯人と同じではないか。

ただし清張は、犯人がこういったリアルではない殺人を犯したことに対して、リアルな動機を用意している。実は、犯行計画を立てたのは、安田の妻の亮子だったのだ。彼女は、自身の病気のために夫婦関係を持てず、夫がお時という愛人を持つのを黙認するしかなかった。しかし、内心ではお時を憎んでいたので、彼女を巻き込む計画を立てたのだ。

ここで興味深いのは、亮子の動機は、社会派とは何の関係もない、愛憎がらみだという点。作中でも「封建時代の昔には当然だった」と言われるくらい、古臭い動機なのだ。本作の犯人は夫婦共犯なのだが、夫の動機は新聞の第一面向きの汚職がらみ、妻の動機は三面記事向きの妻妾《さいしょう》の確執というわけである。作者の「動機に社会性を」という言葉に惑わされている読者も多いが、意外と清張作品には、こういう三面記事的な動機も出て来るのだ。

『点と線』の犯人・安田辰郎は、偽装心中トリックで捜査権を発動させまいとしたが、鳥飼刑事と三原警部補のコンビによって殺人だと見抜かれてしまう。ところが、安田はこの事態をも想定して、鉄壁のアリバイを用意していた。確かに、頭のいい犯人ならば、偽装心中トリックだけでは不安だろう。計画殺人は死刑になる可能性が高いので、できるだけの手を打つのが、犯人としては当然の行為である。これもまた、リアリズムだと言える。

逆に、他の本格ミステリでは、犯人はたった一つのトリックだけに頼り、それが見抜かれたら終わりというものが多い。もちろんこれは、トリックの出し惜しみをしたい作者の都合によるものなので、殺人という重罪を犯す犯人の都合という見地からは、リアリズムが欠けていることになる。

もっとも、本格ミステリ・ファンの間では、このアリバイ・トリック――鉄道で移動したと見せかけて飛行機で移動するトリック――の評価はさほど高くない。というか、かなり低い。例えば、本作の文春文庫版に添えられた有栖川有栖の解説では、「これしきをアリバイ崩しとするのか。世評に騙された」と言われているほどである。

確かに、有栖川の指摘は正しい。現在の警察と読者にとって、飛行機の利用は真っ先に考えるべきルートだろう［注］。だが、それは作者と読者の関係においての話に過ぎない。作中の犯人や警察は、当時のことしか考えていないからである。

しかも、遅まきながら飛行機の利用に気づいた警察が搭乗記録を調べると、犯人・安田の名前はなかった。つまり、安田は警察が飛行機に気づく可能性も考え、自分の名が記録に残らないように手を打っていたのだ。決して、「警察は無能ぞろいなので飛行機の利用には気づいたりはしない」という甘い考えは持っていない。

ただし、搭乗記録を残さずに飛行機を利用するトリック（と、船を利用していないのに乗船記録を残すトリック）についても、有栖川は「共犯者および多数の協力者が存在することが推理小説としては不満だ」と批判している。おそらく、大部分の本格ミステリ・ファンも、同意見だろう。そして、有栖川が「推理小説として」と言っていることからわかるように、これもまた、作者と読者の関係においての話に過ぎないのだ。言うまでもなく、作中の犯人は、自分の犯罪が小説化された時の読者の不満などは気にもとめていない。そして、作中の探偵もまた、推理小説の暗黙のルールなど気にせず、共犯者が存在する可能性を考慮しているはずなのだ。

もちろん、現実の犯罪でも共犯者は少ない方が危険性は小さくなる。だが、本作の場合は、犯人が共犯者を増やす動機がきちんと設定されている。被害者となる佐山を殺したいのは、上司の石田であって、犯人の安田ではなかった。安田は、××省の部長である石田に取り入るために、殺人を犯したのだ。だとすれば、自身のアリバイ工作に石田を巻き込むことによって、一蓮托生の状況にしておくことは、当然の行為ではないか。逆に、ここで共犯関係を築いておかなければ、自分が石田に切り捨てられる危険性さえも存在するのだから。

『点と線』のトリックは、すべて〝犯人側の都合〟によって生み出されたかのように見える。実際には〝作者側の都合〟なのだが、読者がそれを感じることはないだろう。

現実世界の殺人者が実行してもおかしくないトリック――まさにこれこそが、清張の言うリアリズムなのだ。

［注］実を言うと、作中探偵の三原警部補が、なかなか飛行機利用のルートに気づかない理由は、きちんと描かれている。安田の妻・亮子の愛読書が列車の時刻表であることを知り、その魅力を語った随筆「数字のある風景」を読んだ三原は、「汽車の時刻を利用したアリバイ工作ではなかろうか？」と考えてしまったのだ。もちろん、亮子は三原をミスリードするために随筆を書いたわけではないので、

作中レベルでは、偶然の産物に過ぎない。ただし、作者にとっては、計算ずくのミスリードなのだろう。――と思っていたのだが、今回読み直してみると、どうやら作者はこのミスリードを意識していない可能性の方が高い。作品外レベルでも、偶然の産物だったわけである。

4 『点と線』と〈国名シリーズ〉

〈作者対読者〉という形が露骨に提示される本格ミステリにおいて、犯人の都合によってのみトリックが生み出されたように見せかける。――この難題に挑んだ作が、松本清張作品以外にも存在する。もちろんそれは、クイーンの〈国名シリーズ〉に他ならない。

例えば、『フランス白粉の謎』を見てみよう。この作品の犯人は、死体をデパートで展示している収納ベッドの中に隠す。これは、「デパートの客の前で収納ベッドを壁から出すデモンストレーションの時に死体が転がり出す」という派手なシーンを冒頭に入れたい作者の都合によるものに見えるし、実際にそうだろう。だが、犯人の側にも、こうしなければならない強力な理由があある。

犯人は殺人の後、死体発見を昼頃まで遅らせなければならなくなった。だが、死体をデパートに置いていたら、開店前の準備の際に見つかってしまう。かといって、外に持ち出すことはできない。そうなると、死体の隠し場所は収納ベッドしかない。ここならば、昼のデモンストレーションまでベッドは壁に収納されたままなので、それまで死体が見つかることはないはずだ……。

他にも、『ローマ帽子の謎』では、満員の劇場を殺人現場に選んだ犯人側の合理的な理由が、『オランダ靴の謎』では、連続殺人で同じ凶器を用いた犯人側の合理的な理由などが、きちんと説明されている。〈国名シリーズ〉もまた、徹頭徹尾、〝犯人側の都合〟だけで、物語が組み立てられているのだ。

だが、どちらも〝犯人側の都合〟だけで組み立てられた物語を描いているにも関わらず、読者が受ける印象は大きく異なる。前述のように、〈国名シリーズ〉は本格ミステリのお手本として高く評価されているのに、清張作品はさほどでもないのだ。

この差は、〝犯人側の都合〟を重視する理由の違いにある。

清張が〝作者側の都合〟を消し去ろうとしたのは、作者の新案トリック自慢のために書かれたリアリズム皆無の本格ミステリは、文学とはほど遠いと考えていたからだ。当時の文壇では――今も？――作者の都合だけで動いている作中人物を出すと、「人間が描けていない」と批判されるからである。

だが、クイーンの理由は違う。『エラリー・クイーン論』で述べたように、クイーンは〈意外な推理〉の物語を書こうとしていた。そして、この推理を行うのは作中の探偵である。ならば、〝作者側の都合〟は、推理の邪魔以外の何物でもない。当たり前の話だが、作中の探偵に、「犯人はなぜ現場を密室にしたのでしょうか？　それは、作者が斬新な密室トリックを思いついたので、作中人物に実行させたかったのです」という〝作者側の都合〟を基にした推理をさせることはできない。〝犯人側の都合〟を基にした、「犯人はなぜ現場を密室にしたのでしょうか？　それは、犯行時刻に隣の部屋にいた自分に疑いがかかるのを防ぐためだったのです」という推理しかさせられないのだ。

自作に対し、文学性を高めるために〝犯人側の都合〟を重視した清張と、推理を描くために〝犯人側の都合〟を重視したクイーン。これこそが、本格ミステリ・ファンの評価に差がある理由なのだ。

では、今度は『点と線』の推理を見てみよう。

5　『点と線』――探偵の物語

では、今度は『点と線』の推理を見てみよう――と前節の最後では言ったものの、実は、見ることはできない。なぜならば、推理など描かれていないからだ。

鳥飼刑事が心中説に疑問を抱いたのは、食堂車の伝票から、佐山が一人で食事をしたことを知ったからだった。これから心中しようという男女ならば、一緒に食べるはずではないか……と、なかなか面白い着眼点である。ただし、その後がいただけない。鳥飼は、「女は荷物を見るために席に残った」という可能性を、「どうもそんな気がしない」と言って捨ててしまうのだ。これは推理などではなく、ただ単に、作者の用意した結論以外を無視しているだけではないか。

続く〝四分間の目撃者〟のトリックについても、三原は、「よくも、偶然、その時間にそこにいたものだ」と考えた後に、「この偶然は、全くの偶然だろうか」と考えを進めて、作為だという結論にたどり着く。そして、そう考える根拠らしい根拠は示されていない（しいて挙げると「安田が頻繁に腕時計を見ていた」というデータだろうか）。これもまた、作者の導きに作中探偵が従っているに過ぎない。

そして、その後も、飛行機の利用を失念していた三原が、「翼でもないかぎり、安田はその時刻に北海道に行けないが」とつぶやいて気づくといった、作者の作為が透けて見える展開が続く。手がかりに基づく推理は、どこにも描かれていない。

基本的に、清張作品の捜査は、行き詰まり→ヒントによって見落としていた可能性に気づく→その可能性を調査する→裏付けがとれる、という流れになっている。〝手がかり〟ではなく〝ヒント〟なので、推理を描くことができなくなってしまっているのだ（このあたりは前章を参照してほしい）。本作では、「なぜ国鉄の香椎駅から西鉄の香椎駅まで十一分もかかったのか」とか「なぜ安田は待ち合わせ場所を駅のホームではなく待合室にしたのか」といった謎が提示されているが、これを基に推理を積み重ねてトリックをあばくシーンは描かれていない。ヒントからトリックをあばいた後で、謎の解決が提示されるという流れしか存在しないのだ。つまり、「なぜホームで待ち合わせなかったのか？→列車に乗っていなかったからではないか？→列車以外のルートは可能か？→飛行機を利用した」ではなく、「飛行機を利用したのでは？→だから待ち合わせ場所をホームにできなかったのだ」となっているわけである。このあたりが、鮎川哲也のアリバイものとの違いであり、本格ミステリ・ファンの評価が低い理由でもあるのだろう。

多くの評論家が、社会派推理小説が風俗小説に堕ちやすい傾向を持っていることを指摘している。それは、創始者たる清張自身が、推理をおろそかにしていたからである。推理の乏しい社会派推理小説が、社会派犯罪小説に変容するのは、当然のことである。

もっとも、単なる可能性の提示でも、その可能性を徹底的にディスカッションしたならば、〝推理〟と呼ぶことができる。だが、清張作品では、探偵役が提示した説は、誰にも反論されることはない。『点と線』には鳥飼と三原という対照的な二人の探偵役が登場するのだから、本格ミステリ・ファンは、この二人によるディスカッションを期待するはずである。ところが、実際には、「お説のように思われます」、「あなたの達眼《たつがん》に敬服します」と、お互いに誉め合うばかりなのだ。〈国名シリーズ〉におけるクイーン父子の高度なディスカッションとは、雲泥の差と言うしかない。いや、鮎川哲也や高木彬光の作と比べても、かなりの差があるように見える。

この「自説を否定する視点を持ち込まない」という姿勢は、清張のノンフィクションにも見られるので、おそらくは作者の個性なのだろう。確かに、この姿勢はノンフィクションに迫力を与えるというメリットはある。だが、〝推理〟を描く本格ミステリにおいては、デメリットの方が大きい。

例えば、清張短編の代表作と言われる「地方紙を買う女」を見てみよう。本作は、地方紙の不自然な購読状況から推理を重ねて犯罪をあばくという物語である。ところが、探偵役（地方紙に小説を連載している作家）の推理の中に、「直接購読を申し込むほどの熱心な読者が、わずか一ヵ月もたたぬうちに、『面白くない』と購読を断るはずがない。しかも、小説自体は面白くなっているのだ」というものが平然と出て来てしまっているのだ。しかも、それに対して誰も突っ込みを入れない――正確には、作者が誰にも突っ込みを入れさせない――という有様。これでは、本格ミステリとして高い評価を得ることは難しいだろう。

6 『時間の習俗』

三節にわたって延々と『点と線』を取り上げてきたのには理由がある。私の読んだ限りでは、他の作は『点と線』の縮小再生産というか、劣化コピーになっているので、考察のやりがいがないのだ。もちろん、優れた作もあるが、本格ミステリとして見た場合、『点と線』よりあらゆる面で下と言わざるを得ないだろう。

ただし、考察のやりがいがある長編が一作だけある――作者が『点と線』の続編として描いた『時間の習俗』だ。

本作も鳥飼刑事と三原警部補のコンビが探偵役を務めるが、やはりディスカッションは存在しない。相変わらず、「これしかほかに考えようがありませんね」「そげんですたい。それに間違いなかでっしょ」というなれ合い的な会話ばかりだ。

犯人特定の推理となると、もっとひどい。三原は、何の根拠もなく、被害者の葬式で会った峰岡を犯人だと決めつけるのだ。しかも、彼にアリバイがあると知っても、殺害現場から消えた謎の女との接点がないと知っても、考えを変えず、部下に調査を続けさせるのだ。

もちろん、われわれ読者は、最初から峰岡が犯人だと思っている。冒頭で、峰岡が小倉の旅館で「和布刈神社の祭りを見てきた」と語るシーンが描かれ、わざとらしく女中を撮影するシーンがそれに続いている以上、彼が犯人であり、写真がらみのアリバイ・トリックが出て来ることは、予想できるからだ。だが、これはあくまでも作者と読者の関係においての話に過ぎない。作中の探偵役にとっては、峰岡は他の容疑者と同列に扱うべき存在のはずである。それなのに、作者の都合に作中探偵が合わせてしまっているのだ。（これは私だけの意見ではない。『松本清張全集』の解説では、平野謙も同様の批判をして、「全体として『時間の習俗』のリアリティが『点と線』のそれに及びがたいように思われる」と結論づけている。）

さらにまずいのは、アリバイ・トリックをめぐる推理。三原は、峰岡が和布刈神社の写真撮影だけを協力者に頼んだのではないかと考えるが、その可能性は追及しない。なぜかというと――

しかし、ここに直感がある。いちおう協力者の存在を考えはしたが、それがどうも素直に心にはいってこない。理屈だけが気持の上《うわ》を上すべりしているのだ。どうもピンとこない。

三原の直感は、峰岡一人の犯行と決めている。いや、もう一人は、例の逃走した女だった。彼女は相模湖畔の土肥殺しでは補助的な役目であろう。犯人としての登場者はこの二人以外ないような気がする。

――と考えたからである。はっきり言って、意味不明としか言いようがない。確かに、日本の警察には自分に都合のいいシナリオをでっちあげる刑事も多いので、リアリズムと言えば言えるだろう。だが、三原はそういう人物ではない。ただ単に、撮影の協力者の可能性を消去する手がかりや推理を盛り込む手間を、作者が惜しんでいるだけなのだ。

ただし、こういった「推理の欠如」は、『点と線』にも存在していた。劣化したというのは、「犯人側の都合」の方である。

例えば、前記の「撮影協力者がいれば犯人のアリバイは成立しない」という点は、探偵が無視するだけでなく、犯人も無視しているのだ。頭のいい犯人ならば、撮影協力者がいても成立するアリバイをでっち上げるはずではないか。ましてや、犯人は共犯者の須貝を殺害しているのだ。検察が「犯人・峰岡は須貝に祭りの撮影を頼んでアリバイ工作をしたのです」と主張したら、どうやって否定したのだろうか。

また、犯人とは無関係の人物が撮影した写真を無断借用するトリックは、なかなか面白いのだが、失敗する可能性も小さくない。しかも、「四分間の目撃者」トリックと違って、失敗しても殺人の延期や中止ができないのだ。そして、犯人がこんなリスクの大きいトリックに命を賭けた理由は、どこにも書かれていない。

本作のもう一つのトリック――ゲイ・ボーイ（前出の須貝）に女装させて〝謎の女〟をでっちあげるトリック――も、これまた面白いのだが、これまた問題がある。犯人は、わざわざ〝謎の女〟をでっちあげたくせに、被害者を絞殺するのだ。言うまでもなく、成人男性を絞殺するのは女性一人では難しい。おかげで警察は、〝謎の女〟の背後に男の影を感じてしまい、峰岡を疑うことになるのだ。そして、犯人が女性でも可能な殺害方法を選ばなかった理由は、どこにも書かれていないのである。

また、共犯者の須貝を早々と殺害した理由も説明されていない。自分のために危険を冒して被害者をおびき出してくれた人物を、警察に全く疑われていない時点で殺害した動機は、作中で描かれていないどころか、捜査陣も気にしない。『点と線』のお時殺しの動機に比べて、何と雑だろうか。

さらに、横取りする写真の持ち主である梶原の扱いも誉められたものではない。犯人としては、自分と梶原に接点があることは警察に知られたくないはずである。それなのに、友達づらして接近するわ、仕事は世話するわ、あげくの果てには殺そうとするのだ。そこまでやるのだったら、最初から金を払って写真を撮影してもらえばよかったではないか。

『時間の習俗』では、犯人側の都合ではなく、作者側の都合によってプロットが組み立てられている。

・作者は写真のトリックを描きたいので、探偵はトリックを弄さなくても可能な方法は検討しない。

・作者は女性に見えた人物が男性だったというトリックを描きたいので、犯人は女性が犯人でも成り立つ殺人方法は選ばない。

・作者は定期券を利用して写真を横取りするトリックを描きたいので、「犯人は撮影者と接点はあるが無関係」という不自然な設定を導入した。

トリックを描きたい作者の都合に合わせて不自然な計画を立てる犯人――清張は、『点と線』からわずか四年で、〝お化け屋敷〟的な本格ミステリを書いてしまったのだ。だが、その理由として考えられるのは、「『点と線』よりもトリッキーな作を書こうとしたため」ではないだろうか。それくらい、『時間の習俗』の写真トリックは、清張作品の中では突出してトリッキーであり、とても現実《リアル》の犯罪者が考えるとは思えない。こんなトリックを考えるのは、他作家の本格ミステリに登場する作中犯人くらいだろう――例えば、土屋隆夫の『影の告発』の犯人のような。(もっとも清張は、「私の黒い霧」というエッセイではクリスティやカーのトリックについて熱く語っているし、「推理小説研究」誌で〈トリック分類表〉の改訂版を企画したりしているので、意外と、非現実的なトリックにも関心があるのかもしれないが……。)

評論家の中には、「清張作品は他の社会派推理小説とは違って、トリックがあるので本格ミステリになっている」という意見を述べる者も多い。だが、むしろ「清張作品は、本格ミステリ的トリックを用いると、犯人がそのトリックを用いる動機付けが巧くいかず、本格ミステリとしては出来が悪くなってしまう」と言うべきではないだろうか。

野村芳太郎監督の映画版『砂の器』は、原作から海野十三ばりの殺人トリックを削り、犯人の動機の部分をふくらませている。これだけ変更した映画を「清張映画の最高傑作」と評する人が多いのは、おそらく、同じ理由によるものに違いない。

おわりに

鮎川哲也同様、松本清張もクイーンと同じ資質を持っているように見える。ただし、鮎川の資質はフレデリック・ダネイ的で、清張はマンフレッド・リー的である。リーは、ダネイの考案した〝本格ミステリ的な不自然なプロット〟に、リアリズムの肉付けをしていたからだ。また、清張と同様、リーも犯罪実話を数多く描いているが、これも、資質が共通しているためだろう。

だが、松本清張を〈クイーンの騎士〉と呼ぶことは難しい。「EQ」誌の創刊号に掲載されたエラリー・クイーン〈フレデリック・ダネイ〉との対談では、「私は長年クイーンさんの愛読者でした」と言っているし、実際に読んでもいるようだ。だが、実作を見る限りでは――本書で取り上げた他の作家と異なり――クイーン作品の影響は感じられない。

もっとも、クイーン以外の作家の影響もまた、感じることはできない。例えば、清張自身が自作のアイデアの元ネタを紹介した「創作ノート」というエッセイを見てみよう。その元ネタのすべては現実の出来事であり、他作家のミステリは一つもない。ロイ・ヴィカーズの〈迷宮課シリーズ〉だけ、作者自身が影響を語った文章がいくつかある程度だろうか。だが、清張の前述のエッセイ「私の黒い霧」を読むと、「日本版EQMMで『百万にひとつの偶然』を読んで感心した」とも言っている。そして、この短編が掲載されたのは一九五七年九月号。つまり、既に作家としてデビューしてから六年が過ぎ、〈迷宮課シリーズ〉のような短編を何作も描いた後のことなのだ。

しいて清張に影響を与えた作家を挙げるならば、木々高太郎だろうか。ただし、清張が木々を高く評価するエッセイはあったが、実作が受けた影響について語った文は見つからなかった。おそらく、清張の文学者としての矜持《きょうじ》が、他作家の影響を認めることができなかったのだろう。

しかし、同時にこれが、清張作品の本格ミステリとしてのユニークさにも繋がっていく。戦後の日本の本格ミステリは、過去のミステリからアイデアを得ているものが多い。だが、清張作品は現実社会からアイデアを得ることの方が、圧倒的に多いのだ。そして、だからこそ、清張作品はミステリ・ファンではなく一般大衆に受け入れられたのである。「クロフツの『樽』に挑んだ作品」を楽しめるのはミステリ・ファンだけだが、「帝銀事件に挑んだ作品」は、誰でも楽しめるのだから。


清張以前の日本の本格ミステリとは、「新案トリックを生み出すために知恵を絞る作者を主体とした本格ミステリ」だった。清張はこれを「〝お化け屋敷〟の掛小屋」に過ぎないと切り捨て、「罪を逃れるために知恵を絞る犯人を主体とした本格ミステリ」、すなわち〈社会派推理小説〉を生み出した。そしてそれは成功し、過去のミステリを読んでいない一般読者に受け入れられ、ベストセラー作家になったのである。

だが、それは戦前にクイーンが実現したものでもあった。クイーンの〈国名シリーズ〉は、犯人を主体とする本格ミステリであり、それゆえ、新案トリックの品評会に興味のない一般読者をも惹きつけて、ベストセラーになったのだから。

そして、清張がクイーンと同じことを実現できたのは、清張がクイーンを意識していなかったからに他ならない。もし清張に「クイーンのような作品を書きたい」とか「クイーンに挑みたい」といった意識があれば、犯行の主体は犯人ではなく作者になってしまったはずだからだ。

横溝正史や鮎川哲也と違って、松本清張はクイーンの影響を受けてはいない。だが、それゆえに、クイーンの特徴の一つであり、横溝正史や鮎川哲也も実現できなかった、〝犯人を主体とする本格ミステリ〟を描くことができたのである。

ある意味では、松本清張もまた、〈クイーンの騎士〉の一人なのだ。

第四章　笠井潔　社会という世界

［本章で真相等に触れている作品］ヴァン・ダイン『僧正殺人事件』。E・クイーン『エジプト十字架の謎』『十日間の不思議』『九尾の猫』。クレイトン・ロースン『首のない女』。笠井潔『バイバイ、エンジェル』『サマー・アポカリプス』『哲学者の密室』。

はじめに

前章で松本清張を取り上げているのに違和感を覚えた読者も、本章のセレクトには納得するに違いない。クイーンは笠井潔お気に入りの作家だし、作品への影響も自他共に認めているからだ。

ちなみに、笠井自身が「クイーンの〈国名シリーズ〉に習って全十作にする」と公言している〈矢吹駆シリーズ〉は、クイーンの以下の作品と関係している（二〇一二年までの単行本のみ）。

『バイバイ、エンジェル』――『エジプト十字架の謎』
『サマー・アポカリプス』――『十日間の不思議』
『薔薇の女』――『九尾の猫』
『哲学者の密室』――『チャイナ橙の謎』
『オイディプス症候群』――『シャム双子の謎』
『吸血鬼と精神分析』――『九尾の猫』『緋文字』

また、クイーンの〈レーン四部作〉に習った〈矢吹駆シリーズ日本篇〉第一作『青銅の悲劇』は、『Yの悲劇』と関係している。

しかし、詳細に見るならば、笠井潔は法月綸太郎や有栖川有栖とは似ていない。スタート地点は法月たちと同じクイーン作品なのだが、そこから進む先が異なっているのだ。

以下の節では、〈矢吹駆シリーズ〉を考察しながら、その流れを見ていこう。

1　黄金時代

〈矢吹駆シリーズ〉第一作である『バイバイ、エンジェル』は、クイーンではなくヴァン・ダインを模している。ざっと見ただけでも、『ラルース家殺人事件』という副題、各章に日付が入っていること、作中に見取り図等が出てくること、物語が「事件の発生↓容疑者への尋問↓捜査側のディスカッション↓新たな殺人↓事件の急変↓解決」という流れになっていること、などが挙げられる。さらに細かく見ていくと、基本プロットが『グリーン家殺人事件』に似ている点、ラストが『僧正殺人事件』とそっくりな点、矢吹駆の哲学論が『僧正』の「数学と殺人」の章を彷彿させる点、ファイロ・ヴァンスの心理学的探偵法の変形とおぼしき矢吹駆の現象学的推理法が登場する点、なども挙げられる。何よりも第一章では、ワトスン役のナディア・モガールが、次のように書き記している。

これからは、わたし自身の証言の部分と、客観的な報告の部分とを、大好きなヴァン・ダインの方法にならって日付け順に配列していくことにしよう。

一方、クイーンを参照したと思われる点は、二箇所しかない。一つめは、冒頭でも挙げた『エジプト十字架』の〈首なし死体テーマ〉に挑んでいる点。そしてもう一つは、ナディアの設定。彼女以外のレギュラー陣は、名探偵＝ファイロ・ヴァンス＝矢吹駆、頭の良い捜査官＝マーカム検事＝モガール警視、頭の悪い捜査官＝ヒース部長刑事＝バルベス警部、という対応関係が成り立つ。しかし、ワトスン役＝ヴァン・ダイン＝ナディア、という対応はかなり苦しい。ここは、ワトスン役＝（クイーン『Zの悲劇』の）ペイシェンス・サム＝ナディア、とした方がしっくり来る。おそらくは、シリーズ最終作になるであろう『矢吹駆最後の事件』が、『レーン最後の事件』を基にしているために、そこだけは、ヴァン・ダインではなくクイーンを参考にしたのだろう。そして、そのワトスン役のナディアは、『Xの悲劇』に登場する砂糖のダイイング・メッセージについて、こう書き記している——「わたしもこの挿話を読んだ記憶があった」と。「大好きなヴァン・ダイン」とは、ずいぶん差がある。

とはいえ、ヴァン・ダインやクイーンの影響を露骨なまでに設定やプロットやトリックに盛り込んだ作品は、発表当時（一九七九年）としては珍しかった。この点では、やはり同じように黄金時代の作家たちの影響をあからさまに描いている、綾辻行人以降の新本格作家たちの先駆と言えるだろう。

もっとも、綾辻たちとは、無視できないくらい大きな違いが存在することも事実である。

例えば、新本格作家の法月綸太郎は、クイーンの影響を隠すことなく設定やプロットやトリックに盛り込んだ作品をいくつも書いている。しかし、それと同時に、ロス・マクドナルドやニコラス・ブレイクやコリン・デクスターをも自作に取り込んでいるのだ。

ところが、『バイバイ、エンジェル』の場合、こういった黄金時代――笠井の言葉を用いるならば「大戦間」――より後の作家や作品の影響が、みじんも感じられない。いや、そもそも、作者は黄金時代までしか読んでいないのではないかという感じさえも受けるのだ。

例えば、本作の〈首なし死体〉のトリックを見てみよう。「死体の首を切ったのは身元を欺くため」というナディアの推理に対して、駆は「探偵小説愛好家風の臆断《ドクサ》」だと否定する。そして、「首を切ったのは、首の部分に〈犯人に不利な〉手がかりが残されていたため」という推理を述べる。この駆の推理を読んで、「なるほど、首切りの理由は、てっきり『エジプト十字架』みたいに身元誤認のためだと思っていたなあ」と感心する筋金入りの探偵小説愛好家はいないだろう。なぜならば、このアイデアは、既にクレイトン・ロースンの『首のない女』（一九四〇）で使われているからだ。このロースンの長編や、クリスチアナ・ブランドの『ジェゼベルの死』（一九四八）などを読んでいる探偵小説愛好家にとっては、「首切りは身元を誤認させるため」という臆断は、可能性の一つに過ぎないのだ。

この作品における駆の推理には、もう一つ問題がある。それは、「殺人者と首を切った人物は同一人物である」と、何の根拠もなく決めつけている点。これもおそらく、笠井の読書範囲が黄金時代に片寄っているためだと思われる。この時代の本格ミステリは、〝トリックを弄する頭脳的な犯人〟対〝トリックを見破る天才的な探偵〟の図式が多いからである。「犯人の計画に第三者が介入して事件が複雑になる」というパターンが増えるのは、黄金時代より後なのだ。

　もっとも、作者の年齢を考えると、これは当然と言えるだろう。笠井潔はインタビュー等で探偵小説を「中学生以降に文庫で読んで、創元推理文庫の本格マークはかなり読んだ」と言っている。そして、一九四八年生まれの笠井が中学生～高校生の時は、新刊書店で入手できる創元推理文庫は、古典名作ばかりだった。一九五九年に創刊された初期の頃には、前述の『首のない女』やマージェリー・アリンガムやレオ・ブルースなども出ていたのだが、次々と品切れになり、名作しか残らなかったのである。また、もう一方の雄である早川書房は（中高生には）高価なポケミスしかなく、しかも、黄金時代以降の本格は、軒並み絶版だった。一九七六年に創刊されたハヤカワ・ミステリ文庫によって、前述のブランドやエドマンド・クリスピンやパトリシア・モイーズを新刊書店で安価に入手できた新本格の作家たちとは、そこが違うのだ。

　そして、この違いが、作風の違いにも繋がっていく。つまり、新本格の作家たちが、戦後の本格ミステリも視野に入れた上で、黄金時代に引き戻そうとしているのに対して、笠井は、黄金時代を――戦後の海外本格ミステリをショートカットして――引き継ごうとしているのだ。

　笠井潔と新本格作家たちとの違いを、もう一つ挙げておこう。それは、過去の日本の作品からの影響である。例えば、有栖川有栖は、愛読した作家として、クイーンと並んで鮎川哲也の名前を挙げていて、その作品にも明らかに鮎川作品の影響がうかがえる。しかし、笠井の作品からは、日本作品の影響はさほど感じることはできない。エッセイ等によると、横溝正史、高木彬光、鮎川哲也、松本清張あたりは読んでいるようだが、実作を見る限りでは、中井英夫の『虚無への供物』くらいしか意識していないように見える。例えば、『バイバイ』に登場するホテルの鍵を利用したトリックは、森村誠一の長編と同じなのだが、作者はどうやら、先例があることを知らないらしい。

序章で述べたように、クイーン作品を筆頭とする黄金時代の英米本格と、戦後の内外の作品を経由せず、直接結びついていると言える。そして、この特徴こそが、笠井潔を〈クイーンの騎士〉の一人にしているのだ。

〈矢吹駆シリーズ〉は、クイーン作品の設定やプロットやトリックを自作に取り込んだだけでは、騎士の列に名を連ねることはできない。取り込んだものから新しい何かを生み出すことができて、初めて騎士になれるのだ。そして、笠井の場合、その「新しい何か」とは、二種類ある。

一つめは、「〈矢吹駆シリーズ〉の各作品は、クイーン作品に対する評論になっている」という点。例えば、『バイバイ、エンジェル』は、『エジプト十字架の謎』をめぐる評論としても読むことができる。これは、駆シリーズがクイーン作品と直結しているからこそ、可能になったのだ。仮に、『バイバイ』と『エジプト』の間に、『首のない女』や『ジェゼベルの死』がはさまっていたら、『バイバイ』は、〈首なし死体テーマ〉をめぐる評論になってしまったに違いない。

そして二つめは、「クイーンを引き継いで進めていった先が、クイーンとは別の方向になっている」という点。これもまた、クイーンと笠井の間に他の作家が存在しないからこそ、方向の変化がはっきりと見えるわけである。

ただし、紙数に限りがあるので、本章では後者を中心に考察する。

では、駆シリーズの作品毎に、クイーンの何を引き継いで、どこへ進んでいるかを見ていくことにする――と言いたいのだが、それでもまだまだ紙数が足りなくなりそうなので、以下の三作と二つのテーマを中心に考察させてもらいたい。

『バイバイ、エンジェル』における「本質直観による推理」。

『サマー・アポカリプス』における「名探偵自身の物語」。

『哲学者の密室』における「本質直観による推理」と「名探偵自身の物語」。

2 『バイバイ、エンジェル』

『バイバイ』第二章では、モガール警視に「首なし屍体に向かって君のいう現象学的直観をはたらかせてみようじゃないか」と言われた駆は、処刑や戦争での首切りを例に挙げ、「首切りの本質は、殺人という事実の隠匿です」と結論づける。

そして、第六章では、次のように語る。

「首切りについての現象学的な直観については既に話した通りです。首切りの意味は、殺人者の犯行を隠匿しようとする企てでした。しかし、これだけでは、首切りによって犯人がいったいなにを隠そうとしたのかまでは知ることができません。具体的になにを隠匿しようとしたのかは、いつかお話ししたことのあるオデット殺しの現場に残された六つの謎を解くことによってのみ、明白なものとなったのでした」

駆は続けて、その「現場に残された六つの謎」を解き、犯人が隠匿しようとしたのは被害者の化粧していない顔であることを明らかにして、犯人の正体をあばく。

一見、推理の流れとしては、おかしくないように見える。しかし、第二章をじっくり読むならば、つじつまが合わないのだ。


第二章の駆の説明は、（私の理解では）次のように解釈できる。

戦争や処刑で首を切るのは、兵士や死刑執行人が、「自分が行った行為は殺人ではない。自国のため、あるいは秩序維持のために行った、殺人とは別の、正しい行為なのだ」と思い込むことができるようにするためである。

この解釈が正しいならば、駆がこの後に続けるべきは、次の推理だろう。

「オデットの首を切った理由も同じです。犯人は、自分の殺人を、〝殺人とは別種の正しい行為〟であることを主張するために、首を切断したのです。では、その〝殺人とは別種の正しい行為〟とは何でしょうか？

ここで僕たちは、事件の周辺に、革命組織が存在することに目を向けなければなりません。革命家連中は、革命のために殺人を犯します。しかし、彼らはそれを〝殺人〟とは認めません。被害者を「尊い犠牲」や「革命のための礎《いしずえ》」と呼び、自分たちの行為を〝殺人とは別種の正しい行為〟に変えてしまうのです。

そして、これこそが首を切った理由なのです。革命組織の一員が、自分の行為を〝殺人とは別種の正しい行為〟に変換することによって、自らが殺人者ではなくなること――オデットの首切りの本質は、ここにありました」

私の語彙《ごい》が貧しいので駆のセリフらしくないのだが、これならば、作者が『バイバイ』で描きたかったテーマと、きれいに結びつくはずである。

しかし実際には、駆の説明は次のように展開していく。

首切りの本質は殺人という事実の隠匿にあり→かつては隠匿の相手は死霊だった→現在は隠匿の相手は法律（の番人）に変わった→現在の首切りの本質は犯行の隠匿にあり。

この論旨がおかしいことは、誰でも気づくだろう。兵士や死刑執行人は、「犯行」を隠匿しているわけではない。人を殺したこと（犯行）は隠さないが、それは「殺人」ではない、と主張するために首を切っているのだ。それなのに、現在の殺人者は、「殺人」は隠さないが、殺人を犯したのが自分であることを隠すために首を切っている、と変わっているわけである。つまり、首切りの本質である隠匿の対象が、「殺人」から「犯人」に置き換わってしまっているのだ。

なぜこんなことが起きたのだろうか？

答えは、本作のトリックの〝本質〟にある。前述のように、『バイバイ』のトリックは、クイーンの『エジプト十字架』に挑んで考え出されたものである。作者としては、まず、トリックありきの作品だったことになる。となると、本質直観を用いた推理は、それより後に追加されたのだろう。

しかし、「化粧をしていない顔を隠すために首を切った」というトリックには、犯人の意志は希薄である。当初、犯人は、首を切る計画ではなかった。いつもなら化粧を終えている時刻に殺害したのに、たまたまその日に限って、被害者はまだ化粧をしていなかったのだ。つまり、首を切るかどうかの分岐点は、被害者側にあって犯人側にはなかったことになる。だからこそ、首切りの背後にある犯人の意志を本質直観で見抜こうとしても、うまくいかないのだ。

作者も首切りにおける「犯人の意志」の希薄さはわかっていたらしく、第四章では、駆に以下のセリフを言わせている。

「……オデット殺し、アンドレ殺し、ジョゼット殺しの背後にある精神こそ、まさに論理のアナーキーへの拝跪、極端に理性的であろうとして真理の源泉である生活世界を憎悪し、ついには真理の現存そのものを疑いだすに至った歪んだ理性、腐蝕された理性なのです」

これは本書における重要なテーマである。――が、首切りをめぐる本質直観とは、全く連係していない。つまり本作では、「黄金時代の本格ミステリ的なトリック」と「現代の文学的なテーマ（作者の言葉を借りるならば「観念による殺人」）」が、有機的に結合していないのだ。そのため、駆の首切りについて語る言葉と、犯行動機について語る言葉が、別のものになっているわけである。あえてきつい表現を使うならば、本作における本質直観は、ペダントリーの域に留まっていると言わざるを得ないだろう。

ここで、クイーンの〈国名シリーズ〉を、〝犯人の意志〟という観点から見てみよう。これは、「クイーン作品には、エラリーの推理のポイントとなる状況（駆の言葉を借りるならば、「支点となる現象」）が存在するのだが、それが犯人の当初の計画によるものかどうか見てみよう」という意味である。すると、何と、全九作中の六作が、犯人の計画になかった状況だったことがわかる。

『ローマ帽子の謎』の犯人が被害者の帽子を持ち去った理由。
『フランス白粉の謎』の犯人が死体を収納ベッドに隠した理由。
『オランダ靴の謎』の犯人が絆創膏を使った理由。
『エジプト十字架の謎』の犯人がヨードチンキの瓶を使った理由。
『チャイナ橙の謎』の犯人が部屋の中をあべこべにした理由。
『スペイン岬の謎』の犯人が被害者を裸にした理由。

いずれも、「犯人が練りに練った巧妙な殺人計画を実行している最中に、予想外のアクシデントが起きて、それに対応したために穴があいてしまう」のだ。そして、エラリーはその穴から、犯人の計画を崩していく。言い換えると、〝犯人の意志〟ではなく、そのほころび、つまり犯人の意志が及ばない部分に注目するのが、エラリーの推理だと言えるわけである。

これは、〝犯人の意志〟に注目する駆の推理とは、まさに正反対ではないか。『エジプト十字架』に挑んだ『バイバイ』において、駆の本質直観による推理がうまく機能しなかったのも、当然と言えるだろう。

しかし、笠井はこの問題を解消するために試行錯誤を続けてきた。例えば、『サマー・アポカリプス』と『薔薇の女』では、ほぼ犯人の計画通りの殺人を描き、背後に〝犯人の意志〟を置くことに成功している。あるいは、〝犯人の意志〟と本格ミステリ的なプロットが有機的に結合している中井英夫の『虚無への供物』を考察した評論を書いている。

そして、ついには、「黄金時代の本格ミステリ的なトリック」と「現代の文学的なテーマ」が「矢吹駆の本質直観による推理」によって有機的に結びついた傑作を生み出した――『哲学者の密室』という傑作を。

3　『哲学者の密室』――推理

前節で考察したように、作者は第一作めの『バイバイ、エンジェル』で、本質直観を用いた推理を描いて見せた。だが、二作めの『サマー・アポカリプス』と三作めの『薔薇の女』では、この推理は後退し、普通の名探偵の普通の推理とさほど差がなくなってしまった。『サマー』では、推理の大部分を他人に委《ゆだ》ねる有様である。

しかし、シリーズの長きにわたる空白の後で発表された第四作、すなわち『哲学者の密室』では、この「本質直観による推理」が、発展した形で盛り込まれている。

本作の第四章で「密室現象の本質を直観してみましょう」と語り始めた駆は、ハルバッハ哲学を応用して、密室の本質は「特権的な死の封じ込め」だという結論を下す。そして、ダッソー家殺人事件の犯人を、フランソワ・ダッソーだと指摘する。

しかし、第九章におけるガドナス教授とのハルバッハ哲学をめぐる批判的な対話の中で、駆は自分の推理の間違いに気づく。密室には、〝ジークフリートの密室（意図的に作られた密室）〟と〝竜の密室（偶然にできた密室）〟の二種類があったのだ。そして、〝ジークフリートの密室〟の本質は、「特権的な死の封じ込め」ではなく「特権的な死の夢想の封じ込め」だったという修正を行う。

さらに、第十二章では、ダッソー家の密室は〝ジークフリートの密室〟ではなく、〝竜の密室〟であることを指摘。そして、その本質である「宙吊りにされた死」を支点として、真相をあばく。かくして、終章では、コフカ収容所の密室こそが〝ジークフリートの密室〟であることを指摘。そして、その本質である「特権的な死の夢想の封じ込め」を支点として、真相をあばく。

……という風に、「黄金時代の本格ミステリ的なトリック＝密室」と、「現代の文学的なテーマ＝ハイデガー（作中ではハルバッハ）哲学批判」が、「矢吹駆の本質直観による推理」によって、鮮やかに結びついているのだ。

さて、『バイバイ』では失敗した結びつけが、どうして成功したのだろうか？　それは、『哲学者』は「先にトリックありき」ではなく、逆に、本質直観による推理に合うようにトリックを考えたから成功したのである。以下、この点を、詳しく考察していこう。

第四章で駆が語る本質直観による密室の分析の中には、探偵小説論（とナディアが言っている）が含まれていて、「密室殺人の設定こそが探偵小説としての探偵小説の原型をなしています」と締めくくられている。

第十二章では、駆は、ハルバッハ哲学と「特権的な死の夢想の封じ込め」を探偵小説に適用して、（笠井のこれ以降の評論の中心となる）「大戦間探偵小説論」を語る。

言うまでもないが、作者は「矢吹駆は実在の人物で事件も実際にあったもの」という設定で描いている。つまり、駆たちにとって探偵小説は、自分たちが今いる現実世界とは別の〝架空世界の話〟である。実際、『バイバイ』では、駆はナディアの推理を「探偵小説愛好家風の臆断《ドクサ》」だと一蹴しているし、それに対してナディアが「でも、わたしたちは探偵小説の中の登場人物なんだから、そうでないふりをして読者を欺いてはいけないわ」と反論することもない。

となると、現実の世界で実際に用いられている本質直観は、探偵小説の作中人物には、うまく当てはまらないことになる。なぜならば、探偵小説においては、首切りにしろ見立て殺人にしろ密室にしろ、主体は犯人にはないからだ。『バイバイ』を例にとるならば、『エジプト十字架』に触発されて新案トリックを思いついた作者が、被害者が化粧をできない状況を作り上げ、犯人がやむを得ず首を切るように追い込んだわけである。ここには、作中犯人の自主性などは、かけらもない。

シリーズの初期三作では、主体性のない作中犯人の行為に対して駆が本質直観を適用しようとしたために、うまく機能させられなかった。しかし、『哲学者』では、駆が本質直観を適用する対象は、探偵小説の作中犯人ではない。探偵小説の作者なのだ。つまり、論点が「作中の犯人はなぜ密室を作ったか」ではなく、「探偵小説の作者はなぜ密室を描くのか」にスライドしたわけである。

当たり前のことだが、探偵小説に登場する犯人は現実の存在ではないが、作者は現実の存在である。従って作者たちは、われわれと同じ社会を生き、同じ歴史を共有することになる。笠井が駆シリーズに盛り込もうとした社会的テーマは、架空の犯人でなく現実の作者に重ね合わせてこそ、初めて描けるようになるのだ。

いや、この表現は正確とは言えないだろう。厳密に言うならば、笠井が重ね合わせようとしたのは、「社会」と「探偵小説の作者」ではない。『哲学者』において笠井が「社会」と重ね合わせようとしたもの——それは、「探偵小説のトリック」に他ならない。これは斬新な試みであり、小説以上に、評論の世界において画期的なことだった。これまでの社会をからめたミステリ評論では、「クイーンはマッカーシズムに対する抗議の思いを込めて『ガラスの村』を描いた」といった作者個人に結びつけた論か、「探偵小説の発展は民主主義の発展に比例する」といったジャンルそのものに結びつけた論しかなかったからだ。

しかし、トリックならば、特定の作者には縛られない。首切りや見立てや密室といったトリック（厳密には「プロット」あるいは「テーマ」と呼ぶべきだと思われるが、本章では区別しない）は、何人もの作家が取り上げているからだ。また、ジャンル全般よりは細かいので、緻密な論が立てやすいという長所も見逃せないだろう。

ただし、紙数の都合もあり、本章の考察では、評論ではなく、小説を中心に取り上げることにする。


前章で述べたように、松本清張が探偵小説を「〝お化け屋敷〟の掛小屋」と批判したのは、トリックを弄する理由がない探偵小説の犯人を、化けて出る理由がないお化け屋敷の幽霊に例えたかったからだ（と私は考えている）。そこで清張は、犯人の動機にリアリズムを持ち込むことにより——動機を現実社会と結びつけることにより——犯人を「化けて出る理由がないお化け屋敷の幽霊」から「化けて出る理由がある舞台の幽霊」に変えたわけである。

しかし、笠井は、視点を「お化け屋敷の幽霊」から、「お化け屋敷の幽霊を演出する小屋主」に変えたのだ。お化けを見たがる観客も、それを提供する小屋主も、どちらも現実の存在であることは言うまでもない。これにより、「観客がなぜお化けを見たがるか？」、「どんなお化けを見たがるか？」といった点をめぐる考察を、現代社会と結びつけることが可能になったわけである。


ところが、『哲学者』は、さらにアクロバティックな結びつけも成し遂げている。

駆が作中で語る「大戦間探偵小説論」では、〝第一次世界大戦の多くの死者に影響を受けた作家が、瑣末で凡庸な大量死の中から、選ばれた死を復権させようとして探偵小説を描いた〟となっている。この「選ばれた死」とは、密室の本質である「特権的な死の夢想の封じ込め」の、

「特権的な死」と同じ意味らしい。つまり駆は、大戦間の探偵小説作家が密室ものを好んで書いた理由は、このテーマが「特権的な死」を最も描きやすいからだ、と言いたいのだろう。

そしてこの後で、駆は――驚くべきことに――同じ理論を用いて、コフカ収容所の密室トリックをあばいていくのだ。何と、「(作品の外にいる)探偵作家が密室ものを書く理由」と、「(作品の中にいる)犯人が密室を作った理由」が、全く同じだとして推理を進めていくわけである。そしてそれは鮮やかな成功を遂げた。なぜならば、作者が巧妙な舞台設定や状況設定を行い、犯人が「特権的な死(という夢想)」を演出するために密室トリックを弄するように仕向けたからである。言い換えると、『バイバイ』のように「まずトリックありき」ではなく、「まず駆の本質直観ありき」でトリックが構想されたのが、『哲学者』なのだ。だから、ミステリ・ファンがこの密室トリックだけを見ると、「なぜこんな面倒なことをやるんだ。被害者が協力するなら、もっと簡単に密室を作れるじゃないか」という批判をするに違いない。しかし、もっと簡単に密室を作ったら、「特権的な死」にはならないのだ〔注〕。いや、正確にはこう言うべきだろう。「もっと簡単に密室を作ったら、駆の推理には合わないのだ」と。

「名探偵の推理に合わせた舞台設定や状況設定」というのは、クイーンお得意の手であることは、『エラリー・クイーン論』で述べた。笠井が『哲学者の密室』でやったのも、基本的には同じである。

とはいえ、クイーンの推理法が通常の演繹法や消去法や背理法の組み合わせであるのに対して、駆の本質直観による推理が特殊であるために、舞台設定や状況設定がかなり特殊なものになっている。おそらく、駆の推理法では、J・D・カー作品の密室殺人の解決は不可能だろう。大戦間の密室ミステリに対して本質直観を適用するところから始まっている駆の推理が、大戦間に最も多くの密室ミステリを書いたカーの作品に当てはまらない（が、法月綸太郎が評論「大量死と密室」で指摘したように、クイーン作品には当てはまる）ということ自体が、この推理の危うさを証明している。だが逆に、だからこそ、他には全く例を見ない、ユニークきわまりない推理だとも言える。

つまり、『哲学者の密室』における駆の推理は、クイーンとは異なる意味での〈意外な推理〉なのだ。

また、前章で述べたように、社会的なテーマを――清張のように動機ではなく――トリックやプロットと組み合わせるのも、クイーンの得意技である。『哲学者の密室』における社会的な（笠井の場合は「哲学的な」と書くべきか）テーマとプロットの組み合わせも、基本的にはクイーンと同じやり方と言えるだろう。シリーズの設定を崩してまで第二次世界大戦中の事件を描く笠井の手法は、独立国家のような島での事件（『帝王死す』）を描いたり、砂漠の宗教的コミュニティーでの事件（『第八の日』）を描くクイーンの手法と何ら差がない。だが、クイーンの『帝王死す』などが荒唐無稽な作として読まれているのに対して、『哲学者』では、ハイデガーという現実の人物（をモデルにした架空の人物）や、ナチスという現実の組織を登場させることにより、より社会性を強めることに成功している。（もっとも、逆に、現実に寄りかかっている部分が大きいがゆえに、ハイデガーやレヴィナスに関する知識がないと魅力が減じてしまう、という欠点もあるのだが。）『哲学者の密室』におけるプロットへの社会性の導入は、クイーンとは異なる意味での興味深い物語を生み出すことに成功しているのだ。

［注］ヴェルナーが手の込んだ方法で密室を作った理由の一つは、ハンナに〝特権的な死〟を与えることにあった。フーデンベルグによって「生きながら死んでいる」状態にされた彼女は、自殺することができなくなった。そのハンナのために、「被害者が協力する密室殺人」は構想されたのだ。自ら銃を撃ち、自らの髪を使って密室を作るという行為のさなかに、彼女は初めて自らの手による自らの特別な死を実感した。だからこそハンナの最期の言葉は、「死ぬ、わたしは死ぬの」だったのだ。そして同時に、この言葉は生の実感でもある。「わたしはこれから死ぬ」ということは、「わたしは今、生きている」ということなのだから。（もっとも、作者はナディアの口を借りて、否定的な考え――ヴェルナーの密室はフーデンベルグの方しか向いていない――も言わせているのだが……）

4　『サマー・アポカリプス』

クイーン作品の中で、いや、世界のミステリの中でも、『十日間の不思議』と『九尾の猫』は、独自の位置にある。単なる姉妹編という以上の結びつきを持っているのだ。

『十日間』における名探偵エラリーは、天才的な犯人にあやつられ、無実の友人を死に追いやってしまう。そして、最後にそれを知ったエラリーが、傷心のあまり「探偵をやめる」と宣言したところで物語は終わる。

続く『九尾の猫』では、前作の宣言を受けて作家に専念しようとするエラリーの姿から始まる。だが、父親を助けるために、そして、恐怖に取り憑かれたニューヨーク市民を救うために、連続殺人の謎に挑む。ところが、またしてもエラリーは失敗し、無実の人間を死に追いやってしまう。前回以上に落ち込むエラリー。そんな彼に救いを与えたのは、高名な精神分析医・セリグマン教授だった……。

『十日間』と『九尾の猫』は、本格ミステリとしても一級品だが、〝名探偵自身の物語〟というテーマもまた、高く評価されている。そして、笠井の『サマー・アポカリプス』は、このテーマに挑んだ作品である［注］。

『バイバイ』の最後で、駆は、犯人のマチルダを殺す。これは前述のように、『僧正殺人事件』のラストにおけるファイロ・ヴァンスの行為の流用だが、二作の間には、無視できないほど大きな違いがある。『僧正』におけるヴァンスのこの行為は、次作以降に何の影響も与えていないが、『バイバイ』における駆のこの行為は、『サマー』に大きな影響を与えている。（『サマー』の冒頭で『バイバイ』の犯人を明らかにするという、シリーズを途中から読む人への配慮に欠けた行為を作者が行ったのは、この影響の大きさゆえだろう。）

そして、『九尾の猫』が、ミステリとしても読めるし、探偵クイーンの自己探求の物語としても読めるのと同様、『サマー』も二通りの読み方ができる。一つはもちろんミステリとして。そしてもう一つは、探偵・矢吹駆の自己正当化の物語としてである。

では、誰に対する正当化かというと、もちろん、マチルダ殺しで駆を批判したシモーヌに対してである。駆は、シモーヌを『バイバイ』における自分の立場に置くために、ロシュフォール家の事件を利用したのだ。

しかも、マチルダの件で駆を批判するのは、シモーヌだけではない。真犯人のジュリアンもまた、駆を批判するのだ。

「僕が証拠のない犯罪に正しくけりをつけてやったのさ。ヤブキ君、半年前に君がやって見せたようにだ。その結果、ロシュフォール家の莫大な資産を僕が手にすることになったのだとしても、少なくとも君から批難される筋合いの問題ではないな、ヤブキ君」（第五章）

マチルダを駆が殺した↓シモーヌが駆を批判した↓マチルダの仲間ジュリアンは駆と同じやり方で殺人を犯し、駆を批判した↓駆はジュリアンの殺人を黙認することにより、シモーヌを追いつめた――これが、探偵を中心に見た、『サマー』のもう一つの物語に他ならない。つまり、こちらの物語の中心は、まぎれもなく駆なのだ。「本格ミステリの主役は犯人であり、探偵は解説者に過ぎない」という皮肉は、矢吹駆には当てはまらない。

『九尾の猫』の探偵エラリー同様、駆もまた、謎を解くだけでなく、物語の主役を務めている。

だが、その主役っぷりは、ある意味ではエラリーを越えている部分がある。

クイーンの『九尾の猫』の場合、殺人事件そのものは、探偵エラリーとは関係ない。あくまでも事件と捜査側の関係に過ぎない。言い換えるならば、別の事件でも、エラリーの自己探求の物語は描けるということになる。

だが、『サマー』の場合は、そうではない。事件の前半——最初の二つの殺人——は駆と関係ないが、後半は違う。こちらは駆と密接な関係があるからだ。言い換えるならば、別の事件では、駆の自己正当化の物語は描けないということになる。

また、「真相を知りながらそれを明かさない探偵」という設定は、クイーンの『第八の日』や中編「キャロル事件」でも用いられている。しかし、探偵エラリーのこの行為が消極的なものであるのに対して、駆の方は、積極的に用いている。行為だけを見るならば、『サマー』の駆は、探偵エラリー・クイーンよりも、ドルリー・レーンに似ているのだ。


笠井はシリーズ二作めの『サマー・アポカリプス』で、名探偵を主役とする物語を鮮やかに描いて見せた。だが、三作めの『薔薇の女』の駆には、前作の影響はうかがえず、普通の名探偵として普通の物語の中で活躍するだけに留まっている。

しかし、作者はこのテーマを手放してはいなかった。シリーズの長きにわたる空白の後で発表された第四作、すなわち『哲学者の密室』では、再びこのテーマに挑み、『サマー』とは別のタイプの〝名探偵自身の物語〟を描くことに成功したのだ。

［注］笠井のデビュー前の習作（一九九七年に『熾天使の夏』という題で刊行）には、『バイバイ』以前の矢吹駆の姿が描かれている。ただし、この作での駆は探偵を演じているわけではない。『熾天使の夏』は、〝矢吹駆自身の物語〟の幕開けなのだ。駆が名探偵になったのは『バイバイ、エンジェル』の解決時点なので、〝名探偵・矢吹駆自身の物語〟が幕を開けたのは、『サマー・アポカリプス』だと見なすべきだろう。

5　『哲学者の密室』——探偵

このシリーズを「名探偵・矢吹駆自身の物語」として見た場合、『バイバイ』では駆のマチルダ殺しが描かれ、『サマー』ではその殺人をめぐる駆とジュリアン＆シモーヌとの闘争が描かれている。そして、駆がジュリアンにもシモーヌにも負けたところで物語は終わりを告げた——と読者は解釈すべきだろう。となると、読者としては、次作における「矢吹駆の復活」か「矢吹駆の逆襲」を期待するのが当然のこと。『サマー』がクイーンの『十日間の不思議』を意識した作品ならば、なおさらである。ところが、次の『薔薇の女』では、読者の期待は裏切られてしまう。復活や逆襲どころか、「矢吹駆の物語」自体が、ほとんど描かれていないのだ。

しかし、その次の『哲学者の密室』では、その期待は裏切られなかった。——ただし、描かれたのは、復活でも逆襲でもない。「矢吹駆の成長」だった。

『哲学者』の駆が、過去三作に比べて、どこか自信なさげなのは、気づいた読者も多いと思う。序盤では「本質直観を用いた間違った推理」をするし、中盤ではガドナス教授に押されまくり、終盤ではヴェルナー少佐に対して質問を重ねることしかできない。ハルバッハに対する駆の言葉を見ても、明らかに弱気になっていることがうかがえる。

ただし、細かく見ていくと、別のものが見えてくるのだ。ガドナス教授、ハルバッハ、ヴェルナーとの会話の中で、駆は変化していないだろうか？　会話の最初と最後の間に、駆は何かを学んでいないだろうか？　そう、駆は明らかに成長しているのだ。そして、成長したからこそ、序盤で自分が披露した推理の間違いに気づき、真相を突きとめることができたのだ。

一方、『バイバイ』でのマチルダやアントワーヌとの対話や、『サマー』でのシモーヌやジュリアンとの対話において、駆は成長していない。対話の前と後では、何の変化もないのだ。この違いは何なのだろうか？　なぜ『哲学者』では、変化が生じているのだろうか？

一つには、ガドナス教授の存在がある。教授は第九章で駆と対話をするのだが、これは初期三作の犯人との思想対決シーンとは異なっている。むしろ、師匠と弟子の対話と表現した方がいい（私は『九尾の猫』のセリグマン教授とエラリーの対話を連想した）。ハルバッハ批判の先輩であるガドナス教授との対話が、駆の成長に結びつくことは、言うまでもないだろう。

だが、もっと大きな原因は、『哲学者』の過去篇にある。過去の事件を描いたこのパートでは、世界が逆になっている――いや、作品世界が反転しているといってもいいだろう。

初期三作は、現代の（一応）平和な世界に起きた殺人を描いている。『哲学者』の第九章で、初期作における犯人の動機について述べた駆のセリフを引用してみよう。

「平和と繁栄に自足した社会では、死の可能性など、どんなに凝視しようと少しも見えてきそうにない。（中略）戦場のない社会で死の可能性に直面することができないなら、意図的に戦場のようなものを、死の危険に満ちた暴力的な環境を、なんとか捏造してしまえ。（中略）吐き気のするような俗物の集団で溢れかえる都市の街頭を、テロリズムの戦場に転化せよ……」

身も蓋もない要約をするならば、ニコライ・イリイチが事件を起こす目的は、平和な現在の世界を戦場に変えることにある。そして、駆が探偵行為を行う目的は、平和な現在の世界を戦場に変えないことにある。

ところが、『哲学者』の過去篇では、舞台は戦場に、すなわちイリイチの目的が実現した世界になっているのだ。ならば、この世界ではイリイチの側の人間が事件を起こす必要はない。事件を起こす必要があるのは、駆の側の人間なのだ。しかし、そうなると、駆の側の人間は、探偵ではなく犯人になってしまう……。（図参照）

世界が反転し、事件も反転したために、犯人と探偵も反転せざるを得なくなった。つまり、『哲学者』過去篇では、駆の側の人間が犯した犯罪が描かれているのだ。

その過去篇の犯人ヴェルナーが駆の同志であることは、終章を読めばわかるはずである。この

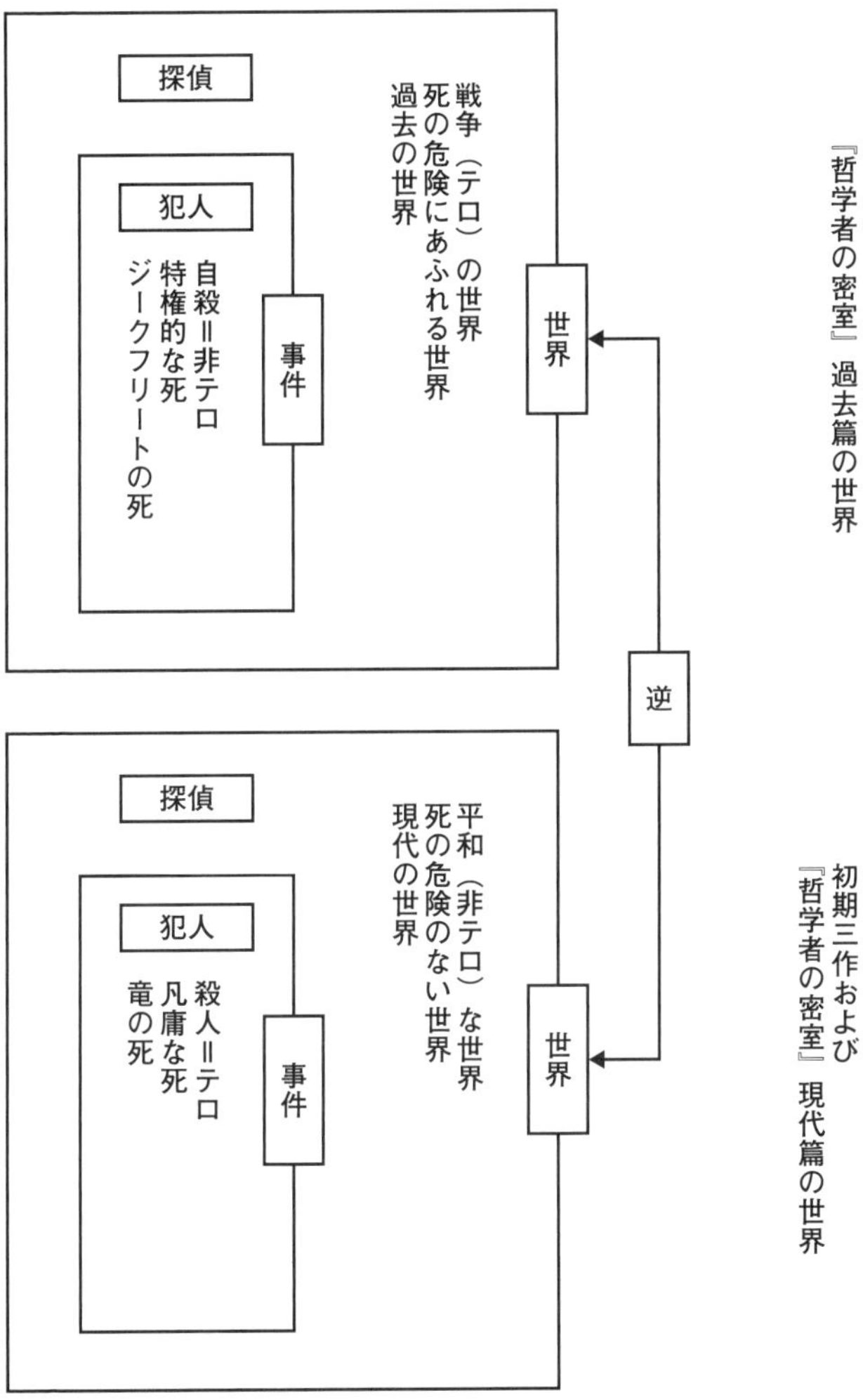
『哲学者の密室』過去篇の世界
世界
戦争（テロ）の世界
死の危険にあふれる世界
過去の世界
探偵
犯人
事件
自殺＝非テロ
特権的な死
ジークフリートの死
逆
初期三作および
『哲学者の密室』現代篇の世界
世界
平和（非テロ）な世界
死の危険のない世界
現代の世界
探偵
犯人
事件
殺人＝テロ
凡庸な死
竜の死

章で描かれるヴェルナーと駆の対話は、犯人と探偵の間で行われている点では、初期三作と同様と言える。だが、初期作では見られた対立あるいは闘争が、ここには存在しない。なぜならば、ヴェルナーは駆の敵ではなく、同志であり、味方だからだ。実際、ヴェルナーは駆に対して「われわれの敵は底知れない凡庸さなのだ」と言っているが、この「われわれ」にはヴェルナーだけでなく駆も含まれていることは、言うまでもないだろう。つまり、この終章でのヴェルナーと駆の対話は、対立者間の思想闘争ではなく、同じ思想を持つ先輩から後輩へのアドバイスなのだ。しかも、同じ先輩のガドナス教授とは異なり、探偵・駆の先輩でもあるのだ――ただし、世界が反転しているために、ヴェルナーは探偵ではなく犯人なのだが。

かくして、駆の先輩ヴェルナーは、過去篇の主人公を引き受けると共に、駆の代わりに思想闘争をも肩代わりすることになる。

そのヴェルナーの闘争相手は、表面上はハルバッハである。駆もハルバッハとは対決してはいるが、実際には「死の哲学」とは戦ってはおらず、彼の転向を批判しているに過ぎない（しかも、この対決場面は初出の雑誌連載版には存在しない）。それに対して、ヴェルナーの方は、駆と同じようにハルバッハと対決するのみならず、彼を死に追い込み、終章では、「私の人生は、つまるところハルバッハ哲学と刺し違えることで終わった」と語る……。ハルバッハの闘争相手が駆ではなくヴェルナーであることは、明らかだろう。

しかし、ヴェルナーの真の闘争相手がフーデンベルグであることもまた、明らかである。ハルバッハは――彼の生み出した哲学ではなく、あくまで人間ハルバッハの方は――フーデンベルグによって転向させられたのだから。このフーデンベルグのハルバッハをあやつる手口は、初期三作におけるイリイチのやり方と何の違いもない。つまり、ヴェルナーが駆の先輩だとするならば、フーデンベルグはイリイチの先輩なのだ（実際、イリイチの父親はフーデンベルグの右腕だった）。ただし、世界が反転しているために、フーデンベルグは犯罪を犯す必要がない――ヴェルナーの方が犯罪を犯す必要がある――点だけが異なるのだが。

前置きが長くなったが、『哲学者』の中で駆が成長できたのは、これまで述べてきたことが原因である。

初期三作では、犯人はイリイチの側、つまり駆にとっては敵側の人物なので、彼らの犯罪を推理することは、駆の成長につながらない。

だが、『哲学者』の犯人は駆の側、つまり駆にとっては味方側の人物なので、彼らの犯罪を推理することは、駆の成長につながるのだ。ヴェルナーは駆の先輩であると同時に、駆の未来の姿――いずれはイリイチを殺害するであろう駆の未来の姿――なのだから。

事実、この長編は、駆へのアドバイスを終えたヴェルナーが、自らの柏葉剣つき騎士鉄十字章を駆に渡して立ち去るシーンで幕を閉じている。『哲学者の密室』とは、矢吹駆が先輩の犯罪を解明し、その先輩に学び、成長する物語なのだ。

〈矢吹駆シリーズ〉における〝名探偵自身の物語〟という主題のルーツが、クイーンの『十日間の不思議』と『九尾の猫』にあることは、すでに述べた。

しかし、スタート地点はよく似ていても、ずいぶん違う方向に進んでしまったように見える（もっとも、法月綸太郎の『ふたたび赤い悪夢』によるとクイーンの向かった先は「砂漠」で、『哲学者の密室』のヴェルナーによると駆の向かう先は「荒野」なので、それほど差はないのかもしれないが……）。この〝違い〟によって、駆がどこにたどり着くかの考察は興味深いのだが、残念ながら紙数が足りない。また、この文を書いている時点（二〇一二年）で、私はシリーズ第七～九作の雑誌連載版を未読だというのも、ネックになっている。そこで、ここでは大きな方向だけを考察してみよう。

名探偵エラリーと駆を比べた場合、大きく異なるのは次の二点である。
①駆にはイリイチという決着をつけるべき宿敵が存在すること。
②駆にはナディアという想いに応えるべき恋人（？）が存在すること。
そして、この二人は、駆に対して、それぞれ反対方向に進むよう働きかけている。イリイチは〈死〉《タナトス》の方向に、ナディアは〈生〉《エロス》の方向に――。

この綱引きの結果については、作中年代では前述の九作のどれよりも後になる『青銅の悲劇』にヒントが書かれている。この長編の冒頭には、以下の文が掲げられているのだ。

わたしは日本に帰ってきた、矢吹駆を殺すために――N・Mの日記から

おわりに

本章では、笠井潔の〈矢吹駆シリーズ〉とクイーンを結びつけた考察を、二点に絞って行った。

一点めの「本質直観による推理」は、当初はペダントリーに過ぎないようにも見えた。だが、作者はこのアイデアを手放さなかった。やはりクイーンが得意とする「推理やテーマから逆算してプロットを組み立てる創作方法」を用いて、本質直観から逆算した物語を描くことに成功したのだ。そのため、『哲学者の密室』は、推理とテーマとトリックとプロットが有機的に結合した傑作になった。そして同時に、タイプこそ異なれ、クイーンが目指した〈意外な推理〉を描くことにも成功した。

二点めの「名探偵自身の物語」という主題の追求は、クイーンの『十日間の不思議』と『九尾の猫』と、起点は同じだと言える。だが、探偵が向かう先は――現時点では――別の地点に見えるのだ。

クイーンとはタイプが異なるが〈意外な推理〉を描くことに成功し、クイーンと同じ地点からクイーンとは別の地点に向かう――笠井潔もまた、〈クイーンの騎士〉の一人なのだ。

第五章

綾辻行人

叙述という公正

〔本章で真相等に触れている作品〕アガサ・クリスティ『アクロイド殺し』。E・クイーン『スペイン岬の謎』。J・D・カー「第三の銃弾」。鮎川哲也「達也が嗤う」「薔薇荘殺人事件」。綾辻行人『十角館の殺人』『迷路館の殺人』『時計館の殺人』『殺人鬼』「伊園家の崩壊」。

はじめに

綾辻行人はクイーン・ファンを公言しているし、私の主宰するエラリー・クイーン・ファンクラブにも、デビュー前から入会してくれている。しかし、実作を見るならば、『鳴風荘事件』以外は、クイーン作品とは似ていない（逆に、『鳴風荘事件』だけはクイーン風のハイレベルな本格ミステリなので、なぜこのシリーズをもっと書いてくれないのかと作者に言いたくなってしまう）。しかも、クイーンがほとんど使わなかった叙述トリックを多用している。加えて、『十角館の殺人』では、作中人物に次のセリフを言わせているのだ。

ミステリにふさわしいのは、時代遅れと云われようが何だろうが、やっぱりね、名探偵、大邸宅、怪しげな住人たち、血みどろの惨劇、不可能犯罪、破天荒な大トリック……

言うまでもないが、右のセリフで挙げている特徴のほとんどは、クイーン作品とはほど遠い。

普通に考えるならば、「綾辻は一読者としてクイーンが好きなのであって、作家としてはクイーンを目指してもいないし影響を受けてもいない」という結論になるだろう。

しかし、私から見ると、作家・綾辻行人は、まぎれもなくクイーンのある部分を受け継いでいる。――クイーンの最大の特徴であり、多くの作者と読者を魅了した〝読者とのフェアプレイの実践〟を。

1 『殺人鬼』

前述の『鳴風荘事件』の講談社文庫版あとがきにおいて、綾辻は〈本格〉の定義を行っている。まず、「狭義の本格」と「広義の本格」に分け、前者の理想型としては、エラリー・クイーンの初期長編のような、「純粋な推理の問題」を挙げている。

ただし、ここで注目すべきは、綾辻が自作が属すると考えている「広義の本格」の定義の方。すなわち「トリッキーなプロットを、安易な〝後出し〟をしない努力を怠らずに描ききった小説」のことである。

これは、どう見ても〝読者とのフェアプレイの実践〟のことだろう。そしてまた、この定義が「狭義の本格」にも含まれていることも間違いない。つまり綾辻は、本格の核は〝読者とのフェアプレイ〟だと言っているのだ。

しかし、クイーン・ファンである綾辻は、フェアプレイの実践がどんなに困難であるかをわかっていた。内容が伴わないのに、作者一人が「おれの作はフェアプレイだ」と力みかえる姿が、どんなに滑稽であるかをわかっていた。だからこそ、「私の作は〝読者とのフェアプレイ〟を実践している」と宣言できないのである。

右の文をエッセイ集『アヤツジ・ユキト2001―2006』に収録する際に、綾辻は以下の補足を加えている。

「〝後出し〟をせずに書いた」ではなく、「安易な〝後出し〟をしない努力を怠らずに描ききった」としているところがポイント。

この文でわかるのは、綾辻が〝読者とのフェアプレイ〟の困難さを理解しているだけでなく、その困難さの本質までも理解しているということである。つまり、〝フェアプレイは本質的に読者に依存する〟という事実を、綾辻は理解しているのだ。作者が「〝後出し〟はしていない」と言った場合、そう思う読者もいるだろうが、そう思わない読者もいるに違いない。作者ができるのは、「〝後出し〟をしない努力を怠らない」ことだけなのだ。

では、読者によって基準が異なる〝フェアプレイ〟を、本格ミステリにおいて実践するには、どうしたらいいだろうか？

この難題に対するクイーンの解答は、『エラリー・クイーン論』で述べている通り――「作中探偵のエラリーにフェアプレイを担保させる」である。

具体的に説明しよう。

クイーン作品は、「エラリーは現実に起こった事件を推理によって解決しました。エラリーがその時に推理に使ったデータは、小説化の際に、すべて作中に組み込んでいます。読者のみなさんは、エラリーと同じ推理ができますか？」というスタンスで書かれている。つまり、読者がフェアプレイかどうかを判断する基準が、「自分は与えられたデータだけで解決できるか」ではなく、「エラリーは与えられたデータだけで解決できているか」に変わっているのだ。

これが、クイーンがフェアプレイを実践するために用いた、巧妙なパラダイム・シフトである。読者に「あなたはこの作がフェアプレイだと思うか？」と問うならば、答えはまちまちにならざるを得ない。しかし、読者に「あなたはエラリーの推理がフェアだと思うか？」と問えば、答えの差はずっと小さくなるはずである。しかも、作者が「エラリーの推理を、安易な〝後出し〟をしない努力を怠らずに描ききった」ならば、その差はさらに小さくなるだろう。

一方の綾辻作品では、この手は使っていない［注］。では、「安易な〝後出し〟をしない努力を怠らずに描ききる」ために、綾辻が使った手とは、何だろうか？——それが、〝叙述〟に他ならない。そう、綾辻作品では、作中探偵ではなく、叙述によってフェアプレイを保証しているのだ。綾辻は〈叙述トリック〉の名手と言われるが、実作をよく読むならば、的を射ていない部分もある。綾辻の場合は、フェアプレイのために、作者がメタレベルから（作中世界の外側から）データを提示することが多い。そして、このメタレベルからの作者の介入が、〈叙述トリック〉と言われているわけである。

例えば、『殺人鬼』を見てみよう。本作のジャンルは〈ホラー〉だが、作者は「はしがき」の中で、本作は現実の事件を小説化したものだと語り、以下の文を添えている。

そしてなおかつ、そういった「小説化」の作業にあたって、作者はそこにちょっとした趣向を凝らしてみることにした。

趣向——と云うよりも、一種の罠、いや、悪戯、と云ってしまった方がいいかもしれない。三人称多視点の小説という形式で書かれたこの物語を読み進むにつれて、勘の良い読者ならばおそらく、何かしらの違和感を覚えられることだろう。

何が変なのか。

どこがおかしいのか。

「読者よ欺かるるなかれ」などと、たいそうなことを云える類のものでもない。これはまったく、作者のどうしようもない茶目っけの所産なので、とりあえずはさして気に懸けていただく必要もないと思う。

この文章を読んで、『殺人鬼』に叙述トリックが使われていることに気づかない読者は、まずいないだろう。言い換えると、この文は、読者に向かって、「本作には叙述トリックが使われています。ヒントは読み進めるうちに感じる違和感です。さて、あなたは見破ることができますか?」と言っているのだ。だとしたら、これは、〈読者への挑戦〉と何も変わらないではないか。

叙述トリックを用いた場合、それを伏せておいた方が、結末での読者の驚きは大きくなる。実際、評価の高い叙述トリックものは、どれもこれも、叙述に仕掛けがあることを結末まで伏せている。『殺人鬼』の場合も、こんな「はしがき」を入れない方が、読者の驚きは大きくなるに違いない。

しかし、それでも綾辻は事前に明かしてしまうのだ――〝読者とのフェアプレイ〟のために。それでも綾辻は、結末の意外性よりも、フェアプレイの方を選んだのだ――クイーンのように。（同様の趣向は、ホラー長編『Another』にも見られる。作者が第一部には「What?...Why?」、第二部には「How?...Who?」という題を添え、読者に何を当てればよいかを事前に明かしているのだ。いや、正確には、読者に当てるべき対象を示して挑戦していると言うべきだろう。）


冒頭で作者が「見抜け」と挑戦している叙述トリックとは、次のようなものである。

八組の双子が、双子がそれぞれ別になるように二チームに分かれ、山の東と西から登っていく。そして、その二チームが登山の途中でそれぞれ事件に遭遇する。ただし作者は、巧妙な叙述によって、一つのチームが登山の最中に一つの事件に遭遇したと、読者に錯覚させるのだ。

ここで注意してほしいのは、（作者が種明かしをするまで）作中レベルだけでは、事件に遭遇したのが一チームか二チームなのかの特定はできない、という点である。確かに一チームだと考えるとおかしな描写はいくつもある。だが、一チームだという前提でのこじつけも不可能ではない。あるいは、一チームでも二チームでもなく、三チームか四チームという可能性も否定できない。

そこで作者は、またしてもメタレベルからフェアプレイを実践したのだ。「はしがき」同様、作中世界には存在しない要素――メタレベルにしか存在しない要素――すなわち、「章題」を用いることによって。
本書の目次を見ると、次のようになっている。

第1部
第2部
第3部
第4部

しかし、本文では、次のようになっているのだ。

第1部　B
第2部　A
第3部　B
第4部　A

目次にはないこの「A」「B」こそが、読者に与えられた手がかりに他ならない。「A」が添えられた第2部と第4部では、兄・姉チームの事件が描かれ、「B」が添えられた第1部と第3部では、弟・妹チームの事件が描かれている、というわけである。
仮に、一チームの事件だとすれば、この「A」「B」には意味がないことになるし、三チームの事件だとすれば、「C」が欠けていることになる。二チームの事件であって、初めて、意味を持つ。言い換えれば、読者はこの「A」「B」の手がかりに気づきさえすれば、作者の仕掛けた叙述トリックを見破ることができるのである。

そして、「A」「B」の手がかりもまた、書かない方が、真相を見抜ける読者が少なくなることは、言うまでもない（ちなみに、私は初読の際に、この手がかりに気づいて、二チーム存在することを見抜くことができた）。それでも作者は、真相を見抜かれる危険性が増すのを承知の上で、手がかりを堂々と組み込んだのだ――〝読者とのフェアプレイ〟のために。

『殺人鬼』では、作者が「はしがき」や「章題」といった作中世界の外側（＝メタレベル）に手がかりを仕込んでフェアプレイを実践している。綾辻がこのアイデアを得たのは、おそらく、鮎川哲也の「達也が嗤う」と「薔薇荘殺人事件」からだろう。

「達也が嗤う」は、女性である浦和（犯人）を男性と見せかける叙述トリックを用いている。そして、本書の第二章で考察したように、作中データだけでは、浦和が女性か男性かを特定できないので、犯人かどうかも特定することはできない。ただし、メタレベルに存在するデータを用いるならば、浦和が犯人だと特定できるようになっている。この場合の「メタレベルに存在する手がかり」とは、題名のこと。「達也が嗤う」という題名を逆に読むと、「浦和がやった」となるのだ。

仮に、浦和が犯人ではないとすれば、この「達也が嗤う」という題名には意味がないことになる。浦和が犯人であって、初めて、意味を持つ。言い換えれば、読者はこの題名に隠された手がかりに気づきさえすれば、作者の仕掛けた叙述トリックを見破ることができるのである。

そして、題名の手がかりもまた、書かない方が、真相を見抜く読者は少なくなるはずである

(ちなみに、私は初読の際に、この手がかりに気づいて、犯人が浦和だと見抜くことができた――といっても、当時の私は浦和市に住んでいて、「浦和が笑う」という回文を知っていたので、自慢にはならないのだが)。それでも鮎川は、真相を見抜かれる危険性が増すのを承知の上で、手がかりを堂々と組み込んだのだ――〝読者とのフェアプレイ〟のために。

「読者にはAと思わせて実はB」という叙述トリックを作中に仕掛けた場合、作中レベルだけで「AではなくB」という解決が唯一無二の真相だと特定することは、途方もなく難しい。A、B、どちらともとれる描写を用いているために、「『Aと思わせて実はB』と思わせて実はA」という解決も可能になってしまうからだ。

だから鮎川哲也は、真相を特定する手がかりを、作中レベルではなく、その上位のメタレベルに組み込んだのだ。これが計算ずくであることは、「達也が嗤う」の二年後に発表した「薔薇荘殺人事件」を読めば明らかである。こちらも「読者にはAと思わせて実はB」という叙述トリックを用いているが、これまたメタレベルに――本作の場合は〈読者への挑戦状〉に――犯人を特定する手がかりを組み込んでいる。


作中レベルに仕掛けられた叙述トリックを、メタレベルの叙述によって唯一無二の真相として保証する。――綾辻は、この鮎川が生み出したテクニックを、より洗練させて自作に用いているのだ。もちろん、クイーンのように、〝読者とのフェアプレイ〟を実践するために。

ただし、〈館シリーズ〉などでは、さらなるテクニックも用いられている。綾辻が「新本格の旗手」と言われたのは、ただ単に、「達也が嗤う」や「薔薇荘殺人事件」を長編化したような作品を書いたからでははない。

では、次の節では、その〈館シリーズ〉の第一作にして、綾辻行人の処女作である『十角館の殺人』について考察することにしよう。

［注］例えば、『鳴風荘事件』には〈読者への挑戦〉があるが、挑戦状を入れたのは作中探偵の明日香井ではなく、作者の綾辻自身となっている。また、挑戦状の内容も、「作者は読者の推理に必要なデータをきちんと提示しています」であり、クイーンのような「これは現実にあった事件です」というスタンスは存在しない。

つけ加えるならば、シリーズ前作の『殺人方程式』では、作中探偵が「答えを見つけたのさ。昨日云っていた、三つの問題点の正しい答え——そしてもちろん、事件の犯人も真相も。何ならここで、昔の探偵小説ばりに例の『読者への挑戦』でも入れてみようか?」と言うが、実際には挑戦状は存在しない。初刊本（カッパ・ノベルズ）のカバーの「著者のことば」で、「我と思わん方は、『V章・2』の手前でいったん巻を置いて、〝挑戦〟に応じてみてください」と、作者が読者に挑戦しているのだ。この作もまた、「作者は読者の推理に必要なデータをきちんと提示しています」と言っているわけである。

つまり、この二作では——クイーンとは異なり——作者がメタレベルから介入して、「この作品は読者に挑戦できるほどフェアです」と宣言しているのだ。

2　『十角館の殺人』

本書の初刊本（講談社ノベルス）のカバーには、次のような「著者のことば」が添えられている。

フェア、アンフェアすれすれのところで、いかにして読み手を「騙《だま》す」か、そんなことばかり考えて悦に入っています。

綾辻の言う「フェア、アンフェアすれすれのところ」というのは、もちろん、「フェア」に他ならない。つまり作者は、処女作で「読者とのフェアプレイ」を宣言していることになる。決して、「名探偵、大邸宅、怪しげな住人たち、血みどろの惨劇、不可能犯罪、破天荒な大トリック」賛美ではないのだ。

では作者は、いかにして「読者とのフェアプレイ」と「騙《だま》す」ことを両立させたのだろうか？

本作の犯人は、本土と島を何度も往復して殺人を犯す。往復に使った船はエンジン付きのゴムボート。本土と島は、これで往復できるくらい近くにあるのだ。実際、島のメンバーが中村青司犯人説を検討する際には、この可能性も俎上《そじょう》に載せられている。

しかし、ほとんどの読者は、この可能性を除外したはずである。本土と島はボートで往復できるくらい近くにあるのに、島には最初から最後まで七人しかおらず、島から出た者も本土から来た者もいない、と考えたに違いない。なぜだろうか？　その答えは簡単。読者がクリスティの『そして誰もいなくなった』を読んでいるからである。『十角館』を読み始めた読者は、すぐに本作が『そして誰もいなくなった』に挑戦した作であることに気づくに違いない。何せ、プロローグでの犯人の述懐に「一人一人、順番に殺していかなければならない。丁度、そう、英国のあの、あまりにも有名な女流作家が構築したプロットのように――じわじわと一人ずつ、だ」と出て来るのだから。

かくして読者は、思い込んでしまうことになる。『そして誰も』が、孤立した島という閉ざされた空間、いわゆるクローズド・サークルを舞台にしている以上、それに挑戦した『十角館』も同じはずだ、と。作中で「ボートでの本土との往復が可能である」というデータが提示されても、読者は無視してしまうのだ。つまり、作者が「ボートでの本土との往復が可能である」という解決に必要なデータをきちんと提示している（＝フェアプレイを実践している）にもかかわらず、読者は真相を見抜くことができないわけである。

こういった「読者のミステリに関する知識を逆手に取る」というアイデアは、綾辻以降の新本格ミステリには、たびたび見られる。新本格に対して「一部の読者に向けてしか書いていない」とか「大学のサークル感覚で書いている」といった批判がなされたのも、これが原因の一部だろう。

だが実は、このアイデアは黄金時代の本格ミステリでも多用されているのだ。

『エラリー・クイーン論』で指摘したように、英米の黄金時代の本格ミステリは、豊富な読書経験を積んだ読者と、その裏をかこうとする作者とのゲームになっている。

例えば、アガサ・クリスティの『アクロイド殺し』を見てみよう。この作品の犯人を読者が意外に思うのは、犯人が〝記述者〟だったからではない。〝ワトスン役〟だったからだ。当時の読者は、シャーロック・ホームズとワトスンの冒険譚や、その後に発表された同じ設定のミステリを、いくつも読んでいる。そんな読者にとっては、〝ワトスン役〟は容疑圏外になってしまうのだ。仮に、生まれて初めて読んだミステリが『アクロイド殺し』だという読者がいたら、どこが意外なのか、わからないのではないだろうか？

あるいは、J・D・カーの中編「第三の銃弾」の最後で、マーキス大佐が語る言葉に耳を傾けてみよう。

長いあいだ、推理小説作法の鉄則みたいに考えられてきた形式が、これでいっきょにくつがえされた。犯罪をあつかった小説には、往々にして、娘がふたり登場する。そのうちひとりは、眉が濃くて、気むずかしく、冷たい心臓の持ち主で、当然ながら復讐心がつよい。性格的には、かなりあつかいにくい女だ。もうひとりのほうは、色白で血色がよく、髪はブロンド、いたって素直で、気立てがやさしい。そのかわり――その、なんですな、頭のなかは、かならずしも充実しておるとはいいきれん。ところで、扇情小説のルールによると、こうした場合、結果はいつもきまっておる。ストーリーの最後で、終始、文句ばかりいいつづけておった気むずかしいブルーネット娘が、実際のところは、肚のいい、子供をたくさんほしがる性格で、ハードボイルド的な外見は、近代娘のほがらかな気持をつつむ外衣にすぎなかったとわかる。一方、ベビー・フェースのブロンド娘は、内心の怒りにかられて、家族の半分を殺害する、そして逮捕をまぬかれるために、あとの半分も殺しにかかるといった、悪鬼みたいな女なのが暴露される。わしは神のおぼしめしを祝福するね。これで、いやらしいしきたりをやぶることができた。ブルーネットの髪をして、愛想のない、冷酷そうな感じの娘が、実際にも殺人者で、バラの花みたいな印象の、ちょっとばかりおっとりしすぎた、気立てのやさしいほうが、やっぱり潔白だったとわかったからだ。犯罪小説万歳《ヴィヴ・ル・ロマン・ポリシエ》だ。

ここで作者のカーは、作中人物の口を借りて、こう言っているのだ。「ミステリ・ファンのみなさんは、今までの読書体験から、ブロンドの娘が犯人でブルーネットの娘が潔白だと思ったでしょう。でも、逆だったのですよ」と。（ここで、作中人物であり、作中では現実の事件を解決したはずのマーキス大佐が、その事件を小説のように扱っている点に不自然さを感じた読者も多いと思う。これは、前節で考察したように、作者が読者に直接仕掛けた趣向は、作中レベルでは説明できないためである。だからこそ作者は、マーキス大佐をメタレベルに立たせたのだ。）

さらにつけ加えるならば、クイーンの『エジプト十字架の謎』や『レーン最後の事件』も、ミステリを読んでいれば読んでいるほど、犯人が当たらないように書かれている。

だが、日本においては、こういった「ミステリを読み込んだ読者と、そんな読者を意識してアイデアを練る作者とのゲーム」は、松本清張以降の社会派ブームによって衰退してしまった。社会派推理小説は、「ミステリを読み込んでいない読者」の方を向くことによって、売れ行きを伸ばしていったからだ。つまり綾辻は、この黄金時代における作者と読者の関係を、当時の日本に復活させたのだ。そしてもちろん、この作者と読者とのゲームには、〝フェアプレイ〟を欠かすことができない。島で探偵役を務める学生のあだ名が、叙述トリックの元祖である〝アガサ〟でもなく、血みどろの惨劇や不可能犯罪を多用する〝カー〟でもなく、フェアプレイを実践した〝エラリィ〟になっているのは、それが理由なのだろう。

次は、プロットを考察してみる。

『そして誰も』では島の出来事しか描かれていない。しかし、『十角館』もそうするわけにはいかない。島のシーンだけでは、犯人が何度も島と本土を往復しようが、ずっと島にいて六人を殺した後で本土に戻ろうが、同じことになってしまうからである。しかし、本土に守須（犯人）がいるシーンを描き、島に守須がいるシーンを描いたならば、誰にでも犯人がわかってしまう。そこで作者は、「島にいる守須を〝ヴァン〟というあだ名でしか描写しない」という叙述トリックを編み出したわけである。

つまり、叙述トリックは、重要なデータを読者の目から隠すために用いられているのだ。「データを馬鹿正直に書いたら、確かにフェアプレイにはなるが、読者に見破られてしまう」というジレンマを解消するために、作者は叙述トリックを弄しているのだ。

かくして読者は、守須のあだ名が〝ヴァン〟だと知った瞬間に、これまでずっと目の前にデータが提示されていたことが――フェアプレイを実践していたことが――わかり、大きな衝撃を受けるのである。

3 『迷路館の殺人』と『時計館の殺人』

〈館シリーズ〉第二作の『水車館の殺人』も、やはり前作同様、「きちんとデータを提示すると、ミステリに詳しい読者にトリックを見抜かれてしまうので叙述トリックを用いる」というタイプの作品。そして、やはり前作同様の欠点を持っている。それは、「フェアプレイを実践していてもその保証ができない」という点。その理由は――くり返しになるが――叙述トリックを用いた場合は、クイーンのように、作中探偵にフェアプレイの担保をさせることはできないからである。

例えば、『十角館』の読者が、「守須には誰も知らない双子の兄弟がいて、一方が島で殺人を犯している間に、もう一方が本土でアリバイ工作を行った」とか、「K**大学の推理小説研究会には〝ヴァン・ダイン〟というあだ名を持つ人物が二人いた」といった真相を推理したとしよう。もちろん、こういった解決は、島のシーンに盛り込まれたデータを組み合わせれば否定できるようになっている――が、作中探偵の島田潔には、それができない。なぜならば、彼は島のシーンで提示されたデータを手に入れていないからだ。いや、島田の立場では、そもそも守須が真犯人である保証すらできないのだ。最終章において、島田は真相を見抜いたようだが、その推理が語られることはない。おそらく作者は、語らせることができなかったのだろう。

では、作中探偵が語れないなら、作者が語ればいいではないか。鮎川の「達也が嗤う」や「薔薇荘殺人事件」、それに綾辻自身の『殺人鬼』のように、作者がメタレベルから叙述トリックを明かして真相の保証をすればいいのだ。それが一番簡単な方法のはずである。……だが、作者はやらなかった。〈館シリーズ〉の他の作品でもやっていないところを見ると、綾辻は「ホラーならいいが、本格ミステリでは、メタレベルから作者がしゃしゃり出て説明すべきではない」と考えているのだろう。ひょっとして、その反動で、「あとがき」では必要以上に饒舌になっているのかもしれない。

『十角館』と『水車館』で、「フェアプレイを実践しても、それを読者に説明できない」という問題に突き当たった作者は、次の作品で、一つの解決策を見いだすことになる。それは、〝作中作の利用〟だった。

第二章で考察したように、鮎川哲也は、「達也が嗤う」ではメタレベルから作者自身が介入せざるを得なかったが、「鎌倉ミステリーガイド」では、作者ではなく作中探偵に叙述トリックを解説させることに成功している。これは、作中作を用いたからこそ、可能になったのだ。作中作を用いれば、作中探偵を作中作の外側に――つまりメタレベルに――立たせることができるのは、言うまでもないだろう。作中作内の人物は、地の文や章題や挑戦状を読むことはできないが、作中作を読む作中人物には、可能なのだから。

『迷路館の殺人』は、作中作（というよりは「単行本の中の単行本」）の形をとっていて、作中作は、鹿谷門実の書いたものとなっている。そして、それを読んだ島田が、作中作に仕掛けられた叙述トリックをどのように見破ったかを説明する、という形で、ごく自然にメタレベルからの推理が語られているのだ。おまけに、作中作の作者・鹿谷が、「いわゆるフェア、アンフェアっていう言葉が頭に染み込んでいて、その辺は必要以上に気を遣ってしまうもので」と言うと、作中作の読者・島田が「かなりきわどいところもあるけれど、フェアという点では随分苦労の跡が見えたね」と返し、さらに鹿谷が「そういう読み方をしてもらえれば、作者も苦労のし甲斐があるってものです」と応える会話まで存在する。この会話は、本来なら作者・綾辻がメタレベルから読者と語るべきものなのだが、作中作を利用することによって、作中レベルで自慢することができたわけである――自身がフェアプレイを実践していることを。

作者も手応えを感じたらしく、『黒猫館の殺人』では、再び作中作形式に挑んでいる。そして、再びフェアプレイを実践している。例えば、作中作に登場する密室トリックの解明の難易度は、作中探偵と読者では、全く同じになっている点に注目してほしい。作中探偵の推理の前提も、推理に用いたデータも、すべて読者は手に入れているのだ。

しかも作者は、『迷路館』とは異なり、「作中作の作者は読者を欺く意図がないのに読者は欺かれてしまう」という設定にも挑んでいる。こちらの趣向にも興味深い点は多いのだが、フェアプレイとは離れてしまうので、考察は別の機会にさせてもらおう。

なお、『迷路館』には、作中作の外側に「関係者の誰が鹿谷門実なのか?」という謎も設定されている。そして、鹿谷門実の正体を読者に見抜かれにくくするために、作者は作中作の外、すなわち作中レベルで叙述トリックを用いることにした。かくして、この部分に関しては、『十角館』や『水車館』同様、またしても、作中ではフェアプレイの保証ができなくなってしまった。叙述による男女誤認トリック同様、作中の島田が鹿谷の正体を見破るのは容易だが、外部にいる読者にとっては、かなりの困難を伴うからである。

むしろ、作中レベルで提示される謎としては、作者の正体よりも、「何のために作中作は書かれたか?」の方が興味深い。本作ではさほど深い意味があるわけではないが、作者はこのテーマを手放さず、「フリークス」という傑作中編を生み出したからである。そしてまた、作者の関心が「作中作の謎」から「作中作を書いた作者の内面」に移っていく様は、やはり関心が「ダイイング・メッセージの謎」から「ダイイング・メッセージを残した被害者の内面」に移っていったクイーンと重なり合うからでもある(このあたりの詳細は、『エラリー・クイーン論』のダイイング・メッセージ考察を参照してほしい)。

続く『人形館の殺人』では、作者は「作中作形式を用いずに探偵役をメタレベルに立たせる」という困難な趣向に挑んでいる。とはいえ、作中作形式を用いていないために、読者とのフェアプレイはうまく実践できていない。何しろ、〝作中の探偵役と読者とのギャップ〟は全く解消されていないのだ。——というか、本作の最大の魅力は、この「作中探偵と読者のギャップの大きさ」だろう。例えば、このアイデアを主人公の日記という形で描いて、作中探偵を鹿谷以外の人物に設定すればフェアプレイは保証できないこともない。ただし、その代わり、結末の衝撃はずっと小さくなってしまうのだ。

だが、その次の『時計館の殺人』では、見事にフェアプレイの実践に成功している。

本作のメイン・トリックは、旧館の内部と外部で時計の示す時刻がずれている、というもの。犯人はその〝ずれ〟を利用して、アリバイを作るわけである。そして、この〝ずれ〟による錯覚は、作中人物と読者の双方に生じているのだ。言い換えると、作中探偵と読者が同等の条件で真相を推理できるので、フェアプレイの成立が可能になっているわけである。

要するに、『時計館』は、叙述トリックものではないのだ。確かに作者は、旧館の三時は外部の一時半であることに読者が気づかないように、旧館にいる江南の視点で「今は三時だ」と記述している。だが、江南は実際に今が三時だと思っているわけで、作者が叙述で錯覚させたわけではない。これを叙述トリックと言うならば、A氏に変装したB氏を江南視点で「A氏だ」と書くのも叙述トリックになってしまう。

かくして、作中探偵と読者の得るデータが一致したことにより、クイーンの〈国名シリーズ〉のように、作中探偵と読者が推理を競い合うことが可能になった。その上、解決篇で探偵役の鹿谷が披露する推理は実に鮮やかなものである。本作が〈日本推理作家協会賞〉を受賞した理由の一つは、ここにあったのだろう。

なお、作者は『奇面館の殺人』で、再びこの手法に挑んでいる。「容疑者たちが外れない仮面をつけているため、名乗っている人物かどうかわからない」という設定は、作中人物と読者に同等に機能していることは、言うまでもないだろう。このため、探偵役の鹿谷は、またもや鮮やかな推理を披露してくれる。

ただし、『時計館』とは異なり、本作には叙述トリックも組み込まれている。そしてもちろん、探偵役の鹿谷はこのトリックについては推理を披露できないので、作者がフェアプレイを実践していることは、読者には伝わらない。

4　〈囁きシリーズ〉

〈館シリーズ〉の残り二作――『暗黒館の殺人』と『びっくり館の殺人』――は、読者に対する謎の提示の手法が、シリーズの他の作品とは異なっている。〈館シリーズ〉ではなく、〈囁きシリーズ〉の手法を用いているのだ。

〈囁きシリーズ〉では、読者が解くべき謎は「事件の真相」ではない。「作者が用意した物語の空白部分」なのだ。

読者が作品を読み始めた時点では、物語の大部分は空白になっている。そして、読者が読み進めるにつれて、空白がどんどん埋まっていく。やがて、物語の終盤にさしかかる頃には、ほとんどの空白が埋まるが、真ん中に大きな空白が残っている。ここで、作者より先に空白を埋めることができれば読者の勝ち、できなければ作者の勝ち、となるわけである。そして、読者が空白を埋めるのに必要なデータを与えられていればフェア、そうでなければアンフェアとなるのだ。

これは、本格ミステリというよりは、サスペンスものの手法である。アイリッシュの『黒いカーテン』などは、まさにこの手法を用いた成功作である。〈囁きシリーズ〉の主人公は、記憶や認識に欠落がある場合が多いが、『黒いカーテン』の主人公もまた、記憶喪失なのだ。

そして、作中の主人公が忘れていたことを思い出したり、自分の錯誤に気づいて空白を埋めることができたとしても、読者が同じことをできるとは限らない。そもそも読者には、欠けた記憶など存在しないのだから。

従って、〈囁きシリーズ〉では、作者がフェアプレイを実践していても、作中人物がそれを裏付けることはできない。ゆえに、〈囁きシリーズ〉と同じ手法を用いた『暗黒館の殺人』と『びっくり館の殺人』もまた、フェアプレイが担保されてはいない。実際、この二作では、鹿谷は推理らしい推理をしていない、というか、そもそもできないのだ。

綾辻は、〈館シリーズ〉の全作において、「安易な〝後出し〟をしない努力を怠らずに描ききった」。だが、その努力が読者に伝わるのは、作中作を用いた『迷路館』と『黒猫館』、それに叙述トリックをメインで使用しなかった『時計館』と『奇面館』の四作しかない。残りの五作は、『殺人鬼』のように、メタレベルからの叙述を用いなければ読者に伝わらないのに、そうしなかったからである。そして、そうしなかった理由は、作者が「本格ミステリでは、メタレベルから作者がしゃしゃり出て説明すべきではない」と考えていたからだろう。

しかし、綾辻には、本格ミステリでありながらメタレベルの叙述を利用した、実験的な作品群もある。次の節では、その短編集『どんどん橋、落ちた』を見ることにしよう。

5 『どんどん橋、落ちた』

作者はこの短編集の「あとがき」で、本書が「ちょっとヘンな本格ミステリ」だと語っている。では、やはり〝本格ミステリ〟と自他共に認める〈館シリーズ〉とは、どこが違うのだろうか？

一読してわかるのは、以下の三点である。

①綾辻行人自身が作中に登場している。

②〈読者への挑戦〉がはさまれている。

③解決篇で、「叙述はフェアかアンフェアか」が説明されている。

何のことはない。この本は、作者が〈館シリーズ〉で、やりたくてもやれなかった趣向を実現した作品を集めたものなのだ。

くり返しになるが、叙述トリックのように、読者に直接トリックを仕掛けた場合は、作中レベルではフェアプレイを保証できなくなる。作者が読者に向かって説明するしかないのだ。しかし、（おそらく）綾辻は、「本格ミステリではメタレベルから作者がしゃしゃり出てフェアプレイを保証すべきではない」と考えている。それゆえ、〈館シリーズ〉では、作者がフェアプレイを宣言したくても宣言できないというジレンマに陥ってしまったのだ。

だが、作者自身が作中に登場する本書では、心置きなくフェアプレイ宣言ができるし、読者に直接挑戦もできるのだ。綾辻は「あとがき」で、収録作が、『暗黒館』が遅々として進まない最中に書いたものであることや、執筆がいいリハビリになったと語っている。〈館シリーズ〉のジレンマが解消できたわけだから、リハビリになるのも当然だろう。

しかし、この短編集が興味深い点は、他にある。一見、本格ミステリの最先端を行くような実験的作品の中に、エラリー・クイーンの影が浮かび上がってくるのだ。

例えば、②の〈読者への挑戦〉。言うまでもなく、クイーンの代名詞でありながら、これまでの綾辻は、『鳴風荘事件』以外では使わなかったテクニックである。

だが、ここでは、挑戦状の存在や文面が、フェアプレイの保証と分かちがたく結びついていることを指摘しておきたい。いわば、〈読者への挑戦〉は、フェアプレイの実践のために用いられているのだ。一九九九年に刊行された『どんどん橋、落ちた』が、フェアプレイのために、ちょうど七十年前に刊行された『ローマ帽子の謎』でクイーンが始めた〈読者への挑戦〉という趣向を用いたということは、実に興味深い。

あるいは、①の「綾辻行人自身が作中に登場する」という趣向。作者が作中人物として謎を解くという設定は、否応なしにエラリー・クイーンを連想せざるを得ない。

この点から注目したいのは、三作に登場する「U」という人物。「U」が綾辻の本名の頭文字であることからもわかるように、彼はデビュー前の稚気にあふれた作者の姿である。そして、一つの作品内に、作家デビュー前とデビュー後の二人の作者が存在する有様は、やはりクイーンを連想してしまう。作家〝エラリー・クイーン〟としてのデビュー前に父親と事件を解決したエラリー・クイーンと、イタリア引退後にその事件を小説化したエラリー・クイーンが混在するのが、初期のクイーン作品なのだから。

この「作者が作中に登場する」という設定に関して最も興味深い作品は、「伊園家の崩壊」である。

この短編の構成は、以下の通り。

①まえがき――作中人物である綾辻が、井坂南哲と会い、伊園家で起こった事件を小説化した原稿を渡される。
②登場人物および動物の表――伊園家の事件の関係者リスト。
③本篇――事件に関わり合い、作中にも登場する井坂の手による、伊園家の事件の小説化。
④読者への挑戦――生原稿を読んだ綾辻が、「ここまでですべてのデータは出そろった」と判断した場所に、綾辻自身が加えた挑戦文。
⑤解決篇――井坂が綾辻の考えた推理を語る（③の続き）。
⑥蛇足――綾辻が読者に向けて叙述のフェアプレイを保証する。

次に、クイーンの『ローマ帽子の謎』の構成を見てみよう。
①まえがき――作中人物であるJ・J・マックが、エラリー・クイーンと会い、ローマ劇場で起こった事件を小説化した原稿を渡される。
②登場人物表――ローマ劇場の事件の関係者リスト。
③本篇――事件に関わり合い、作中にも登場するエラリーの手による、ローマ劇場の事件の小説化。
④読者への挑戦――生原稿を読んだマックが、「ここまでですべてのデータは出そろった」と判断した場所に、マック自身が加えた挑戦文。
⑤解決篇――クイーン警視がエラリーの考えた推理を語る（③の続き）。
どうだろうか、よく似ていないだろうか。もちろん、私が意図的に表現を合わせた部分もあるのだが、それを差し引いても、かなり似ているはずである。

特に注目すべきは、『ローマ帽子』におけるJ・J・マックの役割。マックは〝読者〟として原稿を読んで、「ここに挑戦文を入れれば読者は犯人を推理できる」という判断をしている。言うまでもなくこれは、作者によるフェアプレイ宣言――解決に必要なデータはすべて読者に与えられていることの保証――を作中レベルで処理しようとするテクニックに他ならない。そして、「伊園家の崩壊」の作者の綾辻も、作中の綾辻の口を借りて、同じようなフェアプレイ宣言をしているのだ。

いや、綾辻はもっと先まで行っている。マックは、エラリーの生原稿を読んで、解決篇より前で犯人を指摘できたわけではない。しかし、作中の綾辻は、井坂の問題篇だけの生原稿を読んで、解決できたのだ。つまり、綾辻のフェアプレイ宣言は、「私は井坂の書いた問題篇だけの小説を読んで犯人を指摘できました。あなたも同じように解決できるはずです」となっているわけである。まさに、堂々たる宣言と言えよう。

『ローマ帽子』と「伊園家の崩壊」の決定的な違いは、「⑥蛇足」の部分にある。ここでは、作中の綾辻が、読者に向かって直接フェアプレイを保証せざるを得ない。なぜならば、ここで綾辻が叙述のフェアプレイを説明している箇所は、綾辻自身が加えた挑戦文に――井坂による作中作の外側に――あるからだ。くり返しになるが、読者に直接仕掛けた趣向は、メタレベルでしか説明できない。

ただし、この「⑥蛇足」と似たような手であれば、クイーンも『スペイン岬の謎』で行っている。この長編には、事件解決の後に、事件に関わり合ったエラリーとマクリン判事にJ・J・マックが加わっての雑談の章がある。その中で、判事が自分にも犯人の可能性があることを指摘し、エラリーの推理には穴があると批判する。それに対してエラリーは、判事もきちんと容疑者に入れていたが、泳げないので最終的に容疑者から除外したことを説明。さらには、「この事件を小説化する際は、判事が泳げないというデータをきちんと入れておこう」という意味のセリフまでつけ加えるのだ。

言うまでもないが、われわれが読んでいる『スペイン岬の謎』は、「この事件を小説化」したものに他ならない。つまり、ここでエラリーは、「『スペイン岬の謎』には、ちゃんと『判事が泳げない』というデータがありますよ」と言っていることになる。「探偵と作者が同一人物」という設定を生かし、作者が作中レベルだけでフェアプレイを宣言する——全くもって、スマートなやり方ではないか。

『どんどん橋、落ちた』は、「直接読者に向けた仕掛けのある作品において、いかにして読者にフェアプレイを保証するか」というテーマに挑んだ短編集である。作者はさまざまな手法を用いて実験をくり返したが、その手法のいくつかは——作中に作者自身を登場させるといった手法などは——すでにクイーンが実践済みのものだった。ただし、綾辻がクイーンを参考にしたというよりは、試行錯誤の結果、よく似た手法にたどり着いたというべきだろう。

くり返すが、叙述という観点からは最先端とも言える『どんどん橋、落ちた』が、その七十年前に始まった〈国名シリーズ〉と類似の手法を用いていることは、実に興味深いと言える。

おわりに

綾辻行人は、クイーンの宣言する「読者とのフェアプレイ」に惹かれ、自らも書こうとした。一方で、黄金時代の本格ミステリに顕著な、「作者がミステリ・ファンの読者に直接仕掛ける」トリックにも惹かれ、自らも書こうとした。

だが、作者が読者に直接仕掛けたトリックのフェアプレイ宣言は、クイーンのように、作中の探偵にやらせることはできない。作中の探偵が認識できない部分に——〝まえがき〟や〝地の文〟や〝作中人物の内面描写〟や〝挑戦状〟に——トリックが仕掛けられているからである。

そこで綾辻は、叙述の工夫によってフェアプレイを保証しようとして、さまざまな試みを行った。そして、その試みのいくつかは——「探偵役自身が事件を小説化する」や「作者と読者の間に第三者（J・J・マック）をはさむ」といった叙述に関する工夫は——クイーンもすでに行っていたのだ。

クイーンとは異なる方法で、あるいは、クイーンとよく似た方法で、クイーンが目指した「読者に対するフェアプレイ」を実践しようとする——綾辻行人もまた、〈クイーンの騎士〉の一人なのだ。

第六章

法月綸太郎

創作という苦悩

〔本章で真相等に触れている作品〕Ｊ・Ｄ・カー「妖魔の森の家」。Ｅ・クイーン『Ｘの悲劇』『Ｙの悲劇』『ギリシア棺の謎』『エジプト十字架の謎』『チャイナ橙の謎』。笠井潔『哲学者の密室』。法月綸太郎『頼子のために』『ふたたび赤い悪夢』『キングを探せ』。

はじめに

本書の一章を法月綸太郎に割くことに疑問を感じる読者はいないだろう。自作の「あとがき」などでクイーンの影響を語っているし、作中でクイーンの名が挙がることも多い。何よりも、卓越したクイーン論の数々が、法月が〈クイーンの騎士〉の一人であることを、証明しているからだ。

だが、「法月がクイーンのどの部分に影響を受け、変形・発展させようとしたのか」について考察する場合、このクイーン論が壁となってしまうことも否定できない。

具体的に説明しよう。

法月の二〇〇四年の長編『生首に聞いてみろ』は、ロス・マクドナルドのある長編と、クイーンの『災厄の町』に挑んだ作品と言われている。私は一読してすぐそのことに気づいたし、笠井潔も同様の指摘をしている。

だが、「一読してすぐ」というのは、厳密には正しくない。私の場合は——おそらくは笠井も——それ以前に法月が発表した評論を読んでいたから、「すぐ」わかったのだ。ロス・マクの影響については、二〇〇〇年の「複雑な殺人芸術」、『災厄の町』については、一九九九年の「一九三二年の傑作群をめぐって」。この二つの評論を読んでいなければ、関係は見えにくかったに違いない。

言い換えると、他の日本作家と異なり、クイーンの小説と法月の小説の間には、法月の評論が入っているのだ。つまり、

笠井潔　『エジプト十字架』→『バイバイ、エンジェル』

法月綸太郎　『災厄の町』→「一九三二年の傑作群をめぐって」→『生首に聞いてみろ』

というわけである。

優れた評論というものは、作品から、〝書かれていない〟ことを読み取っている。法月の評論は、特にその傾向が強い。ということは、法月の小説は、クイーン作品の〝書かれていない〟部分を受け継いでいることになり、他人には結びつきが見えにくいのだ。例えば、『キングを探せ』の執筆時に参考にしたクイーンの作として、法月は『三角形の第四辺』と『最後の女』を挙げている。確かに、この二作の影響は実際に存在するだろう。だが、私自身としては、別のクイーン作品『盤面の敵』の影を感じてしまうのだ。

というわけで、この章では、他の章とは異なり、法月の小説以外の文章にも小説と同等の重きを置いて、考察を進めたいと思う。

1　法月はなぜ苦悩から逃れられないのか

法月とクイーンをめぐる考察については、大きく取り上げたい点がある。――それは、「法月綸太郎の苦悩」というテーマに他ならない。このテーマはしばしば「エラリー・クイーンの苦悩」と重ね合わせて論じられているが、私はむしろ、重ね合わせ方が足りないと感じている。例えば、東浩紀の法月論では、この苦悩をクイーンから切り離して法月自身の問題として考察を加えている、あるいは、巽昌章の法月論では、クイーンと結びつけてはいても、類似点ではなく相違点に着目している、といった具合に。また、前章で触れた綾辻行人の『どんどん橋、落ちた』で「悩めるリンタロー君」と揶揄されているように、ネタとして扱われることの方が多いようにも見える。おそらく、その責任の大半は、自虐的なエッセイを書く法月本人にある――のだろうが、その苦悩の内容自体は、揶揄されるようなものではない。

最初に断っておくが、ここで取り上げる「苦悩するクイーン」と「苦悩する法月」とは、作者と同名の作中探偵のことではない。作中探偵が悩むのは、作者がそう描いているだけであって、そう描くのをやめれば、悩まなくなるからだ。実際、探偵クイーンは『九尾の猫』の次作からは悩むのをやめたし、探偵・法月も『ふたたび赤い悪夢』以降は悩んでいない。そもそも両者とも、短編では全く悩んでいないのだ。

従って、ここで考察するのは、作者としての苦悩。ありふれた表現を使うと、「創作上のスランプ」のことである。

まず、クイーンのスランプを見てみよう。

クイーンの合作方法は、「フレデリック・ダネイが考えたプロットをマンフレッド・リーが小説化する」というものだが、スランプになったのは、リーの方。一九五八年の『最後の一撃』から一九六七年の『顔』までの間に、スランプに陥っている。この間にもクイーンの長編は刊行されているが、ダネイのプロットの小説化を担当したのは、シオドア・スタージョンやアヴラム・デイヴィッドスンであって、リーではない。

そして、リーが小説化を行っていたということは、スランプの原因はプロットの枯渇ではない。リーは、ダネイのプロットを小説化する際に、行き詰まってしまったのだ。

興味深いことに、法月綸太郎の場合も、スランプは小説化の際に生じている。新作のプロットが思いつかないのではない。思いついたプロットを小説化しようとすると、時間がかかったり、行き詰まったりするのだ。

例えば、『頼子のために』文庫版のあとがきには、次の文章がある。

本書は大学の四年の時、推理小説研究会の機関誌に発表した二百枚弱の中編を長編化したもので、基本的なプロットはそれとほとんど変っていないからである。

（中略）このプロットには、われながらかなりの思い入れと自信があったので、冒頭の手記と結末の推理部分は原型をそのまま利用して、展開部のエピソードを書き足せば、やすやすと長編が一本でき上がるという目算だった。

　しかし、この目算ははずれた――いやはや、大はずれであった。『誰彼』の時の苦労とは全くちがった意味で、結果的に私はもっとしんどい作業を強いられたのである。要するに、扱っている主題がマニア上がりの二十五歳の駆け出し作家にとっては、とても手に負えない代物だったのだ。毎日が果てしない後退戦という感じで、とにかく表向きぼろが出ないように取り繕うのが精一杯であった。


プロットの考案ではなく、小説化（長編化）で苦労したことは、この文から明らかだろう。同様の苦労は、やはり同人誌に発表した短編「二人の失楽園」を『二の悲劇』として長編化した際にも生じたらしい。また、『生首に聞いてみろ』は、雑誌の連載が完結したのは二〇〇三年五月だが、単行本になったのは翌年九月。つまり、加筆修正だけに一年以上もかかったことになる。しかも法月は、笠井潔のように、「雑誌連載は下書きだ」と思っているわけではないのに……。

法月は、プロットが出来上がっていても、小説化や長編化や磨き上げに時間がかかり、行き詰まってしまう。なぜだろうか？　多くの本格ミステリ作家が苦労するのは、プロットの案出であり、小説化の作業ではない。それなのに、なぜ法月だけは、小説化に苦労するのだろうか？

――その答えは、法月の評論を読むことによって見えてくるのだ。

2　複雑な創作技術

法月の評論は、ゲーデルや柄谷行人が出て来たり、「形式化の問題」が扱われたりしているものが多い。また、島田荘司を論じるのに芸術家・赤瀬川原平を引き合いに出す、といった風に、他ジャンルと重ね合わせたものもかなりある。さらに、綾辻行人を論じるのに〈座敷童子〉というキーワードを用いる、といったものも少なくない。

しかし、これらはメタファーやレトリックとして利用されているに過ぎない。そして、そのメタファーやレトリックを用いて法月は何を語っているか、というと、ほとんどが〈本格ミステリにおける技巧《テクニック》〉についてである。

例えば、前述の「一九三二年の傑作群をめぐって」を見てみよう。クイーンの一九三二年の四作（『ギリシア棺の謎』『エジプト十字架の謎』『Xの悲劇』『Yの悲劇』）を論じたこの文では、柄谷行人が行った「形式化」を切り口に用いている。そして、切り取った結果として、浮かび上がったものは、クイーンがこの四作で用いた〝技巧〟である。

〈犯人＝死者〉というトリックを実現させるために、「顔のない死体」という技巧を用いた作が『Xの悲劇』と『エジプト十字架』。

〈犯人＝作者〉というトリックを実現させるために、「名探偵を欺く偽の手がかり」という技巧を用いた作が『ギリシア棺』。

そして、〈犯人＝作者＝死者〉というトリックを実現させるために、「死者が生前に残した殺人プロットによるあやつり」という技巧を用いた作が『Yの悲劇』。

――となっている（実際の論はもっと深くて複雑だが）。つまり法月は、「柄谷行人が行った〝形式化〟の手続きを、クイーンはどんな技巧によって本格ミステリに応用したか」を論じているわけである。

同じことは、前述したもう一つの評論「複雑な殺人芸術」でも言える。この評論では、ロス・マクドナルドが「〈替え玉トリック〉における叙述のフェアプレイ」を実践した〝技巧〟について論じている。文中の「ロス・マクドナルドが、本格ミステリ作家顔負けのアクロバット的叙述とダブル・ミーニングの技法を駆使していることは、ここまで見てきた通りである。こうした技法への拘泥がなければ、『ロス・マク節』と称される彼の文体の完成もありえなかったということに、だれしも異論はないだろう」という一節から、法月の技巧への拘泥を読み取ることに、だれしも異論はないだろう。

あるいは、法月自身が「最初に書いた評論と呼べるもの」だと認める「大量死と密室」を見てみよう。この評論では、笠井潔の『哲学者の密室』とクイーンの『チャイナ橙の謎』を結びつけているのだが、それは、以下のような流れになっている。

（『哲学者の密室』の）ハンナの小屋の密室では、『チャイナ橙の謎』の紐の代りに被害者の長い髪束が、ドアの代りに窓の板戸が使用され、その手順もクイーンの方法よりシンプル、かつ細部が考え抜かれた巧妙なものに改良されている。さらに、この密室に特権的な死の夢想の封じこめ、「ジークフリートの密室」という解釈を当てはめた点で、笠井はクイーンをしのいでいると言っていいだろう。しかし、床に倒れる死体（被害者）の重量を紐（髪束）の牽引力に変えて施錠する、という原理的なメカニズムは『チャイナ橙の謎』と全く同じなのである。

つまり法月は、『哲学者の密室』の「大量死」というテーマも「特権的な死の夢想を封じ込める密室」というモチーフも意図的に外し、密室生成の技巧のみに注目して、『チャイナ橙』と結びつけているのだ。

以上でわかるように、法月の評論は、本格ミステリにおいて、アイデアやトリックやテーマを小説化していく際の〝技巧〟についての考察と言える。前述したメタファーやレトリックもまた、技巧を論じるために用いられている場合が多い。例えば、法月が「クイーンはスクリューボール・コメディの影響を受けている」と語ったならば、それは、「クイーンはスクリューボール・コメディで用いられている技巧を自作に取り込んでいる」という意味なのだ。

そして、こういった技術を論じた評論は、クイーンもまた、得意にしている。いや、クイーン以外の海外のミステリ評論家は、そもそも技術批評を書いたりはしない。

例えば、J・D・カーの「妖魔の森の家」が「エラリー・クイーンズ・ミステリマガジン」に掲載された際、クイーンは長文の解説を、この作品の末尾に添えている。言うまでもなく、「妖魔の森の家」を読み終えた読者のために書いた文だからである。そして、その内容はというと――

・名探偵HM卿がバナナの皮にすべって転ぶシーンは、ギャグのためだけではない。セイジ（犯人の一人）が外科医であるというデータを提示するためでもある。

・イーヴ（犯人の一人）が、自分はヴィッキー（被害者）の「ただ一人の身寄り」だと言うセリフは、殺人の動機（遺産相続）を読者に教えている。また、彼女の「とても、とても、我慢づよくて、欲しいものなら、何年でも待っていられますわ」というセリフは、彼女がヴィッキーの失踪から七年たって死亡宣告が降りるまで〝待っていられる〟性格の持ち主であることを示している。

・作者は二十年前の密室状況の謎に対して、「仕掛けのある窓」という解決を提示し、一度は超自然を自然に戻す。だが、現在の密室状況ではこの窓は使えないことを明らかにして、読者をさらなる霧の中に導いている。

どうだろうか。このクイーンの文が、作者の〝技巧〟に関する考察であることは、わかってもらえたと思う。

ただし、クイーンが、作中で用いられている技巧の指摘だけに留まっているのに対して、法月の場合は、さらに考察を進め、「作者の作家性」や「ジャンルの特異性」や「テーマの社会性」にまで踏み込むことが多い。例えば、前述の「大量死と密室」でも、『チャイナ橙』の「死体を動力として扱う技巧」をめぐる考察から、「人間をモノとして扱う」という作者の狙いを浮かび上がらせ、再び笠井の「大量死理論」と結びつける、という荒技を見せてくれるのだ。第四章では、笠井潔が本格ミステリの〝トリック〟を社会と結びつけていることを指摘したが、法月は、同じように〝技巧〟を社会と結びつけたわけである。

これが可能になったのは、〝技巧〟の特質に負うことが多い。テクニックというのは、やり方がわかれば誰でもできるものではないからだ。投げ方を教われればカーブを投げられるかもしれないが、誰でもそのカーブでプロの打者を打ち取れるわけではない。本人に資質がなければ、通用しないのだ。言い換えると、ある投手が用いている技術を見れば、その資質もわかることになる。作家も同じで、ある作家が用いている技巧を見れば、その資質もわかるのだ。

さらに、〝技巧〟は、社会状況に負っているものも多い。例えば、現在のボクシング界では、「危険を冒してKOを狙ったりせず、守りを固めて判定勝ちを狙う」テクニックを用いるボクサーは、チャンスに恵まれない。これは、ボクシング興行の形態が、少数のマニアだけが観る会場主体から、多数のファンが観るテレビ主体に変わったからである。つまり、社会の変化が、技巧に影響を与えているのだ。

そして、クイーンにはない法月の評論の魅力とは、まさにこの点にある。彼の技術批評は、対象となる作品を超えて、作家に、ジャンルに、社会にまで広がっているのだ。――笠井潔の評論が、〝トリック〟を作家やジャンルや社会にまで広げているように。

このあたりの考察も興味深いのだが、残念ながら、本書のコンセプトから外れてしまうことになる。ここでは、〝技巧〟が作家性のみならず、ジャンルや社会の影響下にあることを指摘するだけに留めておこう。

次に、〝技巧〟のもう一つの特徴を考察の対象としたい。それは、「作中でどんな技巧が用いられているのかは、作中には書かれていない」という特徴のことである。笠井が評論の軸とする〝トリック〟が――密室トリックやアリバイ・トリックが――解決篇で読者に提示されていることは言うまでもない。『哲学者の密室』における「ジークフリートの密室」をめぐる考察もまた、作中で作中探偵の矢吹駆が語っている。だが、作中探偵は、作者がどんな技巧を凝らしたかは、説明できない。作中で説明できるのは、犯人が凝らした技巧だけなのだ。もし、作中で説明しようとしたならば――前章で述べた綾辻行人の『どんどん橋、落ちた』のように――作者がメタレベルから介入しなければならない。

前述のように、技巧を分析した評論は内外共に乏しい。その最大の理由は、技巧を論じようとすると――「クイーンは『A氏が左利きである』というデータをこういった技巧を用いて読者に気づかれないようにしている」という風に――真相を明かさなければならないからだろう。しかし、「技巧は作中に書かれていない」という理由も、小さくないはずである。技巧の批評は、技巧を見抜く目を持った人物が、再読しなければ書けないのだ。

クイーン長編二十五作目記念の冊子の中で、アンソニー・バウチャーはこう書いている。

クイーンは〝探偵作家に評価される探偵作家〟なのだ。クイーンの創意に見られる夾雑物のない技巧が放つ輝きを正しく評価できる門外漢は、存在しないに違いない。

バウチャーは、「クイーンの技巧は同業者じゃないとわからないよ」と言っているのだ。確かに、日本で技巧の批評を書いているのは、作家がほとんどである。いや、より厳密に言うならば、「執筆時に技巧を凝らすタイプの作家」だろうか。

もちろん、法月にはその資質があった。バウチャーの言う「クイーンの技巧が放つ輝きを正しく評価できる」作家だったのだ。それは、いくつもの優れたクイーン論を読めば、明らかだろう。――しかし、その資質こそが、スランプを生み出す原因だったのだ。

3　技巧という囚人

前述のように、法月のスランプは、第四作の『頼子のために』からだ。第一節で引用した文によると、法月自身は、この作でスランプになった理由について、「要するに、扱っている主題がマニア上がりの二十五歳の駆け出し作家にとっては、とても手に負えない代物だったのだ」と言っている。ここまでの考察を踏まえると、この言葉は、次のように解釈すべきだろう。――「扱っている主題が、私が本来持っている技巧では描くことができないものだった」と。

では、なぜ、それまでの三作では、スランプにならなかったのだろうか？　答えはもちろん、「初期三作は、法月本来の技巧で書ける作品だったから」である。

一作めの『密閉教室』は――プロットにクイーンの『チャイナ橙の謎』を意識している箇所が

あるとは言え――基本的には法月自身のテーマやプロットを法月自身の技巧で小説化したものである。自分の内部から生み出されたプロットを自身の技巧で描くのだから、スランプになったりはしない。

二作めの『雪密室』も――設定にカーの『白い僧院の殺人』を意識している箇所があるとは言え――『密閉教室』同様、法月自身のプロットを法月自身の技巧で小説化した作品と言える。ただし、枝葉の部分では、かなりクイーンから取り込んでもいる。一番大きいのは探偵役の設定で、作者と同名の名探偵・法月綸太郎と父親の法月警視というコンビは、クイーン作品に登場する、作者と同名の名探偵・エラリー・クイーンと父親のクイーン警視をあからさまに真似たものになっている。また、双子の決定不可能性の問題や、クライマックスの探偵による結婚式のぶちこわしなども、クイーン作品を下敷きにしているのだろう。

ここで注目すべきは、本作の中心テーマとなる〈親子テーマ〉。このテーマは、『フォックス家の殺人』や『十日間の不思議』や『九尾の猫』や『盤面の敵』といった中期以降のクイーン作品の中心テーマでもあるのだが、作中での扱いを見た限りでは、クイーンから取り込んだのではないらしい。おそらくこれは、法月自身がこだわっているテーマなのだろう。逆に、法月がクイーン（やロス・マクドナルド）に惹かれた理由の一つがこの〈親子テーマ〉だったとも考えられる。

三作めの『誰彼』は、作者自身が公言しているように、コリン・デクスターのモース警部もののプロットに挑んだ作品である。そして、技巧に関しては――これまた作者自身が公言しているように――クイーンに挑んでいる。モース警部ものでは、新たなデータが提示されるたびに仮説が組み立て直されるのだが、その際に〝推理〟が展開されるわけではない（デクスターはクロスワード・パズルの手法を本格ミステリに持ち込んでいるので、新たなデータ――すなわち「縦のカギ／横のカギ」――の提示に従って枠を埋めるのに推理は必要としない）。法月はこの「仮説の再構築」をする際に、クイーンばりの推理を盛り込むという高度な離れ業をやってのけたのである。この卓越した技巧には、私は初読時に驚嘆したし、法月のエッセイなどを読むと、本人も達成感があったらしい。

ただし、この技巧はクイーン風ではあるものの、同時に、法月本来のものでもあった。『誰彼』の「仮説の再構築」は、法月父子を中心とする徹底したディスカッションによって行われていて、これは確かにクイーン作品に見られる大きな特徴でもある。が、こうしたディスカッションは、法月の前作『雪密室』にも、その後の作品群にも登場しているのだ。いや、処女作の『密閉教室』や短編でもお目にかかることができる。短編「しらみつぶしの時計」に至っては、作中人物が一人しかいないのに、ディスカッションが存在するのだ。〈親子テーマ〉同様、法月自身がディスカッションによる推理を好んでいたからこそクイーンに惹かれたと考えても、的はずれではないだろう。

『誰彼』で、クイーン風技巧の実践に自信を持った法月は、いよいよ、「クイーン風プロットをクイーン風技巧で描く」という試みに挑むことにした。それこそが、『頼子のために』である。

本作の初刊本において、作者・法月は「ロス・マクドナルドの主題によるニコラス・ブレイク風変奏曲」だと語っている。確かに、この作にはそういう面もないわけではない。しかし、『頼子のために』を読み終えたならば、作者が――おそらくはネタバレになるのを避けるため――触れなかったある作品こそが、本作の真のモチーフであることに気づくと思う。もちろんそれは、クイーンの『十日間の不思議』である。

しかし、この「クイーン風プロットをクイーン風技巧で描く」試みは、作者自身が認めるように、（読者の評価は別として）失敗に終わった。「とにかく表向きぼろが出ないように取り繕うのが精一杯であった」……。つまり、『雪密室』で試み、『誰彼』で成功した法月の〝クイーン風技巧〟では、『十日間の不思議』風のプロットは支えきれなかったのだ。言い換えると、クイーンは持っているが法月が持っていない、何らかの技巧が存在したのだ。そして、その技巧の欠如ゆえに、法月は「果てしない後退戦」を強いられてしまったわけである。


失敗を覚《さと》った法月は、次の『一の悲劇』では、戦略的撤退を行った。この長編では、プロットも技巧も、クイーンから意図的に距離を置こうとしている。プロットについては、クイーン以外の作家の作品（文庫版あとがきに言及あり）を下敷きに。そして、技巧については、事件関係者の一人称を利用することにより、クイーンから離れようとしている。

なぜ〝事件関係者の一人称〟を用いるとクイーン風技巧から離れることになるのだろうか。それは、法月がクイーンから引き継いだ「作者＝作中探偵＝視点人物＝作中事件の小説化担当者」という設定は、プロットや叙述や伏線に与える影響が途方もなく大きいからである。おそらく、他の作家がクイーンを敬愛しつつも同じ設定を用いないのは、この縛りが大きすぎて、書きづらいからだろう。言い換えれば、この設定を破棄すれば、縛りから解き放たれ、クイーン風の技巧を使う必要がなくなるのだ（法月がこの設定を自作に導入したことによって生じた問題をめぐる考察も興味深いのだが、紙数の都合で、割愛させてもらう［注1］）。

もっとも、『一の悲劇』の叙述形式は、名探偵レーン以外の作中人物（ペイシェンス・サム）を一人称の語り手とした『Zの悲劇』と同じだとも言える。おそらくクイーンの方は、前作『Yの悲劇』で名探偵レーンの描写が危険水域を越えてしまったので、この事件で彼が果たした役割を知らない人物の視点で描いたのだろう。もしかしたら、法月はそこまで考えて、この長編の題名を『〜の悲劇』としたのかもしれない。

そして、一時撤退の後の『ふたたび赤い悪夢』において、法月はふたたびクイーンに挑む。具体的には、作中に書いているように、クイーンの『九尾の猫』に挑んでいるのだ。言うまでもなく、『九尾の猫』は、『頼子のために』の基となった『十日間の不思議』の続編なので、当然の流れなのだが、法月の取り込み方はそう単純ではない。

『頼子のために』は、『十日間の不思議』で描かれたテーマやプロットに挑んだ作品と言える。だが、『ふたたび赤い悪夢』は、『九尾の猫』で描かれたテーマやプロットに挑んだだけではなく、

『九尾の猫』という作品自体に挑んだ作品でもあるのだ。

第一章で、作中探偵の法月は、『九尾の猫』のラストの解釈に頭を悩ませている。そして、事件の解決を経た最終章では、一つの結論に達する。つまり、事件の捜査が、探偵・法月に『九尾の猫』の解釈をもたらしたのだ。逆に、作者・法月の立場から言うと、『ふたたび赤い悪夢』は、『九尾の猫』の法月流解釈から逆算されて組み立てられた作品、ということになる。

過去の長編では見られなかったこの手法を、なぜ法月は用いたのだろうか？　その答えを出す前に、ふたたび『ふたたび赤い悪夢』を見てみよう。

この作品には、過去の長編では見られなかった特徴が、他にも存在している。それは、クイーン的な要素をそのまま導入していることである。

例えば、冒頭に登場する手紙の文章は、クイーンの『盤面の敵』の冒頭に登場する〝Y〟からの手紙の流用である。ただし、作中レベルでは、この手紙の文章を『盤面の敵』に似せる必要はない。つまり法月は、やらなくてよい部分まで、クイーン風に処理しているのだ。

これ以外にも、〈十誡〉が並ぶ目次、『九尾の猫』冒頭に似せた作家のスランプ描写、『災厄の町』を彷彿させる古い手紙の使い方、『九尾の猫』に登場する「自分の子を他人の子だと思い込む人物」の流用、某長編に登場する「自分で自分に手紙を出す人物」の流用、いくつものシーンやセリフ……と、あからさまにクイーンをトレースしている。

ここで再び問いたい。過去の長編では見られなかったこの手法を、なぜ法月は用いたのだろうか？

答えは、おそらく『頼子のために』の苦闘にある。クイーン的な技巧を使いこなせずに失敗した（と思い込んだ）法月が、自分に欠けていたものを知るために、徹底的にクイーンを真似てみたのではないだろうか。いわば、画家が修業のために、〝模写〟をするようなものである［注2］。また、本書の翌年には前述のクイーン論「大量死と密室」（やはり『九尾の猫』を考察の対象にしている）も発表しているが、これもまた、同じ目的のために書かれた可能性が高い。法月はこの時期、小説と評論の二つ方向から、クイーンの技巧に迫ろうとしたのである。

そして、その試みは、法月に一つの解答をもたらした。次作『二の悲劇』の文庫版あとがきに書いてある一文――「エラリイ・クイーンの一九六三年以降の作品群」こそが、その解答だったのだ。

［注1］法月綸太郎シリーズの設定は、クイーンと同じように、「法月が自分で解決した事件を自分で小説化している」というもの。だが、初期はその設定の重要性を把握していなかったように見える。例えば、『雪密室』のラストには法月警視と犯人の対話が出て来るが、綸太郎は、誰からこの話の内容を聞いたのだろうか？　どう考えても、法月警視しかいないのだが、どう考えても、彼が息子に教えるはずはないのだ。

［注2］『二の悲劇』初刊本のあとがきで、自分が一作ごとに作風を変える理由について、法月はこう語っている。

もう少し突き詰めて考えれば、まだ自分のスタイルを云々《うんぬん》するほど成熟していないので、かつて自分が幸福な読者だった時代に、強いインパクトを受けた作品を摸倣《もほう》することによって、作家修業、もとい、試行錯誤を行なっているという説明になるでしょうか？　ひょっとすると、そういう試行錯誤は、デビュー前にすませておけと言われるかもしれません。

この文が、クイーンをあからさまに〝模倣〟した『ふたたび赤い悪夢』の前年に書かれたことは、偶然ではないだろう。

4　かれらは一人では書けない

くり返しになるが、クイーンの合作方法は、「ダネイが考えたプロットをリーが小説化する」である。そして、法月のスランプは、小説化の際に生じている。となると、法月に欠けているクイーン風技巧は、リーが持っている何かということになる。

もったいぶらずに結論を言ってしまうと、それは「人物を描写する技巧」以外に考えられない。なぜならば、リーとダネイの死後に明らかになったいくつもの資料により、リーが最も力を入れていたのは、人物描写であることがわかっているからだ。

例えば、リーの死去によりダネイが書いた梗概《こうがい》の形のままで出版された「間違いの悲劇」を見てみよう。一読すれば、プロットや手がかりや伏線は既にきちんと書かれているのに対して、人物造形は貧弱の一語に尽きることがわかる。最も重要な登場人物であるモーナの設定は、映画

『サンセット大通り』の女主人公そのままだし、次に重要なバックは「単純で、衝動的で、無分別な人間である」という身も蓋もない人物設定が平気で書いてある。言い換えると、ダネイは人物造形はリーに丸投げしているのだ。

あるいは、二人の間で交わされた創作関係の書簡をまとめた『Blood Relations』（二〇一二）を見てみよう。本書で明らかになった、二人の創作をめぐるやりとりの大部分は、人物の造形に関してなのだ。例えば、『十日間の不思議』ならば、リーが「もっと重要な点を説明してほしい。君は（作中人物の一人）ハワードをどう理解しているのかな？　私にとってハワードは理解不能な人物だよ」と問い、それに対してダネイが答え、さらにリーが踏み込んで、といった流れで、人物造形が固まっていくわけである。このやりとりを読むと、ダネイの不自然きわまりないプロットは、リーのリアルな人物描写によって支えられていることが、よくわかるのだ。

補足しておくと、ここで言っている人物描写とは、「ミステリにおける人物描写」であって、「小説における人物描写」のことではない。例えば、クリスティが描く登場人物は、生き生きとしているし、魅力的でもある。だが、真相を知った後で読み返すと、「この男はトリックのために恨みもない人を何人も殺すようには見えないなあ」とか、「この女は愛のためなら人を殺しかねないが、金のために殺すようには見えないなあ」といった感想を抱くことが少なくない。つまり、クリスティ作品では、「小説における人物描写」はあっても、「ミステリにおける人物描写」はなされていない（もっともクリスティの場合は、犯人を読者に当てさせないため、意図的にそうした描写をやっている可能性が高い）。逆に、クイーンの『災厄の町』などは、再読すると人物描写の巧さが実によくわかる。つまり、クイーン作品は、「ミステリにおける人物描写」がなされているのだ。

そしてまた、リーのスランプの原因もここにあったのだろう。ダネイの不自然きわまりないプロットを受け止めることができる作中人物を描写するには、生半可な技巧ではできないからだ。『災厄の町』から『ガラスの村』までは、プロット案出の天才・ダネイと小説化の天才・リーが、がっぷり組み合って傑作を生み出していったのだが、やがて、リーの方が受けきれなくなってきたのだ。

理由は想像するしかないが、この合作方法では、リーの負担が大きいことは、誰でもわかるだろう。他の作家が、自分の考えたプロットを自分で小説化するのに対して、リーは、他人の考えた——自分の内部から生まれたのではない——プロットを小説化しなければならないからだ。

基本的に、作家というものは（強制されない限りは）自分の技巧で描ける話しか書かない。魅力的な女の子を描けない漫画家の物語にはあまり女の子は登場しないし、アクション描写が苦手な漫画家の物語にはアクションシーンは多くない。しかし、原作付きで描いた場合は、そうも言っていられなくなる。原作に書いてあれば、女の子を何人も出さなければならないし、アクションシーンも描かなければならない。本来の資質に合わないものを描くのだから、プレッシャーがかかるのは当然だろう。もちろん、苦手なものを描くことによって漫画家が成長するというプラスもあるのだが……。

法月のスランプも、これと同じである。彼の場合は、テーマやプロットを既存の作品から取り込むことが多い。つまり、リーと同じく、自分の内部から生まれたのではないプロットを、小説化しなければならないのだ。

ならば、技巧の方も、他の作品から取り込めばいいではないか。『十日間の不思議』のテーマやプロットを自作で使いたいのならば、『十日間の不思議』の技巧を利用すればいいではないか……。おそらく、『ふたたび赤い悪夢』までの法月は、このように考えていたに違いない。この時期の彼にとって、〝技巧〟とは、作家や作品から取り出して、別の作家が利用できるものだったからだ。

しかし、これは間違いだった。いや、ある部分では正しいが、ある部分では間違っていたのだ。技巧を取り出して利用できるのは、その作家が二流の場合だけである。一流の作家の技巧は、その作家にしか使いこなせないものなのだ。王の一本足打法やイチローの振り子打法が、やり方がわかって練習すれば誰でも使えるわけではないのと同じである。そして、クイーンやロス・マクドナルドは一流なので、いかに法月が技巧を分析して評論を書こうが、簡単には真似できないというわけである。

また、第二節で述べたように、技巧は社会に左右されるという問題もある。一九四〇年代のアメリカで効果を発揮した技巧が、一九九〇年代の日本でも使えるとは限らない。まあ、ロジックがらみの技巧ならば、上手くアレンジすれば使えないこともないかもしれない。だが、人物描写の技巧は、まず使えないだろう。

デビュー当時のクイーンは、ヴァン・ダインの影響を強く受けていた。だが、実作を見るならば、模倣は題名の統一や人物配置といった、表面的な部分に過ぎない。そして、最も重要な叙述の技巧は、ヴァン・ダインの用いた一人称ではなく三人称、しかも「名探偵＝作者＝視点人物」という、オリジナルなものだった。クイーンは、自作に最も適した叙述形式を、誰かの模倣をするわけでもなく、自力で編み出したのだ。

5　天然ダネイ

法月綸太郎の作家としての資質は、フレデリック・ダネイに近い。入り組んだプロット、巧妙な手がかり、論理的な推理、高度なディスカッション、といったものを案出する資質を持っている。これは、長編よりも短編を見た方が、よくわかるだろう。また、第二節で述べたように、他者の技巧に対する優れた見識も、法月とダネイは重なり合う。

しかし、マンフレッド・リー的な資質は不足していた。複雑な犯行計画を立てる天才的な犯人、他人をあやつろうとする神のごとき犯人、パラドキシカルな状況に追い込まれる犯人、そうした犯人の生み出した事件に振り回される関係者――こういった人々を、本格ミステリにふさわしいリアリズムで描く能力が、リーに比べて劣っていたのだ。

それでも法月は、「かつて自分が幸福な読者だった時代に強いインパクトを受けた作品」に挑んだ。クイーンの『十日間の不思議』に挑んで『頼子のために』を、『九尾の猫』に挑んで『ふたたび赤い悪夢』を、『災厄の町』に挑んで『生首に聞いてみろ』を書いたのだ。そしてその結果、ダネイの役割であるプロットや手がかりや推理の案出はできても、リーの役割である小説化の段階で、苦戦を強いられたというわけである。

なお、誤解されないように、ここでつけ加えておこう。一読者としての私は、この三作品を高く評価している。仮に、法月がリー的な資質も備えていたとしたら、この三作品は、クイーンのコピーに留まっていたに違いない。誰のものでもない法月自身の資質によって小説化を行ったからこそ、独自の魅力を持った作品を生み出すことができたのだ。あくまでもこの章では——他の章とは異なり——完成した作品ではなく、完成するまでの過程について考察していることを了承してほしい。

さて、ここまで考察したようなことは、法月も気づいていた。そして、その問題の答えも見つけ出していたのだ。——第三節でも述べた、「クイーンの一九六三年以降の作品群」という解答を。「クイーンの一九六三年以降の作品群」というのは、『盤面の敵』から遺作『心地よく秘密めいた場所』までの、いわゆる後期作を指す。そして、この後期作には、〈国名シリーズ〉を中心とする前期作や、ライツヴィルものを中心とする中期作とは、大きな違いがある。それは、「ダネイ主導」という点に他ならない。前期と中期のクイーン作品はリーとダネイの対等な立場での合作なのだが、後期はそうではないのだ。

第一節でも述べたが、後期作の内、『盤面の敵』『第八の日』『三角形の第四辺』『恐怖の研究』『真鍮の家』の五作は、リーがスランプだったため、シオドア・スタージョンやアヴラム・デイヴィッドスンが小説化を担当している。おそらく、ピンチヒッターの彼らには、リーのようにダネイとやり合うことはできなかったに違いない。つまり、ダネイの梗概がそのまま肉付けされたと言っていい。

残りの『顔』『孤独の島』『最後の女』『心地よく秘密めいた場所』では、スランプから復帰したリーが小説化を行ったとされている。ただし、(本格ミステリではない『孤独の島』を除いては)リーのパワーはかなり落ちていて、もはやダネイと対等に渡り合えなくなっているように見える。つまり、ダネイの梗概がそのまま肉付けされたと言っていいわけである。

法月の見つけ出した解答「クイーンの一九六三年以降の作品群」とは、マンフレッド・リーの部分を切り捨てることだった。それは、作中人物を後退させ、プロットのひねりや推理のアクロバットを前面に押し出した、(法月自身の言葉を借りるならば)「マニエリスム」な作品を書くことだった。それは、これまで短編で用いてきた〝技巧を軸にした〟小説化の手法を、長編にも適用することだった。

かくして法月は、二〇一一年に、この手法を用いた長編『キングを探せ』を上梓することになる——。

6　クイーンを探せ

『キングを探せ』は、クイーンの後期作と同様、技巧だけで組み立てられている。これは、読めば誰にでもわかるだろう。作中人物の薄っぺらさ――というか記号っぷり――もまた、クイーンの後期作を思わせる［注］。

もちろん、法月は、意図的にそうしているのだ。前述のように、本書の刊行に併せて発表されたエッセイやインタビュー等で、クイーンの『三角形の第四辺』と『最後の女』に言及しているのが、その証拠だろう。そもそも、『キングを探せ』の〈四人による交換殺人〉というメイン・アイデア自体が、人間を記号（いや、カードか？）として扱わないと描けないものなのだから。おそらく、リーがこのプロットを渡されたならば、「犯人たち四人の性格が理解できない」と文句をつけるに違いない。

ただし、『キングを探せ』はクイーン後期作の劣化コピーではない。本格ミステリとして見た場合、より優れている点が多々あるのだ。特に、部分倒叙の使い方は見事のひと言に尽きる。倒叙形式の導入により、作中探偵より読者の方がより多くのデータを得られるのだが、同時に、このデータによってミスリードもされてしまうのだ。

特に優れている叙述上の仕掛けは、冒頭の殺害対象を決めていくシーンだろう。作中探偵・法月の知らないところで、読者にだけデータが次々と提示されていくのだが、「どこまで提示するか」の見極めが絶妙なのだ。しかも、巧妙なミスリードまで仕掛けられている。クイーン後期作『盤面の敵』の犯人が手紙を書く倒叙的なシーンも同じ役割を果たしているが、法月の方が、ずっと優れていると言えるだろう。——もっとも、指紋の手がかりの処理の共通性から見て、法月が『盤面の敵』の改良版を狙った可能性も無視できないが。

『キングを探せ』で注目すべき点は、もう一つある。それは、ロジックがクイーンの後期作ではなく、前期作のものになっていることである。後期作のロジックは、突き抜けすぎて読者がついて行けないものもあるが、本書のロジックはそうではないのだ。——まあ、クイーン後期のロジックを再現できる作家がクイーン以外に存在するとは思えないが。

例えば、犯人の一人が交通事故に遭ってしまうくだりを見てみよう。この事故により、作中探偵の法月は重要なデータを得る、というか、この事故がなければ解決は不可能だったのだ。そして、法月父子にとっては、この事故は単なる幸運な偶然に過ぎない。だが、読者が「犯人が都合よく事故死するなんて、作者のご都合主義だ」と批判することは決してないはずである。なぜならば、部分的な倒叙形式により、読者は「犯人は犯行時に盗んだ偽札に使われているインクのアレルギー体質だったため、体調が不安定になって事故に遭ってしまった」という真実を知らされているからだ。事件の解決には不必要なこのプロットを作者が組み込んだのは、クイーンの初期作でおなじみの「偶然を必然に変えるロジック」を実践するためだったと考えるべきだろう。

また、初期のクイーンには、「探偵の推理に応じて犯人が計画を変える」というプロットの作品が複数あるが、『キングを探せ』でも、これが使われているのだ。

ただし、法月が今後もこの路線でいくかどうかは、現時点では不明である。というのも、作者によると、本作はもともとは既発表の短編を中編化するつもりで考案したプロットだったからだ。法月の中短編は、以前から技巧が前面に押し出されていて、以前から初期クイーン風のロジックが用いられていて、以前から作中人物はチェスの駒みたいになっているので、『キングを探せ』と何も変わらないのである。本作の特徴が、短編を長編化したためなのか、それとも「クイーンの一九六三年以降の作品群」を目指したためなのか――それは次の長編で明らかになるだろう。

［注］クイーンの後期作の一つ『三角形の第四辺』の早川ポケミス版の解説の中に、興味深い文がある。この長編に対して、アンソニー・バウチャーが「人間はすばらしく描けているとはいえないが、探偵小説のメカニックとフォームの実践においては秀逸」と評したというのだ。バウチャーはダネイ、リー双方の友人であり、『三角形の第四辺』の小説化を担当したアヴラム・デイヴィッドスンとも親しかったので、この長編の成立事情を知っていたのかもしれない。そして、この評が『キングを探せ』のものだと言われても、違和感を感じる読者はいないだろう。

おわりに

『雪密室』文庫版のあとがきで、作者は「私はエラリイ・クイーンのエピゴーネンたろうとして、クイーンのコピー探偵をシリーズに起用する地点から始めた」と言っている。他の作家は、「クイーンのような本格ミステリを目指す」とは言っても、「エピゴーネン〈追従者・模倣者・亜流〉を目指す」とまでは言わないというのに……。

法月がそう宣言したのは、自身の資質がクイーンと近く、また、クイーンの技巧を深く理解していたからだった。だが、技巧を理解することと使いこなすことの間には天地の差があり、小説化の際に苦戦を強いられることになった。

ただし、この苦闘の果てに生み出された作品群は、クイーン作品のエピゴーネンなどではなく、独自の魅力を持っていた。その一方で、中短編や『キングを探せ』では、初期クイーンのロジックや技巧を用いて、優れた本格ミステリを生み出すことにも成功したのだった。

エラリー・クイーンの〝技巧〟は、マンフレッド・リーとフレデリック・ダネイという二人の天才が、壮絶なディスカッションの末に生み出したものである。たった一人でその〝技巧〟に挑み、苦闘の末に、いくつもの傑作を生み出すことに成功した――法月綸太郎もまた、〈クイーンの騎士〉の一人なのだ。

第七章

北村薫

人間という限界

［本章で真相等に触れている作品］E・クイーン「七匹の黒猫の冒険」「キャロル事件」『第八の日』。北村薫『空飛ぶ馬』『盤上の敵』『ニッポン硬貨の謎』「鷺と雪」。

はじめに

北村薫は、エッセイやインタビューなどでクイーンへの熱い思いをたびたび語っているので、そのどれかを読んだ人は多いだろう。また、『ニッポン硬貨の謎』というクイーンの贋作長編も上梓。本書のテーマからは外れるが、アンソロジストとしての活躍も、クイーンを彷彿とさせる。ただし、この『ニッポン硬貨の謎』以外の作品からは、クイーンの作風を感じる人は少ないだろう。また、『空飛ぶ馬』などの円紫シリーズでは、鮮やかな推理が展開されてはいるが、クイーンの〈国名シリーズ〉の推理とは異なる印象を受ける人が多いはずである。何よりも、北村薫が創始者と言われる〈日常の謎〉という作風にクイーンらしさを感じない人の方が、圧倒的に多いに違いない。

だが、私見では、この〈日常の謎〉という作風を生み出した点こそが、北村薫がクイーンと同じ作家性を持っている証拠になるのだ。

1　日常の謎

〈日常の謎〉の定義はあいまいな部分が多いのだが、本格ミステリのサブジャンルの一つという位置付けには異論がないように見える（厳密には、〈本格ミステリ〉自体が〈ミステリ〉のサブジャンルなので、サブ＝サブジャンルと呼ぶべきかもしれないが）。

もともと「サブジャンル」というのは、あるジャンルに属する作品群の中に、他と大きく異なる作品が生まれ、追従者が増えた場合、それらを包括するために使われることが多い。〈日常の謎〉も、最初は「北村薫の円紫シリーズ」の特徴を指していたのだが、加納朋子、若竹七海、光原百合、青井夏海、といった作家たち（「北村エコーズ」と呼ばれているらしい）が類似した作風のミステリを発表していくことで、サブジャンルとして確立したわけである。

ただし、この章は北村薫の考察が目的なので、〝北村薫が描く〈日常の謎〉〟だけを対象とする。

まず、以下のストーリーを読んでほしい。

ヒロインは若い女性で、ペットショップの店長。彼女は、客の一人の奇妙な行動に頭を悩ませている。老婦人が、週に一匹ずつ、見た目のよく似た猫を買っていくのだ。しかも、その老婦人は猫嫌いだというのに！　そこでヒロインは、店に来たハンサムな推理作家にこの話をする。興味を示した作家は、その謎の解明に乗り出すのだった――。

クイーン・ファンならば、これが短編「七匹の黒猫の冒険」の冒頭であることに気づいたと思う。そして同時に、この冒頭が、北村薫の〈日常の謎〉ミステリと変わらないことにも気づいたはずだ。平凡な日常に入り込んだ奇妙な謎。その謎に挑む若い男女。ここまでなら、円紫シリーズに入れても違和感はない。

だが、「七匹の黒猫」を読んでいる人ならば、誰一人として、円紫シリーズに入れたりはしないだろう。解決篇で、二人の老婦人（と七匹の黒猫）が殺害されていたことが明らかになるからだ。北村薫の〈日常の謎〉ミステリでは、殺人事件は扱わないという決まりがあるため、「七匹の黒猫」は対象外となるのだ。

もっとも、本格ミステリ・ファンならば、この「〈日常の謎〉ミステリでは殺人事件は扱わない」というルールに違和感を感じるに違いない。なぜならば、冒頭で提示された〝日常の謎〟が、殺人に結びつくかどうかは、解決篇にならないとわからないからである。クイーンの「七匹の黒猫」のように、背後に殺人事件が潜んでいるのかもしれないし、円紫シリーズのように、殺人どころか犯罪すら存在しないのかもしれない。長編ミステリの場合は、最終的には殺人に結びつくことがほとんどだが、短編はそうとは限らない（チェスタトンなどはこの作例が多い）。読者は本来、両方の可能性を頭に入れて読み進めるべきであり、それこそが、ミステリの面白さだ。

しかし、〈日常の謎〉と銘打たれたミステリを読む場合は、最初から、殺人がからまない解決だけを想定して読み進めていけばいいことになる。逆に見ると、〈日常の謎〉ミステリの作者は、最初から、日常の些細な出来事が殺人事件に結びつく意外性も、どうみても殺人が起きたとしか思えない冒頭から「事件はありませんでした」という解決にたどりつく意外性も、どちらも放棄してしまっているのだ。

北村薫が、こういった本格ミステリとしては何のメリットもない縛りを自作に設けた理由は、いくつか考えられる。

一つめは、あまり殺人を描きたがらない作者の性格によるもの。例えば、『ニッポン硬貨の謎』を見てみよう。この長編はミッシング・リンク・テーマを扱っている、ということは、複数の殺人の結びつきを探すのがテーマというわけである。ところが、殺人は一件（未遂を入れても二件）しか出て来ないのだ。これではデータ不足で、読者は結びつきを探すどころではない。しかし、作者はそんなことは百も承知の上で、殺人を増やそうとしない。

二つめは、事件が起こる舞台の設定。〈日常の謎〉と銘打つ以上、事件は探偵役かワトスン役の身近で起こることになるのは当然の話。この設定で事件が毎回毎回殺人に結びついたら、探偵役とワトスン役の知人が殺人の関係者ばかりになってしまう。最初から殺人事件だとわかっていれば、「知人の警察関係者が相談に来て――」といった設定を導入することによって、探偵役の生活圏の外での事件を描けるのだが、〈日常の謎〉では、その手は使えないことは言うまでもない。仮に、北村薫が殺人を描くのが好きだとしても、〈日常の謎〉の設定では、毎回毎回、殺人を犯すわけにはいかないのだ。

三つめは、締めくくりの問題。ハッピーエンドを好む作家にとって、殺人事件は扱いが難しい。事件が解決しても、被害者は戻ってこないからだ。黄金時代のミステリでは、作中の男女が結ばれるラストシーンを描いてハッピーエンドに見せかける手を多用しているが、これがごまかしであることは、言うまでもないだろう。また、〈日常の謎〉ミステリの舞台設定では、「傲慢な大富豪」とか、「悪徳政治家」といった、読者が殺されても当然だと考える人物は、何人も出しにくい。

おそらく、北村エコーズにとっては、殺人を扱わない理由は、これがすべてだろう。だが、北村薫の場合は、もう一つの大きな理由があるように思える。〈日常の謎〉が扱うテーマは、中後期のエラリー・クイーンが何度も挑んだテーマと重なり合うから、という理由が。そして、〈日常の謎〉という手法は、中後期のエラリー・クイーンが何度も用いた手法と重なり合うから、という理由が。

そのテーマとは〈人間の内面に踏み込む推理〉。そして、その手法とは〈ダイイング・メッセージ〉である。

2　人間の内面に踏み込む推理

私は『エラリー・クイーン論』のダイイング・メッセージをめぐる考察の中で、中後期のクイーンが、人間の内面に踏み込む推理を描いていることを指摘した。この本を未読の人のために、具体的な作例を挙げている箇所を引用しよう。

『災厄の町』では、「ジム・ハイトは妻を愛しているのか、殺したいほど憎んでいるのか?」という内面の謎に挑む――『レベッカ』の主人公のように。

『フォックス家の殺人』では、戦争後遺症と幼少時のトラウマという〝心の病〟で苦しむ帰還兵を救うべく、その父親の沈黙の奥に秘められた心を探り出そうとする。

『十日間の不思議』と『九尾の猫』では、プロットに精神分析が導入され、エラリーは犯人に対して精神分析を行う。

『ダブル・ダブル』では、エラリーは見立て殺人を犯した犯人の内面に踏み込み、悪夢のような見立ての物語をあぶり出していく。

『悪の起源』では、実行犯が途中で明らかになったために、計画犯、すなわち心に悪意を秘めた者が誰かを探り出すことが、エラリーの目的となる。

『帝王死す』では、表向きの謎は密室だが、捜査の軸は、ベンディゴ兄弟の過去、そして彼らの内面をめぐるものになっている。

『緋文字』では、「不倫した妻と不倫された夫」の内面をあばきだすことが、事件の解決に結びついている。

これらの作品においては、関係者の内面を推理によってあばくことが、事件の解決に直結している。探偵エラリーは、犯人をあばくのではない。密室トリックをあばくのではない。アリバイ・トリックをあばくのではない。そして、犯人が殺人を犯した動機をあばくのでもない。事件関係者の行動の裏にある心を、言葉の裏にある心をあばいていくのだ。

北村薫の〈日常の謎〉ミステリも同じである。作例として、円紫シリーズの第一作『空飛ぶ馬』の収録作を見てみよう。

「織部の霊」では、加茂先生が見ていないはずの織部の絵を見た、という謎は通常の推理で解明される。が、なぜ織部が切腹したのを知っていたか、という謎は、先生の内面に踏み込む推理でなければ解けなかった。

「砂糖合戦」で提示される、「ある女の子が紅茶に砂糖を七、八杯も入れるのはなぜか？」という謎の答えは、もちろん、その女の子の内面にしか存在しない。

「胡桃の中の鳥」では、車のシートカバーが外されているという手がかりから、これまでに提示された場面の背後に潜む、一人の母親の内面をあばきだす。

「赤頭巾」では、赤頭巾の都市伝説（というほど大げさなものではないが）を語る人物の内面に秘められた悪意を推理していく。それと同時に、絵本の作者の内面あばきの推理も描かれている。

「空飛ぶ馬」で、木馬が空を飛んだ原動力は、ある人物の〝思い〟なので、内面に踏み込む推理は欠くことができない。

他の作品も同様であることは、シリーズを読んだ人ならば明らかだろう。特に、長編『六の宮の姫君』の「芥川龍之介の短編『六の宮の姫君』の創作意図を解き明かす」という物語は、〈人間の内面に踏み込む推理〉そのものではないか。

円紫シリーズが最初から〝内面の謎〟を解く連作として構想されていたことは、探偵役を落語家に設定している点からでもわかる。なぜならば、人の内面の謎を解く役割にふさわしいのは、落語家をおいて他にないからだ。

例えば、クイーンの生み出した名探偵ドルリー・レーンは、シェイクスピア俳優である。彼はもちろん、ハムレットを演じているし、オセローの役も経験しているだろう。しかし、オフェーリアやデズデモーナを演じたことはないはずである。

ところが、落語家は違う。熊さんや八っつぁんだけでなく、そのカミさんも演じなければならない。老若男女、あらゆる人物を演じなければならないのだ。しかも、歌舞伎や宝塚のように、服装や化粧といった〝外面〟で別人になるわけではない。外見は同じままで、女性を演じ、老人を演じ、子供を演じている。言い換えると、落語家の内面には、あらゆる人間が存在するのだ。さまざまな人々の内面の謎を解く名探偵役に、これ以上ふさわしい職業はあるだろうか。……おっと、ふさわしい職業がもう一種類あった。それは、名探偵エラリーや覆面作家・新妻千秋のような〝作家〟である。

また、ワトスン役の〈私〉の設定も、〝内面の謎〟から逆算されて考え出されたように見える。例えば、彼女については、「今どきこんな浮世離れした女子大生なんていないよ」といった批判がされているらしい。これは、〈私〉に暗いところや汚いところやドロドロしたところがない点を批判しているわけだ。だが、この批判は〈私〉の半分しか見ていない。だったら、彼女には、明るいところやきれいなところやサッパリしたところはあるだろうか？　おそらく、姉や友人たちとは違って、作中からそういった部分を読み取ることは難しいに違いない。

つまり、〈私〉は、内面が空っぽなのだ。いや、これは言い過ぎなので、訂正しよう。〈私〉は、内面が透明で無地なのだ。彼女の名前が作中に書かれていないという趣向もまた、透明性を際立たせるためだろう（例えば、〈私〉の名が「麗華」だったら、読者の頭に何となくイメージができてしまうに違いない）。そして、透明で無地だからこそ、円紫の提示する多種多様な他人の内面を、そのまま受け入れられるわけである。「赤頭巾」事件の真相を、そして「空飛ぶ馬」事件の真相を知った時の対照的な反応こそが、〈私〉の透明性を表している。仮に彼女が、狂おしいほどの愛情や、殺意を呼ぶほどの嫉妬を内面に抱いていたら、円紫の解決をそのまま素直に受け止めることはできないだろう。（こう考えると、〈私〉の恋愛の始まりと共にシリーズが終了したのは、当然のことと言える。恋が刻まれた〈私〉の内面は、もはや、透明でも無地でもないのだから……）

さまざまな人のさまざまな内面を持つ探偵役と、真っ白な内面を持つワトスン役――これこそが、「人間の内面に踏み込む推理」を描くために作者が周到に計算した、ホームズ役とワトスン役の設定なのだ。

3　ダイイング・メッセージ

再び『エラリー・クイーン論』に戻ると、私は前節で引用した文の後に、以下の文章を書いている。

　ここまで見てきたように、中期以降のクイーンは、「人間の内面に踏み込む推理」と「コミュニケーションのずれを利用したプロット」にこだわっている。そしてこのこだわりこそが、本章の冒頭に掲げた問いの解答なのだ。

「なぜクイーンはダイイング・メッセージを好むのだろうか？」――この答えは、「クイーンのこのこだわりを最もシンプルに探偵小説化できるのがダイイング・メッセージものだったから」ということである。

　では、なぜダイイング・メッセージものは、「人間の内面に踏み込む推理」をシンプルに探偵小説化できるのだろうか？

　それは、「ダイイング・メッセージものは、謎の難易度が低い」からである。

　密室ものやアリバイものと異なり、ダイイング・メッセージものでは、謎を作り出すのは犯人ではない。被害者である。そして、犯人は自分が弄した密室トリックやアリバイ・トリックが解明されないことを望んでいるのに対して、被害者は自分が残したダイイング・メッセージが解明されることを望んでいる。つまり、犯人が探偵に自分の内面（自分が犯人であることや動機や犯行方法など）に踏み込まれないように必死になるのに対して、被害者は探偵に自分の内面（メッセージの意味）に踏み込んでほしいと思っていることになる。

　犯人が謎を解かれないように必死になる通常のミステリと、被害者が謎を解いてもらおうと必死になるダイイング・メッセージものでは、後者の推理の難易度が低くなるのは当然だろう。もちろん、作者はさまざまなアイデアで、ダイイング・メッセージが簡単に解けないようにしている。被害者が途中で力尽きた、被害者が犯人の名前を知らない、犯人がメッセージに手を加えた、等々。だが、それでも人間の内面に踏み込む際のハードルの低さは、他のテーマの比ではない。

これが「シンプルに探偵小説化できる」理由である。そして、ダイイング・メッセージものが長編よりは短編に向いている理由もまた、この「推理の難易度の低さ」に他ならないのだ。


ここまで考察を進めると、〈日常の謎〉を扱ったミステリと、ダイイング・メッセージを扱ったミステリの共通点が、わかってもらえたと思う。〈日常の謎〉ミステリが殺人を扱わないということは、軽犯罪か、あるいは犯罪ですらない事件しか扱わないということになる。従って、犯人（と呼べない場合もあるが、他の呼び方が見当たらないので）が自身の犯行（と呼べない場合もあるが、他の呼び方が見当たらないので）を隠蔽しようとする意志は、殺人犯に比べて、はるかに弱い。

例えば、円紫シリーズのある短編では、カップルが自分たちの関係を友人に隠そうとして小細工を行った結果、〈日常の謎〉が生まれている。このカップルを、クリスティのある長編の殺人者カップルと比べてみよう。すると、自分たちの関係を隠そうとする意志の強さが、天と地ほども差があることが、すぐにわかるだろう。二人の関係が知られたら絞首台が待っているクリスティの犯人。だが、北村薫の場合は、関係を知られても、何の罪にもならない。いやいや、ひょっとして、内心では「友人たちに気づいて欲しい」と思っているかもしれないのだ。

〈日常の謎〉ミステリの犯人は、自分の内面を隠そうとする意志が、殺人犯よりずっと弱い。従って、その内面に踏み込む推理は、ずっとハードルが低くなるのだ。そして、〈日常の謎〉ミステリが長編よりは短編に向いている理由もまた、この「推理の難易度の低さ」に他ならないのだ。また、私利私欲のために何人もの罪もない人を殺した犯人の内面を推理によってあばきだした場合、その内面を読者に納得させることは難しい。大部分の読者は、人を殺す段階にまで追いつめられた心理状態になったことがないからだ。しかし、不倫を隠すためにちょっとした策を弄した経験ならば、読者にもあるか、なくても想像がつくに違いない。つまり、〈日常の謎〉ミステリでは、人間の内面に踏み込む推理の説得力が増すわけである。

北村薫が、殺人を描かない〈日常の謎〉ミステリを生み出した理由の一つは、「人間の内面に踏み込む推理」をシンプルに探偵小説化したかったためだと考えられる。そしてそれは、クイーンが中後期の短編でダイイング・メッセージを多用したのと同じ理由だったのだ。

4 『盤上の敵』

円紫シリーズで罪悪感の薄い人間の内面を描いた北村薫は、次のステップに進むことにした。もちろんそれは、重罪を犯す人間の内面を描くことだ。そして作者は、犯人が必死に隠蔽しようとする内面をあばきだすには、短編では尺が足りないこともわかっていた。まずは円紫シリーズの長編『秋の花』――死者が登場するために、関係者の内面を隠す壁が同シリーズの短編より高くなっている――で助走。そして、満を持して描いたのが、長編『盤上の敵』である。

本書のコンセプトに従うと、まず注目すべきは、『盤上の敵』という題名となる。これがクイーンの『盤面の敵』を意識してつけた題名だということは、作者自身がエッセイやインタビュー等で語っているからだ。ただし、その中で作者は、クイーンの原題のニュアンスが訳題とは異なることも、必ずつけ加えている。

クイーンの『盤面の敵』の原題は「The Player on the Other Side」で、直訳すると「盤の向こう側のプレイヤー」となる。意味は作中に出て来るのだが、簡単に言うと、「頭脳的な犯人」のこと。クイーンは、事件関係者というチェスの駒が置かれた盤（事件）をはさんで、犯人というプレイヤーと探偵というプレイヤーが対戦する姿を描いたのが、本格ミステリ（厳密には「黄金時代の本格ミステリ」）だと言いたいわけである。

これに対して、『盤上の敵』では、プレイヤーにあたる人物は存在しない。盤上を高みから見渡すことができる探偵も犯人もおらず、盤の外にいるのは、単なる〝観戦者〟（と章題に書いてある）だけだ。そして、盤上に存在するのは、白のキング（純一）とクイーン（友貴子）、黒のキング（石割）とクイーン（三季）である。

ただし、これは作中レベルの話。作品の外には、ちゃんとプレイヤーが存在する。一方の側には作者・北村薫が。そして、もう一方の側にはわれわれ読者が――。

作者がこの本のノベルス版に寄せた前書きには、「『盤上の敵』は、まず、わたしを楽しませてくれた《ミステリのあるタイプ》に対しての御礼、お返しとして考えました」とある。この《ミステリのあるタイプ》についての説明は出て来ないが、ここまでの考察から、「作者が直接読者に謎を投げかけるタイプ」のことだと思われる。具体的には、本書の講談社文庫版の解説で光原百合が挙げているB・S・バリンジャーの諸作のような、叙述に仕掛けをした作品のことだろう。綾辻行人の章で考察したように、これらの作品のトリックは、作中人物には認識できない部分に仕掛けられている。ゆえに、作中の探偵が推理でトリックを解き明かすこともできないし、作中の犯人が自白してトリックを明らかにすることもできない。推理で解き明かすことは読者にしかできないし、仕掛けを明らかにすることは作者にしかできないのだ。

　では、北村は読者に対して、どのような謎を解けと言っているのだろうか？　もちろんそれは——ここまで述べてきたように——「作中人物の内面の謎」である。

『盤上の敵』の構成は、白のクイーンこと友貴子と、白のキングこと純一の述懐が、交互に描かれている。二人は述懐の中で内面を吐露しているのだが、すべてではない。一部を読者に対して伏せているのだ。

　例えば、第三部第五章の純一の内面描写には、以下のような文が出て来る。

「この家に来た、一番大きな目的、一番大きな借り物を忘れていた」

「それを借りたいといい出すと、梶原はけげんな顔をした」

「この場合は、梶原のうちのそれでなければ困る」

〝それ〟が何だったのかは、解決篇にあたる第四部で判明する。梶原の車だったのだ。だが、作中人物の純一にとっては、内面を吐露する際に、車を〝それ〟と言い換える理由はないし、梶原に言った「車を借りたい」という言葉を誤魔化す理由もない。理由は、読者を欺こうとする作者の側だけにあるのだ。

これが『盤上の敵』における〝作者の企み〟に他ならない。読者には純一の内面を八割ほど明かし、二割を伏せておく。そして、読者には隠された二割を見抜くように求める。

しかし、読者はその二割を見抜くのが難しい。なぜならば、さらけ出されているはずの八割が、読者をミスリードしているのだ。

例えば、純一の述懐に張り詰める「友貴子を助けなければ」の思いは、まぎれもなく彼の本心から出たものであり、読者はこれを「石割の人質になった友貴子を助けようとして必死なんだな」と解釈する。だが、実際は、「友貴子が犯した殺人を隠すことで彼女を助けよう」という思いだったのだ。

ここで再び、拙著『エラリー・クイーン論』から、クイーンの中期作「キャロル事件」についての文章を引用しよう。

　中編「キャロル事件」に登場するキャロルは、自分のアリバイを証明する文書が消えたと知って、動転し、恐怖する。彼の真実味あふれるリアクションに対して、エラリーは「無実の罪で処刑されるのを恐れているためだ」と考える。しかし、キャロルの内心は違っていた。

実は、彼こそが犯人であり、偽アリバイによって罪を逃れようとしていたのだ。言い換えると、キャロルの真実味あふれるリアクションは、自らが犯した罪で処刑されるのを恐れていたためだったのである。

北村薫の『盤上の敵』と、クイーンの「キャロル事件」が、同じ「犯人は内面をあらわにしているのに、読者は本心を誤解する」という叙述テクニックを用いていることが、わかってもらえたと思う。『盤上の敵』は、題名はクイーンの『盤面の敵』を意識しているが、叙述の仕掛けという観点からは、「キャロル事件」に近いのだ。

『盤上の敵』は、円紫シリーズでは描けなかった「重罪を犯す人間の内面を描く」というテーマに挑んでいる。ただし、ここで内面が描かれている二人（友貴子と純一）は、悪意の持ち主ではない。友貴子は追いつめられて発作的に三季を殺害しただけであり、純一はその友貴子を救うために石割を殺害したに過ぎない。つまり、二人とも、読者が想像しやすい内面なのだ。

興味深いことに、対戦相手の黒のキング（石割）と黒のクイーン（三季）は、一切内面が描かれていない。罪のない瀬川を弄ぶようにして殺した石割の内面も、恨みのない他人を壊そうとする三季の内面も、どこにも描かれていないのだ。

『盤上の敵』は、「悪意がないにも関わらず重罪を犯さざるを得なかった人間の内面を描いた作品」だった。ならば作者は、次のステップでは、この作では描かなかった「悪意をもって殺人を犯した人間の内面を描いた作品」に挑むことになるはずである。

もちろん、その作品も存在する。――長編『ニッポン硬貨の謎』が。

5　『ニッポン硬貨の謎』

本作はクイーンの贋作として書かれた長編。〈国名シリーズ〉を模した題名と初刊本の装幀、訳者・北村薫による（という設定の）マニアックかつすっとぼけた注釈、作中で展開される斬新な『シャム双子の謎』論、ミッシング・リンクのテーマ、言葉の解釈をめぐる推理、日本という異国に面食らいながら謎を解くエラリーと、凝りに凝っている。その凝り方は、読者より作者の方が楽しんでいるのではないか、と思ってしまうくらいである。

しかし、ミステリ部分を見るならば、まぎれもなく北村薫印《じるし》になっている。

ワトスン役の小町奈々子のキャラクター設定は、エラリーの助手を務めるニッキイ・ポーターよりも、円紫シリーズの〈私〉にずっと近い。

その小町奈々子が語る『シャム双子の謎』論は、円紫シリーズの「赤頭巾」や『六の宮の姫君』と同じように、作者の創作意図に踏み込んだものになっている。

さらに奈々子が提示する「五十円玉二十枚の謎」は、もちろん、〈日常の謎〉（というか、若竹七海が実生活、つまり日常で体験した謎）なのだ。

そして、何よりも北村薫を感じさせるのは、本作が「人間の内面に踏み込む推理」を描いていることだ。

本作で推理の対象となる〝内面〟は、三つある。

一つめは、前述したように、作家クイーンが『シャム双子の謎』に仕掛けた二つの趣向（挑戦状の不在と引用文）。いわば創作意図であり、円紫シリーズの『六の宮の姫君』と同じく「作者の創作意図を読み解く」推理が展開される。そして、作者はこの趣向を必死で隠そうとしているわけではないので、謎のハードルが低い点も、円紫シリーズと同じである。

二つめと三つめは、どちらも犯人の内面。ただし、殺人との関係が異なっている。

二つめの「五十円玉二十枚を千円札に両替する男の謎」は、二十歳前に死んだ娘を再生させる儀式の抽象版。お金の両替は犯罪ではないので、これだけならば、円紫さんに解決させて、〈日常の謎〉ミステリに仕立てることができないわけでもない。

だが、犯人は娘を再生させる儀式の具象版も考えていた。それが「山手線に沿って二十人を殺害する」という連続殺人である。そして、三つめの推理の対象は、もちろん、この連続殺人の意図に他ならない。

作者はついに、利己的な理由によって自発的に殺人を犯す人間の内面に踏み込んだのだ。連続殺人者の内面に踏み込む推理を描いたのだ。円紫シリーズでも『盤上の敵』でも踏み込めなかった（踏み込もうとしなかった）内面を、推理によってあばきだしたのだ。

しかし、あばきだした内面は、実に奇妙なものであった。同じように娘の再生のために父親が連続殺人を行う他の作品などと――例えば貫井徳郎のある長編と――比べても、その奇妙さは際立っている。他の作品においてドキュメンタリータッチで描かれた犯人の内面に存在する〝ドロドロしたもの〟が皆無なのだ。そして、その代わりに存在するのは、父親の失われた娘に対する愛と哀しみなのである。

解決篇で、エラリーの推理を聞いた奈々子は、こう言う。

「クイーンさん、信じられないことです。しかし、現実を見れば、信じるしかありません。《抽象的》とおっしゃいましたが、このように飛躍したあなたのお考えもまた、地上の――我々が手に取れる論理とは違ったものに思えます」

北村薫は、しばしばエッセイ等で、「後期のクイーンの推理は〝天上の論理〟だ」と語っているし、本書の訳注(?)の一つにも、「このあたりは、後期クイーン流の天空を飛翔する論理であろう」という文がある。右の奈々子の言葉も、それを作中に落とし込んだだけという見方もできるだろう。実際、本作の犯人の動機(内面)を、『九尾の猫』と重ね合わせて論じることも不可能ではない。つまり、本作の推理は、北村薫の考える〝クイーンの天上の論理〟によるものだというわけだ。あるいは、こうも考えられるだろう。〝クイーンの天上の論理〟を描くためには、犯人の内面が地を這うドロドロしたものではだめだったのだ。

北村薫は『ニッポン硬貨の謎』で、これまで描かなかった「自発的に連続殺人を行う犯人」の内面に挑んだが、それは、ノンフィクション作家が「世間を騒がせた連続殺人鬼の内面の闇をあばいた」作品とは、全く異なるものだった。後期クイーンのような〝天上の論理〟によって導き出されたその内面は、まさしく、〝天上の動機〟だったのだ。

そしてこの動機の根底にある（失われた娘に対する）「愛と哀しみ」はまた、円紫シリーズの犯人たちにも存在している。この点からは、本作は、〈日常の謎〉の延長上にあるとも言えるのだ。

――ただし、その内面に踏み込む際のハードルは高く、エラリー・クイーンの〝天上の論理〟でなければ超えられないのだが。


話は変わるが、北村薫の作品群を考察する上で、『ニッポン硬貨の謎』には、もう一つ注目すべき点がある。それは、「現代日本で活躍する名探偵」を描いている点。

円紫シリーズの探偵役・春桜亭円紫は、読者にとってはまごうかたなき名探偵ではあるが、作中の世間では名探偵とは見なされていない。だが、本作で謎を解くエラリー・クイーンが、自他共に認める〝名探偵〟であることは、言うまでもないだろう。そしてまた、『ニッポン硬貨』の事件が、現代の日本であることも、言うまでもないだろう（厳密には一九七七年の事件だが、「現代」と言ってもかまわないはずである）。

作者が「現代日本で活躍する名探偵」というテーマに挑んだ連作は、『冬のオペラ』の巫弓彦シリーズ。これは、円紫シリーズ、覆面作家シリーズ［注］と、探偵役の名探偵度を高めてきた作者が、このテーマを全面的に打ち出した短編群である。その北村薫が、黄金時代の名探偵を現代日本に放り込んだのが、『ニッポン硬貨の謎』というわけだ。ただし、この作の後に巫弓彦シリーズは書かれていないし、名探偵らしい名探偵が登場する作品も書いていない（『紙魚家崩壊』

収録作でパロディ的に描いているくらいか）。現時点では、『ニッポン硬貨』の試みが、作者にどのような影響をもたらしたのかは、不明とするしかないだろう。

だが作者は、名探偵テーマに別の角度からも挑んでいる——二〇〇二年から始まった、ベッキーさんシリーズで。


［注］覆面作家シリーズの「覆面作家を演じる女性が謎を解く」という設定は、もちろん、デビュー当時に〝覆面作家〟であり〝女性と思われていた〟北村薫自身を連想させる。だが、同時に、デビュー当時のエラリー・クイーンをも連想させることは、言うまでもない。また、第一短編集の題名『覆面作家は二人いる』や、覆面作家・新妻千秋の二重人格的な設定もまた、クイーンの正体がマンフレッド・リーとフレデリック・ダネイという〝二人の人物〟であることを連想せざるを得ない。こういった観点からも、この覆面作家シリーズが、『ニッポン硬貨の謎』への助走と考えてもかまわないだろう。

6　ベッキーさんシリーズ

ベッキーさんシリーズの最初の一冊『街の灯』は、主人公の設定だけ見ると、時代を過去に変えた円紫シリーズを思わせる。主人公・英子は、〈私〉のご先祖様かと思うくらい似通った性格だし、年上の兄弟（姉妹）がいる点も同じである。

ただし、扱われている事件の方は、円紫シリーズとはほど遠い。謎は〈日常の謎〉とは言えないものが多く、殺人も少なくない。そして、何よりも大きな違いは、「内面に踏み込む推理」がほとんど見られないことである。例えば、シリーズ第三作「街の灯」では、犯人の内面が描かれているが、これは探偵役が推理したものではない。犯人自身が内面を吐露しただけだ。

もっとも、円紫シリーズと比較することは、ふさわしいとは言えないかもしれない。なぜならば、作者は『街の灯』の初刊本の巻末インタビューで、シリーズの今後の展開を聞かれて、次のように答えているからである。

　一応、予定として、この人はこうなるというのは、ぼやっとは浮かんでいるんですがね。いちばん最後の場面、ベッキーさんの言う台詞もわかっています。二・二六事件のころで終わる筈です。

さらに、完結後に文藝春秋社のＨＰに載ったインタビューでは、「ついに完結しましたね」と言われて、こう答えている。

　大団円（笑）。当初から行こうとしていたところに着地し、言わせようと思っていたセリフも過不足なく言わせることができました。

つまり、本シリーズは最初からゴールが決まっていたので、〝長編〟として読むべきなのだ。「〈私〉の名前が『薫』だと最後に明かす」という当初の予定が、途中で変更された円紫シリーズとは、異なると考えるべきだろう。

では、その〝長編〟を締めくくる「言わせようと思っていたセリフ」、すなわち「ベッキーさんの言う台詞」とは何だったのだろうか？　シリーズ最終作「鷺と雪」から、そのベッキーさん

（別宮）のセリフと、前後の文を引用してみよう。

「お嬢様。——別宮が、何でも出来るように見えたとしたら、それは、こういうためかも知れません」

「はい？」

ベッキーさんは、低い声でしっかりと続けた。

「いえ、別宮には何もできないのです——と」

「……………」

「前を行く者は多くの場合——慚愧《ざんき》の念と共に、その思いを噛み締めるのかも知れません。そして、次に昇る日の、美しからんことを望むものかも——。どうか、こう申し上げることをお許し下さい。何事も——お出来になるのは、お嬢様なのです。明日の日を生きるお嬢様方なのです」

「別宮には何もできないのです」というセリフは、読者によってさまざまな解釈ができるだろう。だが、本章では、「名探偵には何もできないのです」と解釈したい。つまり、本作の、いや、本シリーズのテーマは、「名探偵の無力さ」を描くことなのだ。これまでの短編で、数々の謎を解いてきた名探偵・ベッキーさんが、真相がわかっていながら何もできない——その姿を描くことが目的だったのだ。

このセリフの前では、ベッキーさんは青年将校の桐原と対話をしている。彼は二・二六事件で決起する青年将校の一人で、決起のことを伏せつつも、迷いや悩みを吐露する。そして、相手のベッキーさんも、お得意の推理力と観察力で決起のことは見抜いていながら、それを伏せたまま考えを変えさせようとする。だが、桐原の決意は変わることはなかった。ベッキーさんは、他人の内面を推理することはできても、変えることはできなかったのだ。これから多くの人が死に、多くの人が悲しむことがわかっていながら、どうすることもできない。だからこそ、「別宮には何もできないのです」と言うしかなかったのだ。

ベッキーさんは、自分では何もできなかった。ならば、他人に託すしかない。かくして、ベッキーさんは英子に託すのだ――「お出来になるのは、お嬢様なのです」と。「次に昇る日の、美しからんことを望む」青年将校たち（その中には英子が恋心を抱く青年もいる）の思いを、ベッキーさんは英子に託したのだ。

もちろんこの解釈は、私個人のものに過ぎない。だが、この解釈をとると、またしてもクイーン作品が顔を出すのだ。後期の作『第八の日』が……。

『第八の日』の終盤では、名探偵エラリーは〈教師〉と対話をする。〈教師〉は殺人者の罪を被って、処刑されようとしている。そして、相手のエラリーは、お得意の推理力と観察力で真犯人を見抜き、〈教師〉の考えを変えさせようとする。だが、〈教師〉の決意は変わることはなかった。エラリーは、真相を推理することはできても、他人の考えを変えることはできなかったのだ。これから〈教師〉が処刑され、何人もの人が悲しむことがわかっていながら、どうすることもできない。だからこそ、エラリーは泣くしかなかったのだ。

事件の起こったクイーナン村を立ち去るエラリーの前に、一人の若者が現れる。若い頃の〈教師〉を思わせるその男に向かって、エラリーはクイーナン村に向かうように告げ、こうつけ加える。

「あの丘の向こうには新しい世界があります」エラリイは、ゆっくりと、不思議そうでもない声が答えるのを聞いた――自分の声か？　「そしてたぶん……たぶん……そこの住民はきみを待っているでしょう」

エラリーは、自分では何もできなかった。ならば、他人に託すしかない。かくして、エラリーは〈教師〉の生まれ変わりに託すのだ――クイーナン村の未来を。

北村薫は『第八の日』を読んでいるはずだが、おそらく、ベッキーさんシリーズの執筆の際に意識していたわけではないだろう。しかし、名探偵が謎を解くことしかできないことを描き、名探偵が謎を解いても人間の意志は変えられないことを描いたがために、よく似た物語を紡ぐことになったのだ。

いや、名探偵にできることは、もう一つあった。「前を行く者」の思いを、「明日の日を生きる」者に託すことである。これは、「前を行く者」の内面を推理し理解できる〝名探偵〟にしかできないことなのだから……。

おわりに

北村薫が描こうとしたのは、中後期のクイーンと同じ、「人間の内面に踏み込む推理」だった。その推理をコンパクトに短編で描くため、犯人が内面をそれほど隠そうとしない〈日常の謎〉という新しいジャンルを生み出した。これは、クイーンが中後期の作品でダイイング・メッセージを多用したのと、同じ理由だった。

さらに、長編の『盤上の敵』では、クイーンの「キャロル事件」のように、「犯人の内面をある程度さらけ出しながら読者をミスリードする」離れ業に挑み、傑作をものした。

その上、『ニッポン硬貨の謎』では、クイーン贋作の形を利用し、後期クイーンが実践した「奇妙な思考を持つ犯人の内面をあばく〝天上の論理〟」を描き出すことにも成功した。

そして、ベッキーさんシリーズでは、クイーンの『第八の日』同様、「人間の内面を推理できても変えることはできない」名探偵の限界を描き、さらにはその限界の先にある希望を描くことまでもやってのけたのだ。

ある時はクイーンとは異なる方法で、ある時はクイーンとよく似た方法で、ある時はクイーン自身を作中に導入するという方法で、「人間の内面に踏み込む推理」とその限界、そして希望を描き出した――北村薫もまた、〈クイーンの騎士〉の一人なのだ。

第八章

有栖川有栖

推理という光輝

【本章で真相等に触れている作品】有栖川有栖『月光ゲーム』『マレー鉄道の謎』。

はじめに

有栖川有栖は綾辻行人同様、クイーン・ファンを公言している。そして——綾辻行人とは異なり——実作でもクイーンを彷彿させる作品を数多く書いている。しかも、クイーンの単なるコピーに留まろうとはしていない。〈クイーンの騎士〉の一人に加えるのに異論を唱える人はいないだろう。

だが、クイーン・ファンである私が有栖川作品を読むと、クイーン作品とは異なる肌触りを感じてしまう。これは、笠井潔や法月綸太郎の作品を読んだ時には感じないものだった。作品の出来不出来でもなく、推理の緻密さの差でもない。有栖川作品には、それ以外のどこかに、クイーンとは根本的に違う〝何か〟を感じてしまうのだ。

拙著『エラリー・クイーン論』では、この二作家の違いの一つとして、「クイーンに比べて有栖川は周辺状況の設定が甘い」という指摘をしている。しかし、この指摘の後には、「笠井潔も同様に周辺状況の設定が甘い」という文が続いているので、これが肌触りの違いにつながっているというわけでもない。

私はなぜ、有栖川有栖から、クイーンや笠井潔や法月綸太郎とは異なる〝何か〟を感じるのだろうか？

その答えは、最近になって、ようやく見えてきた。有栖川有栖が、クイーンや笠井や法月と異なる点――それは、〈名探偵〉に対するスタンスだった。有栖川にとって名探偵は〝ヒーロー〟だが、他の三作家にとっては、そうではない。この差が、本格ミステリとしての違いを生み出していたのだ。

1　主役からヒーローへ

前述の『エラリー・クイーン論』では、エドガー・アラン・ポーがデュパンもの三部作で描こうとしたものは、〈意外な推理〉だとしている。また、一方で、〈意外な真相〉を描くタイプの本格ミステリも存在することも指摘している。

この内、〈意外な真相〉の物語は、名探偵の存在が必須だというわけではない。解決篇で真相を明かせば充分なので、犯人が告白しても目的は達することができるからだ。実際、拙著で例として挙げたV・L・ホワイトチャーチの「ギルバート・マレル卿の絵」のように、犯人が真相を明かすタイプの作品も少なくない。

しかし、〈意外な推理〉の場合は、「こうやって推理すれば真相を解明できる」と説明する存在、すなわち探偵役を欠くことができない。犯人が告白によって明かすことができるのは、真相だけだからだ。だからこそポーは、オーギュスト・デュパンという分析的知性を持つ探偵役を生み出さなければならなかったのである。

　従って、デュパンの役割は、推理の手順――どんな手がかりを基にどんな推理をすれば真相にたどりつけるのか――を説明することしかない。デュパンについて、「分析的知性の持ち主」以外の属性がほとんど描かれていないのは、そのためである。しばしば名探偵は〈機械仕掛けの神《デウス・エクス・マキナ》〉（混乱する事態を収拾するご都合主義的存在）と言われるが、ある意味では、これは間違いではない。名探偵とは、「作者は自分で考えた推理を自分で作中では説明できない」という問題を解決するために生み出された存在に過ぎないのだから。


　だが、コナン・ドイルが生み出したシャーロック・ホームズが、名探偵の存在意義を変えてしまった。デュパンと違って、ホームズは〝ヒーロー〟だからである。西部劇のヒーローがその銃の腕前で活躍するように、時代劇のヒーローがその剣の腕前で活躍するように、医学ドラマのヒーローがそのメスの腕前で活躍するように、ミステリドラマのヒーローであるホームズは、推理の腕前で活躍するわけである。――いや、この表現は正確ではない。もともと大衆小説には〈ヒーローもの〉というジャンルがあり、ドイルはポーの生み出した〝名探偵〟をそのジャンルに組み込んだと言った方がいいだろう。

　ドイルの成功により、〈探偵ヒーローもの〉は、〈ヒーローもの〉のサブジャンルとして確立し、多くの作家が参入した。これがいわゆる〝ホームズとそのライヴァルたち〟の時代である。どの作者もエキセントリックな探偵の造形に力を注いでいることからわかるように、いずれもヒーローものとして書かれ、連続TVドラマのように、定期的に雑誌で活躍した。

また、同じ頃、アメリカでも〝ホームズのライヴァルたち〟が数多く生まれた。彼らの大部分がデュパンの直系ではなく、〈ヒーローもの〉の流れに沿っていることは、小鷹信光が『ハードボイルド以前』で指摘した通りである。

もちろん、これとは別に、名探偵をドラマの登場人物の一人として扱い、その役割は推理を披露することだとする流れも存在した。アメリカでは、ヴァン・ダインが最初の成功例だろう。彼の生み出した名探偵ファイロ・ヴァンスは、個性的ではあるが、その個性は「心理的推理法」から逆算して造形されたことは明らかである。つまり、ポーのデュパンと同じなのだ。……もっとも、映画の成功などで、ヴァンスは途中からヒーロー化してしまうが。

そして、エラリー・クイーンもこの系譜に属している。名探偵エラリーはヒーローではなく、論理的推理を披露する役割を与えられた、ドラマの登場人物の一人に過ぎない。

前置きが長くなってしまったが、有栖川有栖に話を戻そう。

有栖川は、いくつものエッセイで、「少年時代のヒーローはシャーロック・ホームズで、それがエラリー・クイーンに代わった」という意味のことを書いている。つまり、彼にとって名探偵エラリーは、ホームズと同じ〝ヒーロー〟なのだ。ゴルゴ13が超絶的な狙撃を見せるように、ブラックジャックが天才的なメスさばきを見せるように、エラリーは華麗な推理を見せるヒーローなのだ。
そして、この考えは、笠井潔や法月綸太郎には存在しないか、存在してもそれほど強くない。つまり、笠井たちにとって名探偵エラリーは、ハムレットやマクベスと同じ〝ドラマの主役〟なのだ。そしてまた、笠井たちが〈後期クイーン的問題〉〔注〕にこだわる理由も、有栖川がこだわらない理由も、ここにある。推理を描くドラマでは、推理そのものの真実性を揺るがす〈後期クイーン的問題〉を無視することはできない。だが、推理を武器として戦うヒーローを描くドラマでは、些細な問題に過ぎない。いや、むしろ興ざめだろう。例えば、『マレー鉄道の謎』における火村は、犯行現場に残された手袋を基に、犯人の巧妙なトリックをあばく。しかし、これだけ考え抜かれたトリックを生み出した犯人が、手袋を残すというドジをするだろうか？ ひょっとして、この手袋は〈偽の手がかり〉ではないだろうか？——だが、作者はこの可能性は俎上に載せない。火村にこう言わせるだけだ。

しかし、あなたは詰めが甘い。鍵の問題を忘れていたため、警察を欺こうとして行なったせっかくのトリックがブーメランのように自分に返ってくるし、目張り作業の際に嵌めていた手袋をハウス内に置いておくのも怠った。しかも、それを津久井の遺体と一緒に納屋に棄てておいたのは二重の失策です。手袋に粘着テープを触った痕が遺ることに思い至らなかったんですか？

もちろん、犯人がこんな愚かな失策を犯した理由は明白である。仮に、手がかりから華麗な推理を披露した後で、いちいちその手がかりが偽物である可能性まで吟味していたら、どうなるだろうか。間違いなく、華麗な推理は色褪せてしまうに違いない。

もちろん、探偵役をヒーローとしてとらえるか主役としてとらえるかは、読者の自由である。後述するが、名探偵エラリーにもヒーロー的な要素がないわけではない。そして、自作の探偵役をヒーローとして描くか主役として描くかも、作者の自由である。

だが、本格ミステリにおけるプロットやロジックを考察してみると、探偵役をどちらと見なすかによって、大きな違いが生じることは無視できない。

以下、その違いを見ていくことにする。


［注］笠井潔が命名した〈後期クイーン的問題〉は、拙著『エラリー・クイーン論』では〈後期クイーン問題〉と表記している。これは、「クイーン作品の考察で『クイーン的』と書くのはおかしい」という考えによるものだった。しかし、本書はクイーン以外の作家に対する考察なので、本来の〈後期クイーン的問題〉を使うことにする。

2　ヒーローは活躍すればいい

探偵をヒーローとして描くシリーズにおいては、必ずしも毎回、探偵が推理を披露する必要はない。例えば、ホームズものでは、ホームズが頭を使った推理ではなく、体を使った行動で事件を解決する作もけっこうある。しかし、それでも読者は満足する。読者はヒーローの活躍を読みたいのであり、その活躍は、必ずしも推理を用いたものでなくてもかまわないからだ。変装の腕前を発揮してもいいし、バリツの腕前でもかまわない。とにかくホームズが活躍すれば、読者は満足なのである。

そしてまた、探偵ヒーローものの読者は、探偵役のプライベートを描いたエピソード――過去の話とか恋愛の話――にも興味を示す。ホームズの短編シリーズ第一作が、彼とアイリーン・アドラーとの恋愛を描いた「ボヘミアの醜聞」なのは、ミステリ・ファンにとっては違和感があるだろう。だが、ヒーローもののファンにとっては、おかしくも何ともない。

有栖川有栖の場合、ヒーローものを前面に押し出しているのは、『闇の喇叭』(二〇一〇)で始まる〈空閑純シリーズ〉である(探偵役は女性だが、「ヒロイン」と書くとニュアンスが変わってしまうので、「ヒーロー」とさせてもらう)。このシリーズの、謎と解決よりも主人公の活躍を描くことに重点が置かれている点や、主人公がらみのプライベートな出来事が作中に占める割合が多い点などは、ヒーローものの特徴である。

ただし、ここで注目したいのは、火村シリーズの短編「ロジカル・デスゲーム」である。これは、シリーズ探偵の火村が生死を賭けたゲームに巻き込まれるという話。読めばわかるが、本作のプロットは、本格ミステリではなく、ヒーローもののフォーマットにのっとっている。題名にも謳《うた》われている〝ロジック〟は確かに登場するが、それは、推理のためではなく、ヒーローがデスゲームに勝ち抜くための武器なのだ。

そして、なぜ注目すべきかというと、イギリスのTVドラマ『シャーロック』の第一話「ピンク色の研究」とよく似たプロットなのだ。しかも、このドラマは、シャーロック・ホームズを現代の〝ヒーロー〟として蘇らせるというコンセプトのもとに作られたものらしい。ホームズをヒーロー視する有栖川が、よく似たストーリーを描いたのは、実に興味深い。

これが江神シリーズになると、より一層、探偵のプライベートが物語に入ってくる。このシリーズを「青春小説の要素がある」と評する人は多く、また、それは間違いではないだろう。ただし、なぜそもそものような要素が入ってくるかを考えた場合、〈ヒーローもの〉だからという理由は無視できない。これは、法月綸太郎の『密閉教室』と比べてみれば、よくわかると思う。こちらは江神シリーズ以上に青春小説の要素があるのだが、その要素はミステリ部分と密接に結びついていて、切り離すことができない。だが、江神シリーズでは、ホームズものの『四つの署名』におけるワトスンの恋愛のように、ミステリ部分とは連係していないのだ。

3　ヒーローは常に脚光を浴びる

主人公がヒーローか主役かによる違い——その二点めは、前述の〝周辺状況〟である。

例えば、医療ドラマにおける手術シーンの描き方を、手塚治虫の漫画『ブラックジャック』と他の医療漫画で比べてみよう。『ブラックジャック』の場合、手術室には主人公のブラックジャックしかいないか、助手がいても、何をやっているのか描かれないことが多い。これは作者が、〝ヒーロー〟であるブラックジャックの妙技だけにスポットライトがあたるように描いているからだ。だが、他の漫画では、手術室にいる全員がどんな役割で何をしているかが描かれている（描かれない場合でも役割を持って存在している）。これは、作者が〈医療ドラマ〉として描いているからである。

本格ミステリの場合も同じなのだが、その前に、私がここで用いている〝周辺状況〟について説明しておこう。以下は『クイーン論』からの引用である。

クイーン作品においては、手がかり自体も優れているが、その手がかりが特定の犯人を示すように設定された周辺状況も優れている。前述（『シャム双子の謎』）の「キャビネットの傷」という手がかりと、「キャビネットの鍵は犯人が入手可能だった」という状況設定。あるいは、『エジプト十字架』の「ラベルのない半透明なヨードチンキの瓶」という手がかりと、「ヴァンは山小屋に誰も入れようとしなかった」という状況設定。この二つが組み合わされて初めて、エラリーの〝論理的な推理〟が生まれているのだ。

つまり、名探偵が「手がかりａから犯人はＡ」という推理をした場合、「手がかりａから導き出せる条件は容疑者Ａにしか当てはまらない」という状況設定や、「犯人がＡだとしたら、こんな行動をとるはずがない」といった読者の突っ込みを封じるための状況設定を指している。

『双頭の悪魔』の文庫版あとがきで、有栖川はこう語っている。

私は緻密な設計図を描いてから書き始めるタイプではない。創作ノートなどはなく、おおよそのプロットができたらぶっつけ本番で書く。もちろん、トリックや犯人限定のための伏線などは用意してから執筆を開始するのだが、登場人物の設定はたいてい書きながら固めていくため、何人の人間が登場するかも事前に判らないし、一人あらたに現れるたび「あ、こいつに名前をつけてやらなくては」と考え込む。

ここに出てくる「トリックや犯人限定のための伏線などは用意して」おく、という言葉は、言い換えると「周辺状況まではあらかじめ考えておくことはない」となる。これは、私が『クイーン論』で、有栖川の周辺状況の設定の甘さを指摘したことと重なり合うだろう。しかし、ここでは実作を用いた指摘をすべきだと思われる。『クイーン論』では、中編「スイス時計の謎」を用いたが、今度は、『月光ゲーム』を用いて説明しよう。

江神はまず、マッチの燃えかすから犯人が犯行時に明かりが使えなくなったと推理。そして、容疑者の中で、死体発見時に懐中電灯を壊した（ように見えた）年野武を犯人だと特定する。

この内、後半の推理に納得いかない読者は多いと思う（私だけかもしれないが）。

まず、「犯人が明かりが使えなくなった」という推理は正しいとしても、その理由が壊れたからとは限らない。懐中電灯の電池切れや、ライターのオイル切れならば、テントに戻って補充すればいいだけの話だからだ。ここは、犯行現場と川の間に懐中電灯のレンズの破片でも落としておくべきだった。

次に、年野武が（本人が主張するように）死体発見時に懐中電灯を壊したという可能性が消去されていない。ここは、「年野は死体発見より前に懐中電灯を使えなくなっていた。それなのに、死体発見時にわざわざ使えない懐中電灯を持っているのはおかしい」という推理が導き出せるデータを入れておくべきだった（例えば、紛失物を探すのに懐中電灯を使わなかった、とか）。

他にも、「年野以外の容疑者の持つ照明道具は問題なく使える」というデータも、提示しておくべきだろう。

しかし、名探偵をヒーローとしてとらえるならば、こういった周辺状況の設定に心を砕く必要性は低い。作者は探偵の推理を光らせることを最優先にしているからだ。『月光ゲーム』を例にとるならば、江神が年野を犯人だと指摘するまでの推理を、最も輝かせなければならないことになる。マッチの燃えかすから犯人に結びつくルートにスポットライトをあてたいならば、他の枝道は——すぐにふさぐにせよ——照らしたくはない。読者に見せたいのは、江神がたどるルートだけなのだ。

かくして、一つのルートだけに光をあてることによって、探偵ヒーローの推理がアクロバティックなものになる。犯行現場に懐中電灯の破片があったり、犯人が懐中電灯を使えないシーンを入れたりすれば、確かに推理は強固になるだろう。だが、その分、読者に見抜かれやすくなり、アクロバティックさが弱くなるのだ。

ゴルゴ13の神業的な狙撃やブラックジャックの神業的な手術を、その分野の専門家が見れば、否定する場合もあるだろう。だが、そうした専門家でも、「ゴルゴ13やブラックジャックのような天才的な技術を持っていれば可能かもしれない」とつけ加えるに違いない。ヒーローが披露するのは、堅実で確実な技術ではない。凡人には不可能な奇跡のごとき技術なのだ。

そして、有栖川有栖が目指しているのも、地に足の着いた隙のない推理ではない。探偵ヒーローにしかできないアクロバティックな推理なのだ。

――と結論づけるのは少し早い。というのも、「隙のない推理」と「アクロバティックな推理」は、両立させることが可能だからだ。もちろんそれを実現したのが、クイーンの〈国名シリーズ〉と〈レーン四部作〉に他ならない。とはいえ、「それ以外に何がある」と聞かれると、両手で足りてしまうくらい、難易度が高いのだが。

そして、有栖川の江神シリーズの長編は、その難易度の高い「隙のない推理」と「アクロバティックな推理」の両立を目指しているように見える。第二作『孤島パズル』、第三作『双頭の悪魔』、と周辺状況の設定がどんどん巧みになっているからだ。そして、第四作『女王国の城』では、（私の見る限りでは）「隙のない推理」と「アクロバティックな推理」の高い水準での両立を成し遂げたように思われる。メインとなる拳銃がらみの推理の完璧さとアクロバティックさは、クイーンの『ローマ帽子の謎』に勝るとも劣らないものになっているのではないだろうか［注］。

一方の火村シリーズでは、逆に、推理の隙のなさを犠牲にして、アクロバティックな推理を突き詰める方向を目指しているように見える。例えば、中編「モロッコ水晶の謎」、中編「ペルシャ猫の謎」、それに長編『乱鴉の島』などは、「火村だから（ヒーローだから）許される推理」と言える部分を持っていて、それがアクロバット的な面白さを生み出しているのだ。

［注］「隙のない推理」と「アクロバティックな推理」の両立という観点からは、『双頭の悪魔』が興味深い。本作では、英都大学推理小説研究会の望月、織田、有栖川の三人は、江神とは離ればなれになる。そのため、彼らは自力で謎を解かねばならなくなるのだ。しかも、彼ら三人は〈探偵ヒーロー〉ではないので、そこで展開される推理は、アクロバティックさではなく、隙のなさが重要になる。何しろ、一人が推理を語ると、他の二人が突っ込むのだから。ワンマン・ヒーローの推理とは対照的な、三人の共同作業による推理を描いたことが、次の『女王国の城』での完成度の高さにつながったというのは、あながち的はずれな考えでもないだろう。

4　ヒーローは崇拝者を持つ

三つめの相違点は、ワトスン役。ここで言う〝ワトスン役〟とは、事件の記述者ではなく、探偵の助手役の方である。しかも、探偵を崇拝するタイプの。

有栖川有栖が敬愛する作家は、クイーンと鮎川哲也だが、どちらも助手としてのワトスン役は重要視していない。クイーン警視が息子エラリーの〝助手〟というわけではないし（むしろ警視がエラリーを推理担当の助手にしていると言うべきだろう）、丹那刑事は鬼貫の部下に過ぎない。クイーン警視も丹那刑事も、江神シリーズと火村シリーズにおける作中の有栖川（以下「アリス」

と表記)のように、探偵役と友情で結ばれ、探偵役の助手をつとめ、探偵役を崇拝するワトスン役ではないのだ。

〝ワトスン役〟という視点から見ると、有栖川有栖に近いのは、クイーンでも鮎川哲也でもなく、高木彬光だろう。神津恭介シリーズにおける名探偵・神津恭介とワトスン役・松下研三の関係こそが、最も江神・火村とアリスの関係に近い。そもそも大学で助教授を勤める神津恭介と作家の松下研三というコンビは、火村とアリスの関係にそっくりである。また、神津と松下が学生時代に巻き込まれた事件を描いた「わが一高時代の犯罪」は、江神シリーズとよく似ているではないか（一高の学生――現在の大学生――があだ名で呼び合うところは綾辻の『十角館の殺人』だが）。ついでに書くと、火村シリーズには朝井小夜子、神津シリーズには村田和子という、よく似た姉御肌のキャラクターが準レギュラーで登場しているのだ。

また、神津シリーズでは、神津や松下のプライベートな部分が事件とからむことが少なくない。犯人が神津を意識した犯行計画を立てる事件――「神津恭介に捧げる犯罪」と呼ぶべき作品――さえもある。また、神津や松下が事件の発生前から関与する作品も少なくない。短編「眠れる美女」は、講演中の神津が見知らぬ美女からキスされるシーンで幕を開けるし、中編「殺人シーン本番」は、松下の小説が映画化され、それに神津が出演させられそうになる話から始まる。加えて、事件に関係のない二人のプライベートが語られることも多い。特に、結婚ネタはお約束のように何度も登場している。さらに、松下研三は探偵作家なので、編集者や知人と、作家の内幕話や苦労話、それに探偵小説論議を交わすこともある。こういった点もまた、有栖川作品ではおなじみではないだろうか。

もちろん有栖川有栖は、高木彬光を真似たわけではないだろう。この二人の作家は、共に自作の探偵をヒーローとして描いているから、似てしまったのだ。つまり、アリスのルーツは、松下研三ではなく、ましてやクイーン警視でも丹那刑事でもなく、ホームズ・シリーズにおけるワトスンに他ならないのだ。探偵を――クイーンや鮎川のように――〝推理の物語の主役〟ととらえるならば崇拝者はいなくてもいいが、〝ヒーロー〟としてとらえるならば、崇拝者はいた方がいい。そしてまた、ヒーローの活躍を描きたいのならば、その崇拝者が語り手も務めるのが、最良の形式なのだ。


しかし、この「最良の形式」は、本格ミステリのジャンルでは長続きしなかった。F・W・クロフツやD・L・セイヤーズは崇拝者的な助手役のいないシリーズを書き、高木彬光やクリスティはシリーズの途中から崇拝者的な助手役を外し、ヴァン・ダインは探偵への感情を表に出さない助手役を用いた。

理由はおそらく、本格ミステリとヒーローものの相性の悪さにあるのだろう。〝ホームズとそのライヴァルたち〟の時代の読者は、探偵ヒーローの活躍を楽しむだけで、自分で犯人を当てようとはしなかった。だから、ホームズが「この泥は○○通りにしかないので、被害者はそこを通ったのです」という推理を披露しても、読者は「そんなの私にわかるはずがないじゃないか」と文句をつけなかったのだ。

しかし、黄金時代に入ると、読者が謎解きに参加するようになる。フェアプレイ、すなわち「読者も真相を見抜くことは可能ですよ」という精神が重視されるようになった。こうなると、〝探偵ヒーローの恣意的な推理〟は描きにくくなる。かくして、「ああ、なんという神のごとき推理であろうか」とヒーローを無批判に誉め称えるワトスン役も、出番を失うことになった。そしてワトスン役は、クリスティのポワロものに登場するヘイスティングスのような「探偵に批判的な部分を持つ」人物から、ヴァン・ダインの「探偵役に対する感情を見せない」〝私〟を経由し、クイーンの「推理が甘ければ容赦なく突っ込む」クイーン警視というキャラクターに結実したわけである。

有栖川作品で江神や火村のワトスン役を務めるアリスは、探偵役との友情の強さは、ワトスンや松下研三に勝るとも劣らない。ただし、探偵役に対する崇拝度という点からは、ヘイスティングスに近く、無条件に崇《あが》め奉《たてまつ》っているわけではない。

では、崇拝してくれる助手がいなければ、探偵はヒーローになれないかというと、そんなことはない。スポーツ界のヒーローのように、桁外れの実績によって評価を得ればよいのだ。つまり、すべてのデータを与えられた読者でも解決できない難事件を鮮やかに解き明かせばいいわけである。実際、有栖川作品では、ワトスン役のヨイショではなく、卓越した推理によって探偵をヒーロー化している部分の方が多い。

そして、ここまで考察を進めると、有栖川有栖は初期クイーンと重なり合う。クイーンも有栖川も、読者に挑戦しつつも読者には実践できない推理を描こうとしている。二流の投手がフォークボールやナックルボールの投げ方を知っていても実際には投げられないように、読者が探偵エラリーや江神や火村のようには実践できない推理を描くことが、作者の目標なのだ。

ただし、その理由は大きくかけ離れている。クイーンの場合は推理そのものを輝かせるため、有栖川の場合は推理でヒーローを輝かせるためなのだ。そしてまた、この理由の違いは、探偵役が推理を披露する際の、ワトスン役の批判の有無という違いを生み出すことになる。有栖川は、江神や火村が披露した推理に対して――クイーン警視や法月警視のように――厳しい突っ込みを入れるわけではない。全く突っ込まないわけではないが、鵜呑みにする方が多いことは、読者ならばご存じだろう。

ただし、これは、突っ込みに耐えられないほど推理が弱いからではない。何度も突っ込みが入ること自体が、推理の輝きを弱めてしまうから、作者はあえて避けているのだろう。

5　ヒーローは記述者を持つ

四つめの相違点も、ワトスン役。ただし、ここで言う〝ワトスン役〟とは、探偵の助手役ではなく、事件の記述者の方である。

有栖川有栖が敬愛するクイーンは、記述者＝探偵役という設定を用いている。作中では探偵エラリー視点の三人称で、作品自体は探偵エラリーが自分が解決した事件を自分で小説化した、となっている。もちろん、作中にはエラリーがいない場面も描かれているが、これは、小説化の際に、事件関係者の証言を基にして、つけ加えたもの（という設定）である。

一方、有栖川有栖はといえば、記述者＝ワトスン役という昔ながらの設定を用いている。有栖川の場合は、作中ではワトスン役のアリス視点の一人称で、作品自体はワトスン役のアリスが自分が関与した事件を自分で小説化した、となっている〔注〕。もちろん、作中にはアリスがいない場面も描かれているが、これは、小説化の際に、事件関係者の証言を基にして、つけ加えたもの（という設定）である。

比べてみると、二作家の違いは、〝探偵役視点〟か〝ワトスン役視点〟かの差、そして小説化を探偵役が行うかワトスン役が行うかの差しかないように見える。そして、探偵役とワトスン役は行動を共にする場合が多いので、視点人物の違いなど大きな差ではないと考える人も多いだろう。また、小説化を探偵役が行うかワトスン役が行うかの設定も、大きな差ではないと考える人も多いだろう。しかし、本格ミステリにおける叙述を考えた場合は、どちらにも大きな差があるのだ。

まず、クイーン作品の視点人物について、私の『エラリー・クイーン論』では、「クイーン作品では『エラリーの推理を当てよ』と挑戦している。ならば、記述者や感情移入の対象をエラリー以外にすることはできない。もしそうしたら、エラリーと読者が同じ条件にならないからである」と書いている。

一方、有栖川作品の場合は、読者は記述者のアリスというフィルターを通して容疑者やデータを見ているが、探偵役の火村や江神はそんなフィルターを通していない。このため、「作中探偵と読者が同等の条件で競い合う」とは言えなくなってしまうのだ。これは、フェアプレイという観点からは、明らかにマイナスだろう。

ただし、〈探偵ヒーローもの〉として見るならば、有栖川作品の叙述形式の方が優れている。ワトスン役視点で描いた方が、探偵役の推理が神がかって見えるからだ。クイーン作品の場合は、内面は伏せられているとはいえ、探偵エラリーの視点で描かれている。このため、彼がどの手がかりや容疑者に注目したのかは、ある程度読者にもわかる。そのため、推理を聞いても「やはりあのデータを使ったか」や「やはりあの人物の証言を使ったか」と考えてしまい、意外性が下がるわけである（その代わり、フェアプレイ感は上がる）。

例えば、犯行現場に手がかりが二つあり、火村はAに、アリスはBに注目したとしよう。読者はアリス視点で読んでいるわけだから、当然、手がかりBに注目する。この状況で、火村が手がかりAを軸にして真相を見抜いた場合、手がかりBばかり気にしていた読者は、自分が予想もしなかった推理に意外性を感じるに違いない。そして、火村の〝ヒーローぶり〟が読者の脳裡に刻まれる、というわけである。

一方、クイーンの場合、読者は探偵エラリーの視点で読んでいるため、手がかりAに着目することになる。クイーン警視が手がかりBに着目するシーンを描いたとしても、読者がそちらに重きを置くことはない。この状況で、エラリーが手がかりAを軸にして真相を見抜いた場合、手がかりAを気にしていた読者は、自分も着目していた手がかりから、予想もしなかった結論を導き出す推理に意外性を感じるに違いない。そして、エラリーの披露する〝推理の意外性〟が読者の脳裡に刻まれる、というわけである。これは、推理という観点からは、かなり大きな違いではないだろうか。

次に、「小説化を探偵役が行うかワトスン役が行うかの差」について考察しよう。実は、本格ミステリにおける〝推理の完全性〟を目指す場合、この差は途方もなく大きい。なぜならば、小説化をワトスン役が行った場合、穴のない推理は理論的に不可能になってしまうからである。

まず、前提として、他の小説同様、本格ミステリも「現実にあった事件を小説化したもの」というスタンスで書かれていることを確認しておこう。この前提の下では、作者が「この謎は私が考えました。だから、解決篇で提示される真相が唯一無二のものです」と保証することはできない。とは言え、現実問題としては、そこまで突っ込まずに、解決篇での真相で納得して終わる読者がほとんどだろう。

ただし、これが〝推理〟となると、そうはいかない。作者が「この手がかりと伏線は私が考えました。だから、解決篇で提示される推理は完璧です」と保証しても、何の意味もないからだ。推理の完全性は、あくまでも作中で披露される推理が、論理的で説得力に満ちているか、手がかりから導き出されているか、伏線との整合性がとれているか、といった観点によってのみ決まるのだ。読者が作中の推理の穴を見つけたり、別解を見つけたりできた場合は、作者が何と言おうが、完璧な推理とは言えないのである。

ここで、有栖川作品に戻って、以下の仮定をしてみよう。

①事件の最中、作中のアリスは、火村のいない席で容疑者Aと雑談をする。この時にAが話した話題aは、Aが犯人ではないことを示すデータだった。だが、アリスはそれに気づいていなかったため、火村に話題aを伝えなかった。

②話題aを知らない火村は、他のデータを基に、Aを犯人だと指摘する。この時点でもアリスは話題aの意味を理解していないため、その推理に疑問をはさむことはなかった。

③アリスは事件を小説化する際、何気なくAとの会話シーンを描いてしまったため、話題aも作中にデータとして提示されることになった。

④小説化作品を読んだ読者は、この話題aの意味に気づき、犯人はAではないことを、つまり火村の推理が間違っていることを指摘する。

もちろん、実際にはこんなことはあり得ない。作中のデータは、すべて作者が作り出したものだからだ。だが——くり返しになるが——作品が「現実にあった事件を小説化したもの」というスタンスで書かれている以上、理論的にはあり得る話なのだ。

では今度は、この理論を有栖川有栖の実作品に適用してみよう。

『月光ゲーム』における〈読者への挑戦〉には、「次章において有栖川有栖と同じ見聞をもとに、すなわち読者と同じ条件のもとに江神二郎が犯人を指摘します」とある。ここで、「（作中の）有栖川有栖の見聞」と言っているのは、まぎれもなく正しい。江神が推理に用いたデータは、すべて「有栖川有栖の見聞」すなわち「読者の見聞」である、というのも間違ってはいない。だが、前述の理論を当てはめるならば、「有栖川有栖の見聞」には、江神の知らないデータも含まれており、そのデータによって江神の推理がひっくり返る可能性は、必ず存在するのだ（例えば、アリスが犯行時刻と死体発見時刻の間に、年野武が懐中電灯を使っている光景を見たが、江神には話さなかった場合など）。

だが、クイーンの場合は、こんな事態は理論的にもあり得ない。仮に、クイーン警視がエラリーの推理をくつがえすデータBを持っていたが、その重要性に気づかず、エラリーに話さなかったとしよう。すると、エラリーはデータBを知らないのだから、小説化の際にそれを描くことは絶対にない。そして、データBが作中に書かれていない以上、読者がデータBを使ってエラリーの推理のミスを指摘することも絶対にない。言い換えると、現実の事件におけるエラリーの推理には穴があったが、それを小説化した作品におけるエラリーの推理には穴はない、ということになるのだ。

ただし、〈探偵ヒーローもの〉として見るならば、有栖川作品の叙述形式の方が優れている。火村や江神が「私の推理は現実の事件においては穴があるかもしれないが、それを私が自分の推理に合わせて小説化した作品――つまり読者であるあなたが今読んでいる作品――においては穴はない」と言った場合、読者はどう感じるだろうか？　あくまでも〈推理〉を楽しみたい読者ならば、問題はないだろう。だが、ヒーローである火村や江神の活躍を楽しみたい読者は、読む気がそがれるに違いない。推理に合わせて事件を再構成した本格ミステリならば、確かに読者にとってフェアだし、論理的でもあるだろう。だが、それでは探偵役はヒーローになれない。現実に起こった（という設定の）難事件を快刀乱麻を断つが如く解決するからこそ、探偵役はヒーローになるのだ。

フェアプレイと叙述に関する有栖川有栖の考えを、もう少し考察してみよう。参照するのは、『山伏地蔵坊の放浪』である。

この連作では、探偵役の地蔵坊が、自身が解決した事件をスナック『えいぷりる』の面々に語る、という設定をとっている。そして、地蔵坊は、自分が真相を見抜いた時点で、スナックの面々に――そして読者にも――挑戦する。

この形式が、〈国名シリーズ〉と同じことは、明らかだろう。地蔵坊は事件について語る際、自身が解決に用いたデータは、必ず提示するようにしている。そして、地蔵坊が気づかなかったデータは、語られることはない。かくして、地蔵坊がスナックの面々に挑戦する時点では、地蔵坊の解決に必要なデータは、すべてそろっていることになるのだ。まさに〈国名シリーズ〉風のフェアプレイである。

ところが、この完璧なフェアプレイを実践可能にする「探偵役が自分が解決した事件を自分で語る」という設定に対して、作中人物の一人――作者の分身と思われる人物――は、正反対の意見を述べるのだ（第四話「毒の晩餐会」）。

「この真相が判りませんかな？」と絵解きの前に（地蔵坊が）挑発してくるたびに僕は「手前でしゃべって手前で謎を解くなんぞ卑怯だ」と思っていた。

ここで言う〝卑怯〟とは、〝アンフェア〟という意味だろうか？　それならば、「自分で考えた謎を（作中人物の口を借りて）自分で解く探偵作家はアンフェアだ」となってしまう。

もちろん、そういう意味ではない。これは、あくまでも作中人物の述懐なので、作中レベルで解釈すべきである。おそらく作者が言いたいことは、「手前でしゃべって手前で謎を解くなんぞ、探偵ヒーローの風上にも置けない」なのだ。ヒーローは、誰にも倒せない怪獣を退治するからヒーローなのだ。ならば、探偵ヒーローは、誰にも解けない謎を解き明かさなければヒーローではない。

自分で作った謎を自分で解く探偵作家はヒーローではない。自分で解いた謎を自分の推理に合うように再構成して小説化した探偵兼作家はヒーローではない。現実に起こった（という設定の）難事件を快刀乱麻を断つが如く解決するからこそ、探偵役はヒーローになるのだ。

ここまで長々と述べてきたように、事件を小説化する人物や視点人物を探偵役以外に設定した場合、ヒーロー性は高まるが、フェアプレイや論理性に問題が出ることは避けられない。だが、どうやら有栖川有栖は、それを自覚した上で書いているらしい。

例えば、江神シリーズの短編「開かずの間の怪」を見てみよう。本作ではアリスが幽霊を目撃して、「除夜を歩く」で江神が合理的な説明をつける。だが、アリスは納得できない。実際に幽霊を目撃したアリスは、その姿から説明不能な何か――本物らしさ――を感じたからだ。だから、実際に幽霊を目撃していない江神の説明にはうなずけないというわけだ（事実、アリスに「納得がいきません」と言われた江神は、「そう言われたら実物を見ていない俺は黙るしかない」と答えている）。まさに、探偵と記述者を分離したことによる〝データの入手状況の齟齬《そご》〟が生じている。

そして、作者はその齟齬を理解した上で描いている。ストーリー的には、ここでアリスに納得させても何も問題はない、というか、本格ミステリとしては、その方がいい。それなのにやらなかったのは、間違いなく意図的だ。

じっくり読んでみれば、火村シリーズと江神シリーズでは、語り手のアリスの探偵役に対する感情が、微妙に違っている。後者のアリスは、探偵役の江神に対して、理解できない部分や相容れない部分をいくつも持っているのだ。これは、クイーンの〈レーン四部作〉における、ドルリー・レーンとペイシェンス・サムの関係と同じではないだろうか。ひょっとして作者は、江神シリーズを〈レーン四部作〉的な展開に持って行くつもりなのかもしれない。

［注］語り手のアリスが学生である江神シリーズと、社会人である火村シリーズの関係については、作者が意図的にはっきりさせていないらしい。ただし、次の二点だけは間違いないと思われるので、考察の前提にしている。

・「作中の事件は実際にあって、有栖川自身が巻き込まれたもの」というスタンスで書かれている。

・「事件が解決した後で――つまり真相を知っている状態で――有栖川自身が事件をふり返って書いた」というスタンスで書かれている。

おわりに

第一節で述べたように、クイーン作品にも〈探偵ヒーローもの〉的な要素が皆無というわけではない。特に、一九三九年に放送を開始したラジオドラマ「エラリー・クイーンの冒険」用に書き下ろした脚本は、一般大衆向けの連続ラジオドラマというメディアの要請もあり、エラリーが探偵ヒーローとして描かれている。一九四〇年代以降のクイーンは、

・小説では、少数のミステリ読者向けに、探偵を〈推理の物語〉の主役として描き、作家としての評価を高める。

・ラジオドラマでは、多数の一般聴取者向けに、探偵をヒーローとして描き、作家としての人気を高める。

という二面作戦を進めていた。

そして有栖川有栖は、というと、どちらでもあり、どちらでもない。彼は、火村も江神も探偵ヒーローとして描き、謎や解決は、クイーンの〈国名シリーズ〉を愛読している本格ミステリ・ファンの鑑賞に堪えうるように描いている。

初期クイーンが描かなかった〈推理を武器とする探偵ヒーローもの〉に、初期クイーンが描い

たアクロバティックな推理が組み込まれている。――これが、有栖川作品の魅力なのだ。

有栖川有栖は、敬愛している作家として、エラリー・クイーンと鮎川哲也を挙げている。だが、この二作家とは異なり、作中探偵を〝ヒーロー〟としてとらえていた。このため、実作における探偵の立ち位置やワトスン役の設定、それに叙述の形式は、ホームズものや神津恭介ものに近くなっている。

ただし、有栖川がヒーローを輝かせるために与えた光輪は、〝初期クイーンばりの推理〟だった。かくして、有栖川作品は、クイーンが描かなかった、「隙のないアクロバティックな推理で活躍する探偵ヒーローもの」という、ユニークな本格ミステリになったのである。

クイーンが小説で描いた「意外な推理の物語」と、ラジオドラマで描いた「探偵ヒーローの物語」が一作の中で両立した本格ミステリを描く――有栖川有栖もまた、〈クイーンの騎士〉の一人なのだ。

第九章　麻耶雄嵩　探偵という犯人

【本章で真相等に触れている作品】E・クイーン『ギリシア棺の謎』『Yの悲劇』『レーン最後の事件』『緋文字』「〈生き残りクラブ《ラストマン》〉の冒険」。麻耶雄嵩『翼ある闇』『木製の王子』「ウィーンの森の物語」『隻眼の少女』「死人を起こす」「答えのない絵本」。

はじめに

麻耶雄嵩の作品を評して、「アンチ本格」とか、「本格を破壊している」といった表現を使う者は少なくない。そんな評価をされている作家のために本書でわざわざ一章を割くことに対して、奇異に思う人もまた、少なくないはずである。もちろん、作者はクイーン・ファンであることを公言しているが、それだけならば第十章で取り上げればすむ話だ。

だが、麻耶作品を子細に見るならば、表面的な部分から根本的な部分にまで、クイーンの影響がうかがえる。この作者は、「ファン」というレベルをはるかに超えて、骨の髄までクイーンが染みついているのだ。そして、クイーン作品に見られるある要素を、極限まで押し進めた作家でもある。

1 主題

まずは、表面的な影響から見ていこう。

作者はアニメやゲームや漫画の固有名詞を無造作に自作に取り込むが、ただ取り込んだだけのものが圧倒的に多い。例えば、『痾《あ》』のテーマは「烏有が銘探偵メルカトル鮎の名を継ぐ」であり、烏有には「藤岡猛」と「佐々木隼人」という名前の先輩がいる――となれば、読者は『仮面ライダーV3』を連想するだろう。烏有の二人の先輩の名前は、それぞれ仮面ライダー一号と二号を演じた俳優とその役名を組み合わせたものだからだ。しかし、その後の展開は『V3』と一切関係なく、ただ名前が出て来るだけに留まっている。私は、ラストで『仮面ライダーV3』第一話をもじった「君に新たな命（赤ん坊のこと）とメルカトルの名を与えよう」というセリフが出て来ると期待したが……。

もちろん、クイーン関係でも同様のものはある。例えば、『あいにくの雨で』には、私が主宰するエラリー・クイーン・ファンクラブの会誌の名「Ｑｕｅｅｎｄｏｍ」が出て来るのだが、本当に、ただ出て来るだけに過ぎない。とはいえ、クイーン関係は――他の作家とは異なり――よりプロットと密接に関わってくるものの方が、ずっと多い。こちらの例を挙げるならば、前述した『痾』。この長編では、メルカトルが烏有を鍛えるために、本格ミステリを読むことを勧めるのだが、その本は、クイーンの〈国名シリーズ〉と〈レーン四部作〉である。これが意味もなくただ単に名前を出したわけではないことは、明らかだろう。他の作家では意味がない。クイーンでなければならないのだ。

さらに他の作品を見ると、もっと深くクイーンと関わり合っていることがわかる。テーマやモチーフにまで、クイーンがからんでいるのだ。

例えば、『翼ある闇』。本作は見立て殺人ものなのだが、その見立ての元は、クイーンの〈国名シリーズ〉である。しかも、『ニッポン樫鳥の謎』が日本でのみ国名シリーズに組み込まれている（この長編の原題は『The Door Between』なので国名は付いていない）という事実を推理のデータとして組み込むという、クイーン・ファン以外には通用しないマニアックな手も使っているのだ。

あるいは、『隻眼の少女』。本作は、作者自身がインタビューなどで語っているように、クイーンの『ギリシア棺の謎』に登場する「手がかりの真偽問題」に挑んだ長編に他ならない。ただし、この作については、第五節で詳しく取り上げているので、ここでは割愛させてもらう。

また、本人は語っていないようだが、『夏と冬の奏鳴曲』で烏有が映画を観るシーンは、『Yの悲劇』でレーンが草稿を読むシーンに想を得ていると思われる。その他には、『レーン最後の事件』のこだまが、いくつかの作品にうかがえることも指摘しておこう。

ちなみに、麻耶雄嵩がファンであることを公言している作家には、ピーター・ディキンスンもいる。麻耶作品にしばしば登場する「特殊なルールが支配する閉鎖社会」は、ディキンスンの影響だと指摘する評者は多いし、その可能性は無視できないだろう。だが、クイーンにも、こういった閉鎖社会を舞台にした『帝王死す』、『ガラスの村』、『第八の日』という作品があるのだ。

2　物語

本格ミステリにおいて意外性を生み出す手段の一つに、「事件の構図をひっくり返す」というものがある。例えば、「子供の誘拐事件に見えるが、実は遺産相続者の抹殺が目的だった」といった具合に、問題篇で読者に提示されている〝事件の形〟が、解決篇で別の形に変わるものを指す。

クイーンは中期から(『災厄の町』以降)この手法を多用するようになり、前述の誘拐ネタも、この時期のラジオドラマで用いている。中でも得意としているのは、「事件に関わる家族の構図が解決篇でひっくり返る」というパターンで、『災厄の町』、『十日間の不思議』、『帝王死す』、『緋文字』などが挙げられるだろう。

麻耶雄嵩もまた、「構図の反転」のプロットを多用している。ただし、麻耶作品では、叙述トリックが組み合わされている場合が多く、クイーンとの関係が見えにくくなっている。そこで、大仕掛けな叙述トリックを用いていない『木製の王子』をサンプルとして考察しよう。比較の対象となるクイーン作品は、前述の『緋文字』である。

麻耶雄嵩の『木製の王子』の犯人は、世間に対して、偽りの家族関係を演出しようと考えた。そのため、家族に「一見ランダムだが実はシナリオ通りの行動」をとらせ、それがミステリ的なトリックに結びついていく。最後に探偵が、目に見える家族関係が偽りであることを指摘し、真の関係を明らかにして物語は終わる。

クイーンの『緋文字』の犯人は、世間に対して、偽りの夫婦関係（三角関係）を演出しようと考えた。そのため、妻に「ニューヨークの各地区をアルファベット順に移動」させ、それがミステリ的なプロットに結びついていく。最後に探偵が、目に見える三角関係が偽りであることを指摘し、真の関係を明らかにして物語は終わる。

と、こんな風に並べて書くと似ているのだが、読者が両作品を読んだ印象は大きく異なるに違いない。偽りの構図を生み出そうとする犯人の思考が、クイーン作品では自然だが、麻耶作品では不自然だからである。いや、正確に言うと、どちらも不自然なのだが、クイーンはそれを自然に見せかけようとしているのに対して、麻耶雄嵩は不自然なまま提示しているのだ。

『緋文字』の犯人ダークの動機は、妻マーサの財産である。「離婚すると自分には一銭も入らない→妻を殺すしかない→妻を殺せば殺人罪に問われる→夫が妻の浮気に逆上して殺した場合は罪は軽くなる→マーサは貞節なので浮気はしない→マーサが浮気をしているように見せかければよい→探偵エラリーを利用して偽りの不倫を演出する」という思考過程に従って、トリックを弄した。だからこそ、読者は解決篇で納得させられるわけである。

だが、『木製の王子』の犯人が偽りの家族関係を演出した理由については、「狂信者だから」で片付けられている。だからこそ、読者は解決篇で納得できないわけである。

この差は、作品における作者の狙いが異なるために生じている。

クイーンは——拙著『エラリー・クイーン論』で述べたように——〈意外な推理〉を描こうとしている。従って、構図のひっくり返しは作中探偵のエラリーの推理によって行われなければならない。となると、構図が偽りであることを示す手がかりや伏線が必要となり、さらには、犯人の動機も——探偵が推理できるように——自然なものが必要になる。

だが、麻耶雄嵩は構図のひっくり返しそれ自体の面白さを描こうとしている。従って、ひっくり返る構図は大仕掛けの方が面白いし、大仕掛けにすればするほど不自然さも増すことは避けられない。実際、『木製の王子』の探偵役・木更津は、この真相を推理で見抜いたわけではない。

さらに、前述した「叙述トリックの利用」もまた、作中探偵の推理を拒んでいる。麻耶作品の叙述トリックは読者に対してのみ仕掛けられているものが多いので、作中探偵が読者と同じデータを用いた推理ができなくなっているのだ。

クイーンも麻耶雄嵩も、「事件の構図をひっくり返す」アイデアを多用しているが、クイーンの場合は〝手段〟であるのに対して、麻耶雄嵩の場合は〝目的〟になっているのだ。

3　推　理

麻耶雄嵩の作品で描かれる推理だけを取り出して吟味したならば、クイーンとよく似ていることに気づくと思う。いや、おそらくは意図的に似せているのだ。長編ではあまり目立たないが、短編では比較的それがわかりやすくなっている。そこで、今度は短編「死人を起こす」（『メルカトルかく語りき』収録）を見てみよう。

本作では二つの殺人が描かれている。メルカトルはまず、第一の事件は実は事故死だったと説明し、その事故の原因は被害者の生野が〝蝶恐怖症〟だったからだと推理する。続けて、第二の事件はやはり殺人であること、現場の状況から犯人は蝶恐怖症であることを推理する。さらに、生きている事件関係者の中には蝶恐怖症の者はいないことを消去法を用いて証明。最後に、犯人は唯一残った蝶恐怖症の人物、すなわち第一の事件の被害者である生野だと指摘する。信じようとしない事件関係者に向かって、メルカトルは言い放つ。「論理は彼を指し示している」と――。

この推理が、クイーンのラジオドラマ「〈生き残りクラブ《ラストマン》〉の冒険」を模していることは、明らかだろう。

クイーンの作では一つの殺人と一つの殺人未遂が描かれている。エラリーはまず、第二の毒殺未遂事件の現場の状況から、犯人は〝赤緑色盲〟であることを推理する。続けて、生きている事件関係者の中には赤緑色盲の者はいないことを消去法を用いて証明。そして、犯人は唯一残った事件関係者、すなわち第一の事件の被害者であるビルだと指摘する。最後に、第一の事件は実は事故死だったと説明し、その事故の原因は被害者が赤緑色盲だったからだと推理する。「魔術《マジック》だ」と感心するクイーン警視たちに向かって、エラリーは言い放つ。「正真正銘の論理《ロジック》です」と――。

――と、ここまでは同じなのだが、「死人を起こす」には続きがある。ワトスン役の美袋に向かって、メルカトルは、生野の死亡は確認されているので、第二の事件の犯人ではあり得ないことを告げるのだ。犯人は事件関係者以外の人物であり、たまたま生野と同じ蝶恐怖症の持ち主だったに過ぎない、とも。そして、ここで読者は、「犯人は事件関係者の中にいる」と何の根拠もなく決めつけていたことを思い知らされ、意外性を味わうわけである。

では、「死人を起こす」は、クイーンの「〈生き残りクラブ《ラストマン》〉の冒険」の推理の穴を逆手にとった作品なのだろうか？　もちろん違う。クイーンの作では、毒を盛られた酒瓶の保管状況から、「犯人は事件関係者の中にいる」ことが特定されている。言い換えると、麻耶雄嵩は、クイーンの隙のない推理を支える土台に穴を開け、そこから崩していく作品を描いたわけである。クイーン的推理は否定していないのだ。むしろ、逆説的に肯定していると言ってよいだろう。「崩すために土台に穴を開けなければならない」ということは、「土台の上の建造物には欠陥がない」ことを示しているのだから。

こういった、「隙のない推理の土台に穴を作って崩した」短編を、もう一つ考察してみよう。これも『メルカトルかく語りき』に収録されている「答えのない絵本」である。

本作は、学園で起きた教師殺害事件をメルカトルが解く、という物語。この中で、メルカトルはクイーンばりの消去法推理を開陳し、すべての容疑者に犯行が不可能だったことを証明してしまう。しかも、自殺でも事故死でもない。「犯人はいないなんて、そんな解決は到底受け入れられん」という刑事に向かって、メルカトルは言い放つ。「それが唯一の答えだよ」と――。

では、「答えのない絵本」は、クイーン風の消去法推理を否定した作品なのだろうか？　もちろん違う。作中では描かれていないが、よく読むと、この消去法推理の土台には穴がある。言い換えると、麻耶雄嵩は、消去法推理の土台に穴があるので犯人が存在しなくなる作品を描いたわけである。消去法推理自体は否定していないのだ。むしろ、逆説的に肯定していると言ってよいだろう。

とはいえ、「作中では描かれていない」ので、私の考えすぎという可能性も否定できない。そこで、本書の読者の判断を仰ぐために、どんな穴がある（と私が考えている）のか、説明させてもらおう。

犯人は鳳明日香。メルカトルは明日香の父親であるヤクザから探偵の依頼を受けている。つまり、彼女が犯人だと指摘したら、報酬が手に入らず、下手をすれば「逆恨みの報復」を受けるかもしれないのだ（と、作中に書いてある）。そこで、意図的に穴のある推理を行って、彼女を消去したという次第。

タイムチャートによると、明日香が犯人ならば、犯行可能時刻は四時二〇分から三〇分までの間しかない。だが、メルカトルは「被害者である教師はこの時間帯にはＴＶアニメを見ていた↓

犯人が（テスト内容を知るために）教師の部屋に侵入する時にＴＶの音が聞こえたはず→犯人が音を聞いたならば部屋にまだ教師がいるかどうか確認したはず→だが犯人は確認せずに部屋に侵入して教師にとがめられて殺した→ゆえに殺害時刻は四時二〇分から三〇分の間ではない」という推理で、この時間帯を犯行時刻から外してしまう。

しかし、ここに穴があるのだ。それは、「ＴＶアニメ放映中に地震のテロップが画面に出て来るのが嫌になって被害者はＴＶを消した」という可能性。実際、被害者が地震直後の生徒との会話で「それよりもテロップだ。案外（揺れが）大きかったからな」と漏らしたシーンが描かれている。このシーンは、〝被害者は画面にテロップが入ることを気にしている〟というデータの提示としか思えない。加えて、このＴＶ放送は再放送で、被害者は既にＤＶＤを購入済み（つまり、テロップを我慢してまで観る必要はない）というデータも提示されている。メルカトルの推理に全く使われていないデータをわざわざ書き込んだということ自体が、作者が意図的に別解の余地を残した証拠と言えるだろう。

前節では、クイーンも麻耶雄嵩も、「事件の構図をひっくり返す」アイデアを多用しているが、その目的が異なっていることを述べた。そして、全く同じ事が〝推理〟についても言える。クイーンが「隙のない推理それ自体の面白さ」を描こうとしているのに対して、麻耶雄嵩は「推理の隙を突いてひっくり返す面白さ」を描こうとしているのだ。

そして、この目的の差が、これまた前節で触れた「叙述トリックの利用」の有無に結びついていく。麻耶雄嵩が推理に力点を置いた短編においても叙述トリックを用いる理由は、まさにここにある。

「隙のない推理」をひっくり返すことは、理論上は不可能である。——だが、叙述トリックを用いると、この不可能は可能になるのだ。

麻耶作品を例に挙げるならば、『貴族探偵』に収められている「ウィーンの森の物語」が好例だろう。(実は、この短編集の別作品の方がずっと巧妙だが、あまりにも巧妙すぎて、短くまとめて紹介できない。)

本作の冒頭では、犯人が密室トリックを実行するシーンが(犯人の名前は伏せて)描かれている。ドアに外から鍵をかけた後、その鍵を糸を使って密室内に戻すことには成功。だが、糸が回収時に切れてしまい、密室内にトリックの痕跡が残ってしまう。そして、その後に描かれた殺人の発見シーンでは、現場の密室内に途中で切れた糸がついた鍵があるのが見つかるのだった……。

ここで読者が推理をめぐらすと、犯人について「(現場に残された鍵以外には)鍵を持っていない人物」という条件を導きだすことができる。密室内に残したものとは別の鍵を持っているなら、それを使って密室に残ってしまった糸を回収したはずだからだ。いや、そもそも自分が第二の鍵を持っているなら、糸を使って第一の鍵を密室内に戻す必要はない。第一の鍵を現場に残してから、第二の鍵でドアを閉めればいいではないか。いやいや、そもそも犯人が第二の鍵を持っていたなら、現場を密室にしても何のメリットもないのだ。いやいやいや、警察は「現場を密室にできたのは別の鍵を持っている人物だ」と考えるに違いないので、デメリットしかないではないか。

だが、解決篇では、何と、犯人は第二の鍵を持っている人物であることが明かされる。冒頭のシーンの後で、犯人は第二の鍵で密室を開け、現場に残された糸を回収して、代わりに別の糸を残しておいたのだ。（犯人がなぜこんな不自然な行為をしたかについては、作者は手の込んだ理由を用意しているが、長くなるので割愛する。ただし、犯人には読者を欺こうとする意図はないことだけは、ここに書いておこう。）つまり、冒頭のシーンは、犯行の一部しか描いていなかったのだ。確かに、このシーンが犯行のすべてだとすれば、前述の推理は隙のないものだと言える。だがそれは、叙述トリックによって植え付けられた、偽りの前提条件に基づいた推理なのだ。ゆえにこの推理は、叙述トリックを仕掛けられていない作中探偵によって、ひっくり返されることになる。――のだが、読みながら推理をしない読者にとっては、単なる叙述トリックものにしか見えないだろう。麻耶雄嵩がクイーンばりの推理を描いているのに、この点をさほど評価されない理由は、ここにもあるのだ。

ちなみに、隙のない推理をひっくり返す方法はもう一つある。それは、隙のない推理が犯人の用意したものであった場合。名探偵に匹敵する知力を持つ犯人が、他者に罪を転嫁しようと考えて偽の手がかりをばらまいた場合、この偽の手がかりだけを用いた推理は、隙のないものになる。しかも、推理に隙はないにもかかわらず、下した結論は真相ではない。まさに、推理がひっくり返ったわけである。これは、クイーンが『ギリシア棺の謎』で考案し、その後もいくつかの作品で用いているアイデアである。麻耶雄嵩の場合は、デビュー作の『翼ある闇』でこのアイデアを部分的に用いた後、『隻眼の少女』では本格的に取り組んでいる。ただし、この長編については、第五節で考察しているので、本節では省略させてほしい。

4　探偵

ここまで考察してきたように、麻耶雄嵩とクイーンは、プロットと推理に関して似たことを試みてはいても、その成果は大きく異なっている。しかし、〝探偵〟に関しては、成果までほぼ同じである。

麻耶雄嵩の生み出した探偵と、クイーンの生み出した探偵の共通点――それは、「事件を変える」という点に他ならない。ただし、厳密に言うならば、クイーンの〝探偵〟の内、麻耶雄嵩の探偵の同類はドルリー・レーンだけである。探偵エラリーも事件を変えることはあるのだが、ほとんどは自らの意志によるものではないため、「事件に振り回される」と言った方がいい。これに対してレーンは、まぎれもなく、主体的に事件を変える、いや、「事件を振り回す」探偵なのである。

まずは、レーンの方から見ていくことにしよう。

『Xの悲劇』の初登場のシーンで、元俳優のレーンはこう語る。

「これまでわたしは人形遣いの糸に操られてきましたが、いまはおのれの手でその糸を操りたい衝動を覚えています。作り物のドラマではなく、より偉大な創造主の手になる実社会のドラマのなかで」

このセリフは、どう見ても「他人の起こした事件を解明する」探偵のものではない。まるで、「自ら事件を起こす」犯人のセリフではないか。……と言いたいところだが、実は、名探偵にこそふさわしいセリフだとも言える。というのも、レーンが他人を動かすために用いる力は、腕力でも財力でも権力でもなく、推理力だからだ。

名探偵がその卓越した推理力を用いて、自分一人だけ真相を見抜いた場合、大きな力を手に入れたことになる。さながら、麻耶作品『神様ゲーム』に登場する鈴木君が、奇跡を起こさずとも、誰も知らないことを知っているだけで〝神様〟と見なされるように、名探偵は神の位置に立つのだ。

例えば、探偵が次の犠牲者を推理できた場合、この犠牲者の生死を決める力は、犯人から探偵に移る。殺人を実行しようとして探偵に阻止された時、犯人は思い知らされるのだ――自分が持っていたはずの被害者の生殺与奪の権利が、探偵に奪われていたことを。

例えば、探偵が犯人を推理できた場合、それを明かすか明かさないか、あるいはどんなタイミングで明かすかを、探偵は自由に決めることができる。言い換えると、犯人の生殺与奪の権利を探偵が握ることになるのだ。

いや、探偵が手に入れるのは、犯人の生殺与奪の権利だけではない。犯人を利用して自分の殺したい相手を葬ったり、便乗殺人を犯したり、他人に罪を着せたり、といった行為さえも、自由に行うことができる。例えば、探偵がA氏を殺したい場合、犯人に「A氏は犯人にとって致命的な証拠を握っている」と思わせれば、犯人はA氏を殺害しようとするに違いない。

それでは、レーンがどのように事件を振り回してきたか、具体的に見てみよう。

『Xの悲劇』では、サム警視とブルーノ検事から事件の話を聞いたレーンは、その卓越した推理力で、たちどころに犯人を見抜く。だが、それを——さしたる理由もなく——二人に明かさず、いたずらに解決を遅延させる。レーンは、「自分だけが犯人を知っている」状態を長引かせたかったのだ。

続いて、第三の被害者となる可能性が高いドウィットに向かって、レーンは〝ダイイング・メッセージ講義〟を語り出し、「人間が自分の命を狙う相手に直面したときに、いかに漠たるものであれ、加害者の正体を示す手がかりを残すことができたら、犯罪と刑罰の問題はずいぶん簡単になることだろう」と締めくくる。要するにレーンは、「おまえはもうすぐ殺されるからダイイング・メッセージを残しておけ。そうすれば私が犯人を突きとめてやる」と言っているのだ。そして、レーンの目論見通りにドウィットは動いた。殺される直前に〝X〟のメッセージを残し、事件はダイイング・メッセージものに形を変えたのだ。

『Yの悲劇』では、自らの卓越した推理で突きとめた犯人を——わずか十三歳の少年ジャッキーを——「生きる資格のない人間」だと言い放ち、殺害してしまう。しかも、ジャッキーも連続殺人の被害者であるかのように見せかけて殺したため、警察と読者を真相から遠ざけてしまう。

『Zの悲劇』では、はっきり書いてはいないが、エアロン・ダウの脱獄計画を知っていながら、わざと見逃したようだ。この時点では事件が膠着状態に陥っていたため、あえてダウを脱獄させて状況を変えようとしたのだろう。

そして、『レーン最後の事件』では、ついに自らの私利私欲のために、殺人を起こしてしまう。……という具合に、まさにやりたい放題である。レーンは誰もが気づかない真相を見抜き、それを利用して事件に介入していく。そして、事件の解決を遅延させ、事件の形を変え、事件に偽の解決を与え、事件に便乗し、そして自ら事件を起こすのである。

麻耶雄嵩の場合、「事件の解決を遅延させ、事件の形を変え、事件に偽の解決を与え、事件に便乗し」の部分は、主にメルカトル鮎が担当している。前述の「死人を起こす」や「答えのない絵本」でわかる通り、メルカトルものの短編は、彼が介入しなければ、事件の形や解決が、全く別のものになっていたことは、明らかだろう（おっと、メルカトルが意図的に「介入しないこと」を選ぶ短編もあったな）。

ただし、メルカトルは『レーン最後の事件』のように、主体的に殺人を犯すことはない（おっと、一作だけ例外があったかな?）。こちらの役割は一作限りの探偵役が受け持つことになる。当たり前の話だが、探偵役が主体的に殺人を犯した場合、次作以降への登場が難しくなるからだ（おっと、一人だけ例外がいたかな?）。作品名は挙げないが、麻耶作品の愛読者ならば、探偵役が犯人を務める比率が――他の作家と比べて――異様に高いことに気づいているだろう。

5 『隻眼の少女』

前節まで見てきたように、麻耶雄嵩は、クイーンを主題として扱い、クイーン風の物語を組み立て、クイーン的な推理を描き、クイーンのような探偵を登場させてきた。そして二〇一〇年に、それらすべてを盛り込んだ長編『隻眼の少女』を発表した。本作が多くの人たちから麻耶雄嵩の代表作と見なされ、高い評価を与えられ、「これまでの作品の集大成」とまで言われていることは、ファンならご存じだろう。だが、それと同時に、これまでの長短編で描いてきた〝クイーン的な要素〟の集大成とも言える作品でもあるのだ。

《主題》

第一節と第三節で述べたように、本作の主題は、クイーンの『ギリシア棺の謎』に登場する「手がかりの真偽問題」である。正確に言うならば、「狡猾な犯人が（警察ではなく）名探偵を偽の解決に導く偽の手がかりをばらまいた場合、名探偵はその真偽を特定することができるかという問題」となる。この問題を〈後期クイーン的問題〉と呼ぶ場合もあるが、私はもう少し広い意味で後者の言葉を使っているので、本章では「手がかりの真偽問題」とさせてもらいたい。

では、この二作は、その問題にどのように挑んでいるのだろうか？　まずは、『ギリシア棺の謎』のプロットから見てみよう。
①本作は名探偵エラリーの〈最初の事件〉となっている。
②最初に、遺言状紛失事件が発生。エラリーはここで論理的な推理を披露して、遺言状の隠し場所を突きとめる。
③ところが、遺言状の隠し場所には死体があり、事件は殺人事件となる。
④そして、エラリーは犯行現場にあったいくつもの手がかりから、犯人はハルキスだと推理。ここで事件は解決したかのように見える。
⑤だが、推理に使った手がかりは事件の日よりも後に細工されたものであることが判明する。エラリーは、彼の推理法を知っている犯人に欺かれたのだ。
⑥エラリーは第二、第三の偽装を試みる犯人の裏をかき、真相を推理する。
次は、『隻眼の少女』のプロット。
①本作は名探偵・御陵《みささぎ》みかげ（二代目）の〈最初の事件〉となっている。
②第一の殺人事件が発生。みかげはここで論理的な推理を披露して、犯人が琴折《ことさき》家の住人の誰かであることを証明する。
③続いて第二の殺人が起き、事件は連続殺人となる。
④そして、みかげは犯行現場にあったいくつもの手がかりから、犯人はスガルだと推理。ここで事件は解決したかのように見える。
⑤だが、十八年後、三代目みかげの前で同じ手口で新たな殺人が起こる。二代目みかげは彼女

の推理法を知っている犯人に欺かれたのだ。
⑥三代目みかげは第二、第三の偽装を試みる犯人の裏をかき、真相を推理する。
この内、④から⑥までは、「手がかりの真偽問題」を主題とした場合の、当然のストーリー展開だろう。探偵が一度は偽の手がかりに欺かれなければ（④）、この問題は発生しない。そして、欺かれたことが判明した時点で（⑤）、この問題が読者の前に提示されることになる。最後に、探偵がこの問題に対する解決を示して（⑥）、ようやく物語は終わりを告げる。

よって、ここで注目すべきは、①と②になる。なぜ、クイーンも麻耶雄嵩も、〝名探偵最初の事件〟という設定を導入し、冒頭で名探偵が推理を披露するシーンを描いたのだろうか？

理由は、手がかりの真偽問題の〝解決策〟にある。当たり前の話だが、犯人が名探偵を偽の解決に誤導するためには、名探偵の推理法を知っていなければならない。だが、名探偵の活躍ぶりが世間に知られていたならば、推理法も知られていることになる。だとしたら、偽の手がかりを作り出すことができる人物、すなわち容疑者が大勢になってしまう。これでは、真犯人を特定する推理が、組み立てにくくなることは避けられない。

だが、「名探偵最初の事件」という設定にすれば、どうだろうか？　名探偵の推理法を知っている人物は、名探偵と親しい人物か、②のシーンを――名探偵が推理を披露するシーンを――目撃した人物に限られるではないか。つまり、真犯人を特定する推理が、ずっと組み立てやすくなるのだ。実際、事件が解決してみると、この二作の犯人は、「名探偵の推理法を知っている人たちのグループ」に属していたことが明らかになる。

つまり、クイーンも麻耶雄嵩も、「手がかりの真偽問題」という難題に対して、同じ解決法を用いているのだ。（ただし、全く同じではない。それについては後述する。）

《物語と探偵》

本作には、クイーンと麻耶が得意とする「事件の構図をひっくり返す」アイデアも導入されている。実は、真犯人は二代目みかげだったのだ。つまり、彼女は「偽の手がかりに翻弄される探偵」ではなく、「自分の偽の推理に都合のよい手がかりをばらまく犯人」だったのである。麻耶作品でおなじみの〈探偵イコール犯人〉トリックが、またしても使われている――と言ってしまうと、重要なポイントを見失ってしまう。前に述べたように、名探偵を欺くために偽の手がかりをばらまく犯人は、その名探偵の推理法を知っていなければならない。だとしたら、その本人以上に、名探偵の推理法を知り尽くしている者は存在するだろうか。つまり、本作では〈探偵イコール犯人〉トリックが、「名探偵を欺くための知識と能力を持つ人物が犯人である」というロジックと連係するために使われているのである。

とはいえ、このトリックを用いた場合、「探偵自身が偽の手がかりをばらまいて、それを使って推理するならば、『手がかりの真偽問題』は発生しないではないか」という批判が出ることは避けられない。だが、これは二代目みかげに対してしか当てはまらない批判である。十八年前の事件の時には生まれていなかった三代目みかげは犯人ではあり得ない。その上、犯人（二代目みかげ）が、現在の事件では三代目を欺くために偽の手がかりをばらまいていることも明らかである。となれば、三代目みかげにとっては、「手がかりの真偽問題」は発生することになる。そしてもちろん、二代目みかげは、「三代目みかげの推理法を知っている人たちのグループ」に属しているわけである。

《推理》

三代目みかげが〈真の手がかり〉として犯人を特定した推理は、二つある。

一つめは、「犯人が犯行時に戸口を利用しなかったのはなぜか？」という疑問を起点にした推理。「効率的に犯行を行うならば戸口を利用した方がいい→しかし犯人は利用しなかった→犯人は五年前の改築で戸口がつけられたことを知らない人物である」という流れで犯人の範囲を狭めていく。言うまでもなく、これは、「犯人は合理的な行動をとるはず」という、クイーンの〈国名シリーズ〉などでおなじみの前提を用いている。

そして、この手がかりが真であることを確定するための推理は、「これが偽の手がかりだとすれば、犯人は五年前の改築を知らない人物に罪を着せようとしていることになる→だが、容疑者の中には改築を知らない人物は存在しない→ゆえにこれは真の手がかりである」という流れになっている。言うまでもなく、これは、「犯人は自分にメリットのない偽の手がかりを作り出したりはしない」という、クイーンの『ギリシア棺』などでおなじみの論理を用いている。

二つめの推理は、「犯人がスペースのない右側から神壇の下をのぞいたように見せかけたのはなぜか?」という疑問を起点にした推理。一回ひねっているのでわかりにくいが、これは、「犯人が犯行時に鳴りだした目覚まし時計を止めなかったのは耳が不自由だったため」という、『レーン最後の事件』に登場する推理の変形である。

では、どのように〝一回ひねっている〟のかというと、犯人が「左側から神壇の下をのぞいたように見せかけると、『犯人は左目が見えないので右側からはのぞけなかった』という推理をされる危険がある」と考えたこと。つまり犯人は、「左側からのぞいたように見せかけると、探偵側に『レーン最後の事件』のような推理をされる危険がある」と考えたのだ。いやいや、これはどう見ても考えすぎだろう。だが、その考えすぎが、〈真の手がかり〉を残してしまったのだ。それにしても、「犯人が偽の手がかりを残す際に考えすぎて真の手がかりを残してしまう」というのは、皮肉に満ちていて、実に面白い。ひょっとして作者は、「手がかりの真偽問題」が、探偵のみならず犯人にも発生する事態を描きたかったのだろうか……。

話を戻すと、クイーン風推理は、これ以外にもいくつも見いだすことができる。だが、それは当たり前の話なのだ。犯人が偽の手がかりをばらまいて探偵の推理を誤導する物語を描こうとすれば、その探偵の推理はクイーン風でなければならない。メルカトルのようにわざと推理を間違えたりねじ曲げたりする探偵では、犯人はあやつりにくいではないか。

推理がらみでのクイーン的な要素は他にもある。例えば、前述の「犯人は五年前の改築を知らない人物である」という推理を見てみよう。実は、犯人である二代目みかげは、改築を知っていたのだ。ならばなぜ戸口を使わなかったかといえば、三代目みかげがこの手がかりを基に推理して自分（二代目みかげ）が犯人だと見抜けるように、という考えを持っていたからである。つまりこれは、クイーンが自作で何度も用いている「真の犯人を指し示す偽の手がかり」のバリエーションなのだ。

もう一つだけ挙げておこう。本作では、「二代目みかげは十八年前の事件の後に死んだように見せかける」というトリックが用いられている。これはもちろん、三代目みかげや読者が犯人を推理する際に、二代目みかげを容疑者グループから外すように誤導するため。探偵や読者が推理を重ねて犯人の条件を見つけ出したとしても、それを死者に適用したりはしないからだ。

そして、これはクイーンお得意のトリックでもある。どれくらい得意かというと、クイーン研究家のF・M・ネヴィンズが、このトリックを語るために「バールストン先攻法《ギャンビット》」という用語を作り出したくらいなのだ。また、二代目みかげは自分の〝影武者〟を身代わりとして殺害したので、こちらに着目するならば、クイーンの〈国名シリーズ〉の一作と全く同じトリックだとも言えるだろう。

おわりに

ここまで見てきたように、麻耶雄嵩の作品にはクイーン的な要素があふれている。ただし、作者はそういったクイーン的な要素にひねりを加えているため、受ける印象はかなり異なっている。

だが、クイーン的な要素を理解していない者が、クイーン的な要素にひねりを加えることができるだろうか。麻耶雄嵩は、さまざまなクイーン的要素を深く理解し、その理解を基に、クイーンの「事件を振り回す」名探偵ドルリー・レーンの存在を極限まで肥大化させたのだ。その結果として、レーン以上に事件を振り回すユニークな探偵、メルカトル鮎が生み出され、探偵が犯罪を犯すいくつものユニークな作品が生み出されることになった。

麻耶雄嵩もまた、〈クイーンの騎士〉の一人なのだ。

第十章

その他の作家

女王という標石

[本章で真相等に触れている作品]　Ｅ・クイーン『チャイナ橙の謎』。青崎有吾『体育館の殺人』。芦辺拓『裁判員法廷』『綺想宮殺人事件』。歌野晶午『葉桜の季節に君を想うということ』『密室殺人ゲーム王手飛車取り』。城平京『虚構推理　鋼人七瀬』。殊能将之『黒い仏』。氷川透『最後から二番めの真実』。

はじめに

ここまで九人の作家を取り上げ、クイーンとからめて考察してきた。本章では、それ以外の作家について簡単に触れることにする。諸事情により一章割けなかった作家については、多少長めに語らせてもらいたい。また、クイーンが編集する「ＥＱＭＭ（エラリー・クイーンズ・ミステリマガジン）」が日本の作家に与えた影響もかなり大きいのだが、紙数の都合もあり、今回は対象外とする。

なお、私の読書量は豊富とは言い難い上に、読書対象も片寄っている。そのため、以下の文章は、特に断りがないものでも、頭に「私の読んだ範囲では」を付けてほしい。

1　戦前デビューの作家たち

戦前に紹介されたクイーン長編は、すべて抄訳だった。もちろん、他の海外作家も同様だが、クイーン作品の場合は、伏線や手がかりや推理がカットされるということは、かなりのマイナスである。加えて、訳者の無理解により、〈レーン四部作〉の最初の邦訳が『レーン最後の事件』だったり、『フランス白粉の謎』の犯人が違ったり、『ギリシア棺の謎』などの挑戦状がカットされたり、と悲惨な目に遭っている。このため、大部分の日本作家は、クイーンの魅力を充分に味わうことができず、当然のこととして、大した影響は受けていない。

また、戦前はヴァン・ダインの影響が大きく、クイーンは「ヴァン・ダインの亜流」と見られていたことも、評価の低さにつながったと思われる［注］。実際、浜尾四郎の『殺人鬼』にしろ、小栗虫太郎の『黒死館殺人事件』にしろ、クイーンではなくヴァン・ダインの影響下に書かれた作品である。

さすがに戦後になると、角田喜久雄が「Yの悲劇」を書いたり、江戸川乱歩がミステリ研究家・編集者としてのクイーンの影響を受けたりしている（「宝石」誌の編集をしていた時期に、「エラリー・クイーンズ・ミステリマガジン」をもじった「エドガワ・ランポズ・ミステリマガジン」という副題をつけていたのは有名な話である）が、「大きな影響を受けていた」とは言い難い。

私見では、本書で取り上げておきたい戦前の作家は、次の二人である。

まず一人めは**海野十三**。

あくまでも個人的な感想だが、戦前に最もクイーン的な作品を書いた作家は、甲賀三郎でも大阪圭吉でもなく、海野だろう。「人間灰」の死体消失トリックの背後に別のトリックを隠す手際といい、「振動魔」の〈あやつり〉の使い方といい、「省線電車の射撃手」の弾道をめぐる『アメリカ銃の謎』ばりの推理といい、クイーンを彷彿させる作品が多いからである。もっとも、発表年代から考えると、クイーンを意識したのではなく、（第三章で取り上げた松本清張のように）作家としての資質にクイーンと重なる部分があったのだろう。また、戦後には『地獄の使者』という、初期クイーン風の――警察の捜査を軸にした――本格ミステリ長編を書いているが、こちらはクイーンというよりは、ヴァン・ダインを意識したと思われる。

注目すべきもう一人の作家は、**木々高太郎**。木々は「探偵小説芸術論」で知られるが、これはあくまでも理想論に過ぎない。現実論としては、「探偵小説は、一度読まれて、そして直ちに捨てられるものであってはならぬ」「月々の雑誌で読み捨てられ、読んでいるうちは面白いが、二度と再び読む気がしない、探偵実話や、探偵記事と、同じものであってはならなぬ」（共に『人生の阿呆』序文より）という程度である。

そして、その理想を追求すべく執筆した『人生の阿呆』には、ヴァン・ダインの『ベンスン殺人事件』を意識したと思われる弾道をめぐる推理が登場。そして、さらに読み進めると、以下の文章が出てくる。

読者諸君への挑戦

『人生の阿呆』は、すべての鍵を、この回までにすっかり出しました。だから、読者諸君には、論理的に、すでに充分犯人を指摘することが出来る筈です。

これは誰がどう見ても、〈読者への挑戦〉ではないか。つまり、木々の理想の探偵小説には、クイーンの〈国名シリーズ〉と重なる部分があるのだ。

さらに、木々は戦後に再びこの理想を追求するシリーズを開始するが、それは――完成したなら――クイーンの〈レーン四部作〉にちなんだ、『美の悲劇』『真の悲劇』『善の悲劇』の三部作になる予定だったのだ。

木々の「理想の探偵小説」に見えるクイーンの影は、それだけではない。再び『人生の阿呆』の序文を見てみよう。

この作は、その新らしい形式を求むる、一つの試みとして、この小説の主人公である良吉という青年を、純粋の体験描写（主観描写）で描いてみた。由来、探偵小説は、すべての人物を、現実描写（客観描写）で描かねばならぬというのが従来の形式であり、もし、体験描写を許すならば、それは、単なるワトソンとして描かなくてはならぬというのが、ドイル＝ヴァン・ダインの法則である。しかしこの作者は、今や、その金科玉条に対して、反逆の一矢を、放ったのである。

作者自らが言うように、『人生の阿呆』の叙述は、ドイルやヴァン・ダインのようなワトスン役の一人称ではない。神の視点からの三人称でもない。特定の作中人物視点からの三人称である。そして、もちろんこれは、作中探偵であるエラリー視点で描かれるクイーン作品と同じだ。ただし、『人生の阿呆』の良吉は事件と深いかかわりを持っているので、国名シリーズよりは、中期のライツヴィルものに近いと言えるだろう（実は、ライツヴィルもの同様、良吉の存在が犯罪に影響を与えているのだ）。

本人は意識していないだろうが、木々の目指した「理想の探偵小説」とは、クイーンの国名シリーズとライツヴィルものをミックスした作風に近いものだったのかもしれない。

[注]『オランダ靴の謎』の本邦初紹介時（「探偵小説」誌一九三二年四月号）に、編集長・横溝正史は甲賀三郎、江戸川乱歩、大田黒元雄、海野十三の四人に原書を回して感想を書いてもらった。さらに、横溝自身も編集後記でクイーンに触れ、森下雨村も別のエッセイでクイーンに言及している。そして、驚くべきことに、六人ともヴァン・ダインと比較しているのだ。当時のクイーンがヴァン・ダインの亜流と見られていたことは、この点からも明らかだろう。

2　戦後～綾辻行人デビューまでの作家たち

戦後デビューの作家の多くは、ほぼ完訳といえる形で紹介されたクイーン作品に親しんでいる。そのため、クイーンの魅力に惹かれ、高く評価する作家は少なくない。ただし、クイーン風の作品を描こうとした作家は、ほとんどいない。

その理由について、クイーンを高く評価し、「クイーンに〝洗脳〟されたあとでは、一般小説の作者が、ひどく頭が悪いように思えたものだった」とまで言い切る森村誠一は、こう語っている（「本格的クイーンと本格風を狙う私」より）。

私自身、いつの間にか読む側から書く側にまわったいま、とてもじゃないが、（クイーンのような）本格的推理小説は書いていけないことを知った。従って、私は、本格風推理小説を書いていくつもりである。ただしここでも的と風の価値を比べるつもりはない。

同様のことは、仁木悦子も言っている。まず、『黒いリボン』の「あとがきの代わりに」では、〝作中の〟仁木悦子の口を借りて、「わたし、世界のミステリー作家の中で、一番本格派らしい人はエラリー・クイーンだと思うの」と語っている。ただし、この作が『仁木兄妹長篇全集②』に収録された際には、「世界で一番本格派らしい人はクイーンだといまでもそう思い、尊敬もしていますが、好きで読むという段になると、私はもう、あの緻密な論理の積み重ねで構築されたお城のようなクイーンの作品を最後まで読み通す根気がなくなってしまいました」と語ってもいる。

私は、この時期の作家の書いたエッセイを読んで、「へえ、この作家もクイーン・ファンなんだ」と驚くことが少なくない。理由はもちろん、その作家の作品がクイーンとはほど遠い作風だからだ。綾辻以降の本格ミステリ作家の作風が、好きな作家の作風とほとんど一致している点と比べると、実に興味深い。

この時期で一番多いのが、クイーン作品のパーツだけを使った作家。彼らは、クイーン作品のトリックやプロットや手がかりや趣向だけを自作に取り込んでいる。

例えば、戸板康二の〈中村雅楽シリーズ〉の探偵役の設定は――作者自身も認めているように――ドルリー・レーンを意識したものである。あるいは、西村京太郎の『名探偵なんか怖くない』で始まるシリーズには、名探偵のエラリー・クイーンがそのまま登場する。あるいは、大谷羊太郎の『殺意の演奏』で『チャイナ橙の謎』が引用され、幾瀬勝彬の『死のマークはX』で『Xの悲劇』が引用される。あるいは、「神の灯」の家屋消失トリックに何人もの作家が挑む。あるいは、『〇の悲劇』や国名シリーズ風の題名を付ける。――ただし、彼らの作品は、あくまでも〝引用〟に留まり、レーンやエラリーや『チャイナ橙の謎』や『Xの悲劇』に新しい光を当てているわけではない。

この時期の作家では、三人を取り上げ、内一人は一節を割くことにしたい。

一人めの**高木彬光**が「クイーンを意識した作品」と公言しているのは、〈レーン四部作〉に挑んだ〈墨野朧人シリーズ〉。最終作『仮面よ、さらば』で明らかになる趣向と（シリーズにまたがる）伏線は、クイーン作品、というよりは、本格ミステリにおける名探偵とワトスン役に対しての批判にもなっている。作者の脳梗塞による中断と創作力の衰えがなければ、本格ミステリの歴史に残る傑作になっていたに違いない。

そもそも、高木はその作家活動において――有栖川有栖の章で述べたように――名探偵・神津恭介のヒーロー化を推し進めてきた。日本を代表する時代劇ヒーローである水戸黄門に「黄門をかたる偽者が登場する」エピソードがあるように、神津恭介の偽者が登場する話まで存在する。そしてその結果として、興味深いことに、クイーンが中期に多用した「犯人が名探偵の介入を前提とした計画を立てる」というプロットの作品をいくつも書くことになった。前述の〈墨野朧人シリーズ〉も、このプロットの変形と言えるのだ。

二人めの**栗本薫**は、クイーン・ファンを公言しているが、実作にはさほど反映していないように見える。例えば、〈伊集院大介シリーズ〉には挑戦状付きの作もあるが、クイーンほどフェアプレイについて考え抜いているわけではなく、「やってみたかったから」程度にしか感じられない（SFパロディ『エーリアン殺人事件』の挑戦状が一番面白いのでは？）。〈ぼくらシリーズ〉での〝作者と同名の探偵兼記述者〟という設定もまた、本格ミステリにおける叙述について考え抜いた結果ではなく、「クイーンみたいなことをやってみたかったから」に過ぎないように思われる。ただし、栗本薫は――私の読んだ範囲では――一作だけ、本章で取り上げたい長編を書いている。それが、『ぼくらの世界』である。

本書はプロットだけ見ると、鮎川哲也の『死者を笞打て』とよく似ている。どちらもミステリ業界で起きた殺人事件を、作者と同名の探偵作家が追うという筋で、真相にも重なる部分を見いだすことができる。だが、この二長編は、題名にもある「世界」が異なっている。本作で言う「世界」とは、『死者を笞打て』とは異なり、「ミステリ作家の世界」のことではない。「ミステリ・ファンの世界」なのだ。そして、この「世界」で最も大きな存在はエラリー・クイーンであり、作中にはクイーン作品に見立てた殺人も登場。要するに、探偵も被害者も○○も、そろってクイーン・ファンなのだ。この「ミステリ・ファンにとって居心地のいい世界での事件」という設定は、新本格の先駆だと見なしても間違いではないだろう。

ただし、これはあくまでも作中の世界だけを比べての話。新本格の場合は、作品外、すなわち作者と読者の間にも「私（作者）もあなた（読者）もお互いに知ってるよね」的な居心地のいい世界が生まれているのだが、それが『ぼくらの世界』には存在しない。

例えば、物語の中盤。作中の栗本薫は、警察に向かって「みなさんは、エラリー・クイーンなんて、読んだことはないんでしょうね」と言って、クイーンについて説明を始める。――「エラリー・クイーンとは何か、について説明しなくちゃならない、とはね！」と思いながら。続いて、クイーンとレックス・スタウト見立ての事件の説明の中では、「ふつうの人がきいたって、ぜんぜん、何のことかわかりっこない」、「問題は、いまこうしてごらんになったとおり、ぼくにはわかる、ということなんですよね」と言う。つまり、ミステリ・ファンは、「ふつうの人（前文の傍点は作者によるもの）」ではないのだ。一方、第五章の考察で、綾辻行人が想定する『十角館の殺人』の読者は、クリスティの『そして誰もいなくなった』を読んでいることを、私は指摘している。この違いが、栗本薫が新本格の先駆者に留まった理由である。

3　都筑道夫

三人めは都筑道夫。彼の評論『黄色い部屋はいかに改装されたか?』が、本格ミステリを語る上でエポックメイキングな評論であることに異論をはさむ者はいないだろう。そして、クイーンを語る者にとっては、バイブルとも言える本であることに反対する者もいないだろう。個人的な話で恐縮だが、私の『エラリー・クイーン論』は、この本の「トリックよりロジックを」という主張に、多くを負っている。

そして、作家・都筑道夫は、「どうもこれまで、いちばん理想的な推理小説を書こうとしていた作家は、エラリイ・クイーンということになるようです。いわゆる国名シリーズを書いていたころのクイーンです」「ですから、長編の理想はエラリイ・クイーンの国名シリーズ、短編の理想はG・K・チェスタトンのブラウン神父シリーズ、というのが、過去のパズラー作家たちに対する私の結論で、実作家としての私の問題は、その態度でいかに今日的衣装をまとうか、ということになりましょう」と語り、数々の優れた本格ミステリを生み出している。——ただし、実作を子細に見ると、「クイーンの国名シリーズ」的な作品は描いていない。いや、正確に言うと、クイーンの多彩なロジックの内、たった一種類だけを重点的に描いているのだ。もちろんそれは、「ホワイに重点をおいて、その解明に論理のアクロバットを用意する」タイプに他ならない。

この「ホワイに重点をおいた」タイプを都筑が初めて(意図的に)実践したのは、『キリオン・

スレイの生活と推理』。単行本にする際に収録短編を改題して、すべて「なぜ〜」で統一したことからも、作者の狙いは明らかだろう。その後も、このタイプの作品を書き続け、いくつもの傑作を生み出してきた。

ただし、クイーンの描く魅力的なロジックは、ホワイの謎に対するものだけではない。多数の容疑者から一人に絞り込むロジックもあれば、ささいな手がかりから犯人のトリックをあばくロジックもあれば、複数の手がかりを組み合わせるロジックもある。それなのに、なぜこちらのタイプは描かないのだろうか？　トリック無用論を唱えたので「トリックをあばくロジック」は描けないとしても、犯人を特定するためのロジックは描いてもいいのではないだろうか。

この疑問を解くためにいくつかの作品を読み直してみると、回答らしきものが見えてきた。どうやら、都筑道夫は――クイーンや鮎川哲也などに比べて――手がかりの案出が苦手らしいのだ。例えば、『七十五羽の烏』のメインとなるカードの手がかりを見てみよう。「なぜカードが逆さまになっていたか？」というホワイの謎から犯人のある属性を導き出す手際は、実に鮮やかである。しかし、その属性を持つ人物がX氏ただ一人だという結論を手がかりから導き出す手際は、鮮やかとはほど遠い。というか、納得できないのだ。

あるいは、『最長不倒距離』を見てみよう。乾燥室の鍵の位置と帳簿の状態から犯人像を浮かび上がらせる推理は、明らかにクイーンの〈国名シリーズ〉的な推理を狙ったものである。だが、おせじにもクイーンに匹敵する緻密さだとは言い難い。作者もそう考えたらしく、この推理をクライマックスよりずっと前に披露してしまうのだ。

そして、この二長編で見られる、小見出しの文や「口絵がわりの抜粋シーン」を使った手がかりの提示を見てみよう。これらは確かに読者に与えられた手がかりではあるが、メタレベルに存在するため、作中人物は見ることができない。つまり、探偵役の推理に使われない手がかりだ。逆に言うと、作者が「探偵役が推理で使う手がかりだけでは読者が不満を感じる」と考えたからこそ、メタレベルから読者に手がかりを提示したのだ。また、小見出しの方には読者をミスリードするものもあるが、こちらは逆に、探偵役が欺かれることはない。つまり、探偵と読者の得る情報に差が生じているのだ。クイーンが探偵と読者の得る情報を一致させることに心を砕いているのとは、対照的である。この点を、都筑が巧妙な手がかりの案出を苦手にしている根拠としても、的はずれではないと思われる。

かくして、都筑が一九七〇年以降に発表した本格ミステリは、「奇抜な状況が生じた理由を解き明かすロジック」に特化した話が主流になった。いや、『雪崩連太郎幻視行』や『にぎやかな悪霊たち』といった、本格ミステリ以外のジャンルの作品まで、このタイプが主流になったのだ。そして、あまりにもシチュエーションに力を入れすぎて、犯人特定のロジックがおろそかになった作品も目立つようになってしまった。というか、クイーンの『スペイン岬の謎』のように、奇抜な状況の解明が犯人の特定につながる作が、それほど多くないのだ。探偵役の推理が、「こんな理由でこんな状況が生じました」と説明するだけに留まっているものが、けっこう多いのである。

しかし、それだからこそ、「奇抜な状況の解明」だけに特化した都筑の作は、独自の光を放っているとも言える。犯人の特定との連係まで考慮しなければならないクイーン作品の魅力とは異なる、都筑道夫独自の魅力が――。

4　綾辻行人デビュー～一九九〇年代までの作家たち

序章で述べたように、綾辻行人以降にデビューした作家には、年少の頃にクイーンのファンになった者が少なくない。従って、彼らが本格ミステリを書こうとしたならば、クイーン的な要素を導入するのは当たり前の話と言える〔注〕。仁木悦子や森村誠一のように、自分の資質に合っているかどうかなどは、考えもしないのだ。

だが一方で、綾辻以降の作家は、島田荘司の推薦によりデビューした者も少なくない。島田荘司といえば、「冒頭の幻想的な謎」と「結末で明かされる大トリック」の大家であって、クイーンよりはJ・D・カーに、鮎川哲也よりは高木彬光に近い。私の分類では、クイーンのような〈意外な推理〉の書き手ではなく、J・D・カーのような〈意外な真相〉の書き手となるわけだ。（もっとも、島田荘司は〝推理〟の考案にも、卓越した技量を持っている。例えば、『占星術殺人事件』の「なぜ死体によって埋められた深さが違うのか?」や、『斜め屋敷の犯罪』の「なぜ斜めに傾いた屋敷を建てたか?」や「なぜ天狗の面で壁を埋め尽くしたか?」というホワイの謎が解き明かされた時、意外性を感じた読者は多いに違いない。）

このため、新本格の作家は、推理ではなく、冒頭の謎と結末のトリックで評価されることになった。第五章で考察したように、綾辻の叙述トリックには、読者に対するフェアプレイを実践するという面もあったのだが、そちらは無視されたわけだ。もともと、本格ミステリでは、〈意外な真相〉派の読者が――「最後にびっくりさせてほしい」と思いながら読む者が――圧倒的に多いので、当然と言えば当然なのであるが……。とはいえ、この時期には、鮎川哲也を象徴として掲げた東京創元社から、有栖川有栖や北村薫といった〈意外な推理〉を描く作家たちもまた、デビューしている。この二つのタイプの本格ミステリ作家が競い合ったからこそ、新本格ブームが起こったのだろう。

では、このブームの中でデビューした作家の内、前章までに取り上げなかった者を、クイーンを切り口にして考察していくことにする。当然のことながら、私が読んだ作家しか触れていないので、その点を了承してほしい。

まず、クイーンとは無縁のように見える作家たち。

野崎六助は『北米探偵小説論』、小森健太朗は『探偵小説の論理学』という、優れたクイーン論を含む評論を書いているが、実作者としては、クイーン風の作品は書いていない。かろうじて、野崎の『殺人パラドックス』が、クイーンの『チャイナ橙の謎』を意識している程度だろうか。私の読んだ範囲では、このタイプの作家の中で、クイーンを切り口にすると興味深い作品を書いているのは、**歌野晶午**だけである。彼は――クイーン・ファンではないようだが――三つの作品で、クイーン的な趣向を用いている。

一作めの『死体を買う男』は、クイーンの『恐怖の研究』とほとんど同じプロットを持っている。ただし、どうやら作者は、『恐怖の研究』は意識していないようだ（同様の趣向を用いた芦辺拓の『グラン・ギニョール城』では、章題で『恐怖の研究』の影響を明かしているが……）。

二作めの『葉桜の季節に君を想うということ』は「五十年前の出来事を現在に見せかける」という叙述トリックを用いた作品。従って、『クイーン論』や本書で述べた、叙述トリック作品についてまわる「読者を欺く都合上、どちらともとれるデータしか出せない」という欠点を持つ。だが作者は、クイーンがしばしば用いる「一つ一つの手がかりは薄弱だが、すべて合わせると強固になる」という手を使って、この欠点を鮮やかに解消しているのだ。例えば、現在では使われない固有名詞（「南海ホークス」とか）が使われたからといって、昔の話とは限らない。発言者が間違えたか、記述者が間違えたか、作者が間違えた可能性もある。しかし、こういった固有名詞がいくつも出て来たら、過去の出来事の可能性は、ずっと高くなる。もちろん、これもまた、クイーンを意識して生み出したわけではないだろうが……。

三作めの『密室殺人ゲーム王手飛車取り』もまた、クイーンの〈パズル・クラブ〉シリーズを思わせる趣向を持つ。このクイーンのシリーズについては、私は『クイーン論』の中で、「クイーンは、ある会員が作者のごとく出題して、別の会員が読者のごとく解答する〈パズル・クラブ〉という設定を利用して、メタレベルがらみの手がかりや推理を描いているのだ。本来は作品の外部にある作者と読者の関係を、作中に落とし込んでいると言っても良い」と書いている。そして、この文が歌野作品にも当てはまることは、言うまでもないだろう。出題者と解答者の間で行われるメタレベルのやりとり――解答者が出題者にヒントを要求する等々――は、ほとんど同じなのだ。

ただし、両作品には決定的な違いがある。クイーンのパズルの世界は、あくまでも会話の中にしか存在せず、現実の世界（厳密には「作中の現実世界」）とは関係がない。だが、歌野のゲームは、現実の世界で展開されている。「インターネット」という現代のツールが、それを可能にしたのだ。いや、こう言うべきだろう。歌野は、「インターネット」というツールを利用して、〈パズル・クラブ〉の世界を現実に接続するという離れ業をなしとげた。もちろん、このシリーズもまた、クイーンを意識して生み出したものではないだろうが……。

そして物語の終盤には、再びクイーンが顔を出す。メンバーの一人が、ネットではなく現実の世界で、他のメンバーに直接、死のゲームを仕掛けるのだ。その理由については、こう説明されている。

今までの探偵ごっこには一つ弱点があった。知的興奮は得られても、スリルはゼロに近かった。それは、済んでしまった出来事を傍観者として推理していたから。（中略）対して今回のゲームはリアルタイムに進行している。（中略）探偵小説の名探偵のように、推理の材料が出揃うまで待機していたのではははじまらないよ。（中略）つまり、われわれの探偵ごっこは新たなステージに向かったのです。

これは、私が『クイーン論』で『ギリシア棺』について考察した文と、よく似ている。今度は、こちらを引用してみよう。なお、私の文章の初出は二〇〇七年二月であり、執筆時点では、『密室殺人ゲーム王手飛車取り』は未読だったことを断っておく。

従来の作品においては、名探偵が犯人の対戦相手としてゲームに参加することはなかった。（中略）しかし、『ギリシア棺』においては、犯人が意識する〝ゲームの相手〟は、名探偵エラリーとなっている。ゆえに、エラリーは解説席から盤の向こう側に移動し、犯人と対人ゲームを行わなければならなくなった。（中略）〈後期クイーン問題〉は〝問題〟などではない。むしろそれは、探偵小説における名探偵と犯人の関係を、非対人ゲームから対人ゲームに変えることによって、多種多様な変化と刹那的な魅力を生み出そうとする試みなのである。

歌野も（私の考えによると）クイーンも、探偵役をゲームの相手に引きずり込むことによって、「新たなステージ」に向かおうとしたのだ。もちろん、この設定もまた、クイーンを意識して生み出したものではないだろうが……。

次は、クイーンのパーツだけを利用した作家たち。折原一は、クイーンの『帝王死す』や「神の灯」のシチュエーションに挑み、岩崎正吾は『探偵の秋あるいは猥の悲劇』で〈レーン四部作〉に挑み、光原百合は『遠い約束』で主人公がクイーンのような合作作家を目指す姿を描く、と何人でも挙げられるが、このタイプで紙数を割きたいのは、芦辺拓である。

芦辺拓の〈名探偵博覧会シリーズ〉では、クイーンは二回登場しているが、どちらも真っ向から挑んだ贋作とは言い難い。従って、ここで取り上げるべきは、『グラン・ギニョール城』と『綺想宮殺人事件』である。

前述の通り、『グラン・ギニョール城』は、クイーンの『恐怖の研究』を下敷きにしている。そしてその作中作は、クイーンが編集した「ミステリ・リーグ」誌に掲載されたもの（ただし、作中作の作者は、クイーンではない）。クイーンの使い方の巧さといい、作中作を利用したメタ的な趣向といい、このタイプの作品群の中では、トップクラスと言える。唯一の欠点は、作中作の作者が、どう見ても作中でほのめかされている某大家ではなく、〝芦辺拓〟としか思えない点だろうか。

逆に、『綺想宮殺人事件』は、私には失敗作に見える。この作品で利用しているパーツは〈後期クイーン的問題〉であり、作中で法月綸太郎の評論への批判もなされている。それなのに、作中事件の真相は、レギュラー探偵の森江春策が最後に語ったものを、そのまま正解としているのだ。〈後期クイーン的問題〉を扱うならば、「森江の最終的な推理が真犯人がばらまいた偽の手がかりに誤導された可能性」を検討しなければならないのに、スルーしてしまっている。

おそらくこれは、ミスではなく、芦辺の〝名探偵〟に対する認識に原因があるのだろう。芦辺も有栖川有栖と同じく、名探偵をヒーローだと見なしている。ただし、芦辺は――有栖川とは違って――名探偵を完全無欠のヒーロー、すなわち〝決して間違えない探偵〟と考えているのだ。これは、前述の〈名探偵博覧会シリーズ〉や『七人の探偵のための事件』を読めば、明らかだろう。また、『裁判員法廷』では、「読者に裁判員になったつもりで有罪か無罪かを考えてもらう」という趣向を持っているのだが、裁判の弁護士を森江春策が務めているため、「森江が弁護するということは、被告は無罪だな」と読者に見抜かれてしまう。作者のこのスタンスが、クイーンとは相性が悪いことは、言うまでもないだろう。もっとも、才人の作者のことだから、いずれ、読者のこの思い込みを逆手に取った作品を書いてくれるかもしれないが……。

そして、クイーン風の〝推理〟を描こうとした作家たち。

このタイプの作家は、二階堂黎人や霞流一のように、「J・D・カーや島田荘司風のプロットなのに、解決篇で披露される推理だけがクイーン風」という作品を書いている。ただし、二階堂と霞に関しては、たまたまそうなったのではなく、作者自身がエッセイで語っているように、意図的に解決篇をクイーン風に描いているのだ。実際、彼らの作品には、島田荘司と同じように、魅力的な推理が少なくない。特に、二階堂黎人の『吸血の家』と、霞流一の『首断ち六地蔵』の推理は、クイーンらしさを感じることができる。

ただし、私見では、このタイプの中では、倉知淳の『星降り山荘の殺人』における推理が、最もクイーン風の鮮やかなものだった。もっとも、作者の関心は――そして〈意外な真相〉を期待する読者の関心も――物語の外枠に仕掛けられたトリックに向いているらしいのだが。

また、山口雅也が〈キッド・ピストルズ・シリーズ〉で挑んだのは、舞台となる世界を特殊なものに変えて、独自のロジックを生み出そうという試み。ランドル・ギャレットという先行例はあるが（クイーンの『第八の日』もこの系列に属すると言えないこともない）、〈意外な推理の物語〉という観点からは、実に興味深いと言える。ある意味では、クイーンの「推理から逆算されて組み立てられたプロット」を「推理から逆算されて組み立てられた舞台世界」にまで発展させた形とも考えられるのだ。ただし、『生ける屍の死』以外は、〝異常な舞台世界〟ではなく〝異常な思考をする人間〟をめぐる推理がメインになっている。クイーンにも『真鍮の家』や『心地よく秘密めいた場所』といったこのタイプの作があるが、これは、クイーンではなく、チェスタトンを切り口にすべきだろう。

最後は、クイーン風の〝作品〟を描こうとした作家たち。例えば、平石貴樹は『誰もがポオを愛していた』で、クイーンが『緋文字』などで描いた〈本歌取り〉風プロットに挑んでいる。あるいは、クイーンの『ハートの4』がお気に入りの森博嗣は、クイーンのハリウッドものやラジオドラマを彷彿とさせる洒落た本格を描き、さらにはクイーンがたびたび使う「言葉遊び」も得意としている。ただし、ここでは三人だけ取り上げることにして、内二人は一節を割く。

依井貴裕のデビュー作『記念樹』は、東京創元社らしい（？）、ハッタリなしの推理に力を入れた——初期クイーン的な——作風。その後も推理の魅力を軸にした作品を書き続け、『夜想曲』では、「論理的に正しい推理を〝二種類〟提示する」という離れ業を成し遂げている。ただし、手がかりの出し方がおっかなびっくりで、あいまいな表現を使いすぎているため、読者にわかりにくくなっている（クイーンの『ローマ帽子の謎』にもそういう箇所はある）。そのわかりにくい手がかりが推理に使われているので、推理自身も鮮やかさに欠けてしまっていると言わざるを得ない。

また、『歳時記』の斬新な叙述トリックが〈意外な真相の物語〉を好む読者に受けたのも不遇だった。この叙述トリックは、作者ではなく、知人（この本を捧げられている山口直孝）のアイデアだったからだ。自身の生み出した推理が評価されず、他人のトリックが評価されては、作者も書きづらかったに違いない。

［注］クイーン以外で新本格作家に大きな影響を与えた作品としては、TVドラマ「刑事コロンボ」も無視できない。新本格作家が「読者に対して一部を伏せた倒叙形式」を多用するのは、このドラマの影響だろう。ただし、本格ミステリとして見た場合の「刑事コロンボ」の魅力は「探偵と犯人の手がかりをめぐるディスカッション」である。そして、これは「探偵エラリーと警視の手がかりをめぐるディスカッション」の応用だと考えられる。なぜそう考えるかというと、「コロンボ」の製作者W・リンクとR・レヴィンソンは、クイーンの熱烈なファンで、後に、クイーンのTVドラマ化も手がけているからだ（このあたりはエラリー・クイーン原案『ミステリの女王の冒険』〔論創社〕を参照してほしい）。つまり、リンク&レヴィンソンは、アメリカの〈クイーンの騎士〉なのだ。

5　太田忠司

太田忠司も他の新本格ミステリ作家と同じく、クイーン・ファンを公言。実作でもクイーンを意識した興味深い作品を数多く書いており、本来なら一章を割くべき作家と言える。

その作者がクイーンを前面に押し出した最初の長編は、『上海香炉の謎』。題名といい、探偵役の霞田志郎が作家という設定といい、「国名シリーズに挑んだ作」と呼んでよいだろう。しかも、『ベネチアングラスの謎』の「あとがき」によると、デビュー前の習作では、作者名も作中探偵と同じ「霞田志郎」だったらしい。それに加えて、作者は『上海香炉の謎』初刊本の「あとがき」に、以下の文を書いてもいるのだ。

「あなたにとって本格推理とは何か？」と尋ねられたら、僕は即座に、「それは、とりもなおさずエラリー・クイーン、さらに言えば『エジプト十字架の謎』におけるヨードチンキの瓶！」

今でこそ、『エジプト十字架』のヨードチンキ瓶の推理を誉める人は多いが、この作が出た一九九一年時点では、まだまだ「『エジプト十字架』といえば首なし死体ものの傑作」という評価が多数派だった。それなのに作者は、この推理に着目し、〝本格推理〟の象徴と見なしたわけである。クイーンに対する読み込みの深さがうかがえる。

そして、実際にこの作を読んでみると、作者の言葉に違《たが》わぬ〝国名シリーズ風本格ミステリ〟にお目にかかることができるのだ。特に、瀬戸物の破片という手がかりを基にして、犯人が持っていたあるものの存在をあぶり出す推理は、まぎれもなく初期クイーン風の鮮やかなものだろう。それ以外でも、犯人の侵入が外部からか内部からかを検討する際のひねくれたロジックが、これまたクイーン風と言える。

ここで興味深いのは、探偵役の霞田志郎の性格。初登場時に自分はヒーローだと脳天気に宣言し、「ヒーローは自分の技量ひとつを武器にして、事件に立ち向かい、解決してゆく。つまり、僕みたいにね」と語る姿は、まぎれもなく〈国名シリーズ〉の頃の探偵エラリーである。一方で、作者が探偵をヒーローとして描いている点は、（第八章で考察したように）有栖川有栖とも似ている。

だが、物語の終盤では、前言を撤回する。解決の遅れにより第二の犠牲者を出してしまった志郎は、探偵をやめると言い出すのだ。こちらは、中期のエラリー的と言える。ただし、それ以上掘り下げられることはなくこの宣言は撤回され、再び志郎は脳天気に戻るのだが……。

その後、シリーズはさらに六作続き、途中から題名が〈レーン四部作〉を意識したと思われる『〜の悲劇』に変わり、四作出て終わりを告げた。その最終作『男爵最後の事件』の「あとがき」で、作者は今度はこう言っている。

　このシリーズの創作は僕にとっての本格ミステリとは何かを具現化するためのものでした。結果、太田忠司という作家の志向と限界とを鮮明にしてくれました。

この文が『上海香炉の謎』の「あとがき」と連係していることは、言うまでもないだろう。霞田志郎シリーズは、太田忠司が考える本格ミステリ、すなわち初期クイーンに挑んだ作品群なのだ。

ただし、本節では紙数の都合もあり、作者の別のシリーズの方を詳しく考察したい。〈霞田志郎シリーズ〉と同時期に開始し、このシリーズが掘り下げなかったテーマを軸にした作品群、すなわち〈狩野俊介シリーズ〉を。

狩野俊介はデビュー作では小学六年生で、彼が探偵として悩み、苦しみながら成長していく様が描かれている。もちろん、クイーン・ファンならば、『九尾の猫』を思い出すに違いない。実際、ワトスン役の野上はクイーン警視のポジションに近いし、石神は『九尾の猫』に登場するセリグマン教授の役割だろう［注1］。

しかし、実作を見ると、二人の探偵の「悩み、苦しみ」は同じではないことがわかる。『九尾の猫』における探偵エラリーの苦悩は、解決に失敗したことから来ている。逆に言えば、解決に成功していれば悩まなかったのだ。

だが、狩野俊介は解決に成功しても苦悩している。彼は、探偵として行動すること自体に苦悩しているのだ。〈日常の謎〉ではなく〈犯罪の謎〉を捜査するということは、人間の汚い部分に踏み込むことになる。しかも、犯人以外はそろって聖人君子というわけでもない。事件関係者の汚い部分に触れることは、小学生や中学生にとっては、途方もなく辛いことだろう。

また、事件関係者にとっては、プロの警官や私立探偵ならともかく、探偵きどりの小中学生にプライベートに土足で踏み込まれるのは、不快に違いない。そして、その不快感をぶつけられた俊介は、傷つくことを避けられないのだ（実際に殴られて傷ついたエピソードもある）。

しかし、それならなぜ、俊介は探偵を続けるのだろうか？　自身も傷つき、相手も傷つくならば、探偵をやめて、普通の男の子に戻ればいいではないか？

その答えは、シリーズ第一作『月光亭事件』で述べられている。事件解決後、野上は俊介にこう尋ねる——

「今回の事件では、ずいぶん辛い思いをしたと思う。だが、探偵の仕事とはそうしたものなんだ。人の罪、人の哀しみを見据えて、時にはそれを暴き出さねばならない。傍で思うほど恰好のいい仕事でも、楽な仕事でもない。それでも、やりたいかね？」

この問いに対して、俊介はこう答える。

「僕はもっと色々なことがわかる人間になって、春子さんや昭彦さんや豊川さんや滝田さんみたいに不幸になってしまう前に、みんなを救ってあげたいと思います。そのためにも、僕は探偵をやりたいです」

つまり、小学六年生の少年が、他人を救うために、自らが傷つくことをいとわずに、探偵として生きていく——それが〈狩野俊介シリーズ〉なのだ。

……と、きれいに締めくくってはクイーンと結びつかないので、さらに考察を進めよう。

「自分が探偵を続けることによって人々を救う」という考えの根底には、「自分が探偵を続けなければ人々が救えない」という考え、つまり、「自分以外には人々は救えない」という考えがある。こんな考えを持つ小学生は、生意気であり、傲岸不遜であり、身の程知らずだろう。だが、実際に、警察も野上も事件を解決できなかったのだ。俊介しか事件を解決できなかったのだ。なぜならば、狩野俊介は〝名探偵〟なのだから——。

ここで、探偵エラリーと狩野俊介の苦悩が重なり合う。二人の苦悩は、〝探偵〟の悩みではない。〝名探偵〟の悩みなのだ。他の誰にも解決できない難事件、それを解き明かす才能を持つ名探偵ならではの悩みなのだ。〝名探偵〟だからこそ、事件の解決が遅れたり失敗したら悩むのだ。

かくして、この悩みは読者にとって魅力的なものになる。一軍に上がれない二軍選手の苦悩ではない。活躍できない二流選手の苦悩ではない。神に才能を与えられた者が、それを発揮しようと苦悩しているのだ。その姿が魅力的に見えないはずはない。

作家クイーンと太田忠司が描いたのは、悩み苦しむ人間の姿ではない。悩み苦しむ探偵の姿でもない。悩み苦しむ〝名探偵〟の魅力的な姿なのだ［注2］。そして、だからこそ、太田忠司は『上海香炉の謎』で志郎が悩むシーンの章題に「名探偵の自己嫌悪」とつけたのだ。

［注1］野上は中年だが、俊介との年齢差に着目すると、クイーン警視とエラリーの年齢差に近い。また、シリーズの途中から、俊介は野上と同居しているので、これもクイーン父子との類似点になる。

ちなみに、この野上とクイーン警視との類似については、『月光亭事件』の徳間文庫版に添えられた田中芳樹の解説でも指摘されている。興味深いことに、この解説で田中は、クイーン警視が単独で活躍する『クイーン警視自身の事件』の名前を挙げているのだが、創元推理文庫版『天霧家事件』の法月綸太郎による解説では、こちらの長編をそのクイーン作品と結びつけているのだ。さらにつけ加えると、石神―野上―俊介と三代にわたる擬似父子関係は、複数の作家・評論家が指摘している。

［注2］ここで意地の悪い考察をするので、俊介ファンは飛ばしてほしい。

狩野俊介には、探偵を続ける強力な動機が――探偵エラリーにはない動機が――ある。それは、野上との関係は、あくまでも〝疑似父子関係〟であり、クイーン父子のような真の父子関係ではないという点。エラリーが探偵をやめようが、何度も解決に失敗しようが、いつも解決にもたついて犠牲者を増やそうが、クイーン警視との父子の絆が断たれることはない。せいぜい、捜査から外されるくらいだろう。だが、俊介が探偵をやめたり、何度も解決に失敗したり、いつも解決にもたついて犠牲者を増やしたりすれば、野上との絆は切れてしまうのだ。実の両親のいない俊介にとって、野上との絆は何が何でも守らねばならない。そして、そのためには、常に野上の役に立つ存在、つまり名探偵であり続けなければならないのだ。

6　瀬名秀明

瀬名秀明は、既に『エラリー・クイーン論』で一章を割いていなければ、本書で大きく取り上げるべき作家である。

その『クイーン論』で考察を加えた『デカルトの密室』は、〈後期クイーン的問題〉に挑んだ長編。この問題をロボットの〈フレーム問題〉と重ね合わせるという、実にユニークなアプローチをしているのだ。あまりにもユニークすぎて、〈後期クイーン的問題〉を扱った評論では——拙著を除いて——軒並み黙殺されている。また、この長編では、クイーンの他の作品からの引用も頻出するが、単なるお遊びではなく、プロットと密接に関係している点も、興味深いと言えるだろう。

『第九の日』は、その『デカルトの密室』と同じく、ロボットのケンイチが活躍するシリーズの作品集。その中の「モノー博士の島」は『帝王死す』へのオマージュになっている。舞台やプロットのみならず、「なぜケンイチたちは島に呼ばれたか」という謎に対する解決までもが、『帝王死す』と同じなのだ。また、「第九の日」は題名でわかる通り、『第八の日』で、設定や「一行のみの章」という趣向まで流用……と思っていると、デイキン、ヴァン・ホーン、ミニキンという名前が出て来て、ラストはクイーンの別の長編にたどり着く。これもまた、パーツの利用というよりは、オマージュと呼ぶべきだろう。

それ以外で注目すべきは、瀬名秀明がたびたび、藤子不二雄やクイーンのような合作作家へのあこがれを公言している点。実作中で言及しているのは『八月の博物館』くらいだが、エッセイなどでは何度も語っている。ただし、私が「注目すべき」と書いているのは、ケンイチ・シリーズの叙述形態が、変形の合作とも解釈できるからだ。

このシリーズの作者はもちろん瀬名秀明だが、作中レベルで『デカルトの密室』や『第九の日』を書いたとされているのは、ケンイチの発明者である尾形祐輔らしい（尾形の担当編集者が「モノー博士の島」の映画化の話をするシーンがある）。物語も、尾形自身が体験した事件を、尾形が一人称で描くという叙述形態をとっている――とは言い切れない。ケンイチの一人称で描かれたパートもかなり存在するのだ。そして、ケンイチ自身も小説を書いているのだが、これは『デカルトの密室』事件や「第九の日」事件ではない。しかも、じっくり読むと、どうやらケンイチ視点も、尾形がケンイチに聞いたか、あるいは「ケンイチはこの時こう考えただろう」と想像して書いたものだと思われるのだ［注］。ところが、ケンイチ視点の章には尾形自身も作中に登場しているので、尾形祐輔がケンイチ視点で「ユウスケは～」と書いていることになる。つまり、自己言及的な叙述なのだ。

この「作者が作中にずれ込んで作者の創造した人物と交錯する」という設定は、初期クイーンの叙述を彷彿させる。〈国名シリーズ〉の主人公は探偵エラリーで、物語は探偵エラリー視点で描かれている。探偵エラリー自身は小説を書いているが、これは『ローマ帽子の謎』事件や『フランス白粉の謎』事件ではない（『黒い窓事件』『操り人形殺人事件』という題名が挙げられている）。そしてもちろん、『ローマ帽子の謎』や『フランス白粉の謎』を書いたのは作者クイーンであり、彼が探偵エラリーを創造したわけである。ただし、作中レベルでは〈探偵エラリー〉は〈作家エラリー〉の過去の姿となっているので、作者視点で「エラリーは～」と書くのは、自己言及的とも言える。また、作家エラリーと編集者（J・J・マック）との会話も作中に登場している。

この類似点は偶然ではない。クイーンは、従来の「作者が用意した解決を、作者に代わって探偵が説明する物語を描く」本格ミステリを、「エラリーのような探偵が存在したならば、実際に自力で真相を推理することが可能な事件を描く」水準にまで引きあげようとした。そして、これによって、読者に「自分も作中のエラリーのように推理できれば真相を見抜けたはず」と思わせる、フェアな本格ミステリを描こうとしているのだ。

一方、ロボット工学というのは、「人工知能の開発者がプログラムした通りにしか動かない」ロボットを、「ロボットが実際に自力で考えたかのように動く」ロボットにまで高めようとする試みだと言える。

つまり、二作家とも、「創造者の作り上げた創造物の内部に、まるで創造物が自力で考え出したがごとき思考が入り込む」という状況を作り出そうとしているのである。これこそが、前述の叙述形式を用いる理由なのだ。そしてまた、この状況が、一人の人間の思考だけでは成り立たない〝合作〟と親和性が高いことは、言うまでもないだろう。

［注］『第九の日』収録の「決闘」という作は、ケンイチでも尾形でもない第三者視点で描かれている。この人物の視点では、ケンイチは、〈『デカルトの密室』などで描かれているほど〉人間に近くないように思える。

7　一九九〇年代〜現在までの作家たち

一九九〇年代の中頃からは、奇妙な現象が出て来る。〈意外な真相〉派の新人が、クイーン的なネタを、次々に〈意外な真相の物語〉に取り込むようになったのだ。

その典型例は、〈後期クイーン的問題〉だろう。諸岡卓真が『現代本格ミステリの研究』で指摘したように、この時期にデビューした作家の本格ミステリには、「神や超能力者や霊といったメタレベルに立つ存在を作中に登場させて探偵の述べる真相を担保することによって、〈後期クイーン的問題〉を回避している」ものが少なくない。だが、これが担保できるのは、〈真相〉だけに過ぎない。例えば、名探偵が推理を重ねてAを犯人だと指摘した後に、被害者の霊が現れて「確かに私はAに殺された」と告げたならば、〈真相〉の正しさは保証されるだろう。しかし、〈推理〉の正しさの方は保証されたわけではない。「間違った推理が正しい犯人を示した」という可能性だって、無視できない。つまり、〝推理〟の正しさの保証に関しては、解決どころか回避策さえも示していないのだ。

あるいは、あやつりテーマの導入。クイーンがこのテーマを扱う場合は、「自ら手を下さない計画犯をいかにして〝推理〟で突きとめるか」に心を砕いている。しかし、〈意外な真相〉派の場合は、「結末でどれだけ意外な〝あやつりの構図〟を描けるか」に心を砕いているのだ。

あるいは、推理の変質。京極夏彦による〝推理〟のレトリック化や、清涼院流水による〝推理〟のギミック化。米澤穂信『インシテミル』のような、〝推理を発揮する場〟を変質させるという試み。いずれも興味深く面白い試みではあるし、優れた作品も少なくないが、それはあくまでも〈意外な真相の物語〉としての評価に過ぎない。推理そのものは、変質させることによって、意外性が増したわけでも、レベルが上がったわけでもない。

例えば、城平京『虚構推理　鋼人七瀬』を見てみよう。本作では、探偵役が真相（七瀬は事故死）とは異なる解決（七瀬は死んだふりをして〈鋼人七瀬まとめサイト〉の管理人になった）をネット上ででっちあげるというアイデアが用いられている。しかし、真相は、探偵役が推理したものではない。妖怪と話せる能力を持つ探偵役が、真相を教えてもらっただけだ。そして、探偵役がネットで披露した推理が、なぜ〝虚構〟だと言えるかというと、理由はただ一つ。その推理が導き出す真相が、〈探偵役が「妖怪から聞いた」と主張する〉真相とは異なっているからである。つまり、推理の真偽を、推理そのものの内容――手がかりや伏線やロジック――ではなく、作者が「こっちは真相、あっちは虚構」と言って決めているだけなのだ。

『虚構推理』で推理が果たす役割に着目するならば、クイーンの『ギリシア棺の謎』に登場する三番めの推理と同じだと言える。しかし、「千ドル札の手がかり」や「『ノックス家の住人』という言葉の解釈」によって、完璧に見えるが実は隙のある〝虚構の推理〟を描いたクイーンと比べると、どちらが優れているかは、言うまでもないだろう。


ただし、このタイプの中にも、取り上げるべき作家が一人、いや、作品が一作だけある。その**殊能将之**の『黒い仏』は、妖魔が存在するという設定の物語で、「探偵の間違った推理の提示後、妖魔が過去にさかのぼり、推理に合った手がかりをばらまいておく」というアイデアが使われている。この作は賛否両論を巻き起こしたらしいが、それも当然と言えるだろう。

しかしクイーンは、ほぼ同じアイデアを、賛否両論を巻き起こさないようなスマートな手段で処理している。

例えば、『チャイナ橙の謎』を見てみよう。作中で描かれる事件では、探偵エラリーは犯人の動機を完全に推理できてはいない。金が目当てであることまでは推理できたが、なぜ殺人を犯してまで金が必要なのかは、わからなかったのだ。この動機は、事件解決後の犯人の自白によって判明する。犯人は、同僚の女性にプロポーズしたところ、「金のない男とは結婚しない」と言われてしまったのだ。そして、探偵エラリーは、事件を小説化する際に、第一章で描かれる事件前のシーンに、この動機を示す描写を追加したのである。つまり、探偵が推理した真相に合わせて、過去にさかのぼってデータを追加したわけである。

例えば、『スペイン岬の謎』を見てみよう。（綾辻行人の考察でも述べたが）作中で描かれる事件では、探偵エラリーが推理した犯人の条件を満たす人物は二人いることになっている。そして、探偵エラリーは、事件を小説化する際に、第二章で描かれる事件前のシーンに、その二人のうちの一人が泳げない、というデータを追加したのだ。つまり、探偵が推理した真相に合わせて、過去にさかのぼって手がかりを追加したわけである。

作者クイーンは、「探偵が自分で解決した事件を、自分の推理に合わせて、自分で小説化する」という設定により、超自然的な設定を使わずに、『黒い仏』と同じことをやってのけたのだ。

ここで話を戻そう。あくまでも〝推理〟自体に着目した場合、本章で取り上げるべきこの時期の作家は、以下の四人となる。

一人めの**柄刀一**は、島田荘司フォロワーなので〈意外な真相〉派なのだが、師匠同様、しばしば冴えた推理を見せてくれる。『密室キングダム』のガラスをめぐる推理や、『ＵＦＯの捕まえ方』収録の「サイト門《ゲート》のひらき方」の手がかりが皆無に見える状況からの推理などは、まぎれもなくクイーン風である。

その中で最も興味深い作は、『システィーナ・スカル』だろう。ホワイを軸にして、〝人間の内面に踏み込む推理〟を描いたこの中編集は、優れた〈意外な推理の物語〉になっている。また、推理の結果、事件関係者の〝思い〟が浮かび上がる感動的な解決は、クイーンの『災厄の町』や『フォックス家の殺人』を思い出さざるを得ない。作者も読者も出版社も、島田荘司風〈意外な真相の物語〉を重視しているようだが（そして、こちらも優れた作が多いのだが）、個人的には、〈意外な推理の物語〉にも期待したいと思う。

二人めの**大山誠一郎**は、密室ものを好んで描き、J・D・カーを意識した作品もいくつか書いている。しかしその一方で、クイーン・ファンでもあるのだ。ここでは、この両者がうまく融合した傑作『密室蒐集家』を取り上げよう。この連作短編集は、各話で登場する密室トリックも優れているが、それ以上に、各話で披露される推理がすばらしい。第二章で述べたように、トリックの解明は手がかりによる推理ではなく、ヒントによる直観になりがちなのだが、本書のどれもが、その問題を巧みに解消しているのだ。

ある話では、クイーンの『Xの悲劇』の〝回数券の移動をめぐる推理〟を変形した推理によって、密室トリックを鮮やかに解き明かす。

ある話では、密室トリックを解明した時点で、そのトリック自体を手がかりにして、意外な犯人を指摘する。

ある話では、「犯人はなぜ密室トリックを用いたか？」というホワイの謎を起点とする消去法で、犯人を見事に特定する。

そして何よりも、〝安楽椅子探偵〟という設定が、推理に光を当てている。作者が密室トリックを誇りたいだけならば、この設定は必要ない。推理がメインであるからこそ、作者は、探偵役と読者の入手するデータを一致させることができる設定を用いたのである。

ちなみに、本作に対して、「偶然を多用しすぎる」という批判をいくつか見かけた。しかし、それならば、J・D・カーの作品などは、もっと批判されてしかるべきではないか。おそらく、カー作品を批判しない読者が本書を批判するのは、偶然の利用が——トリックではなく——ロジックに悪影響を及ぼすと考えているからだろう。言い換えると、本書のロジックに魅力を感じているからこそ、読者は偶然の多用が気になるわけである。

三人めは**青崎有吾**。本稿執筆時点で、まだ長編『体育館の殺人』しか発表していない作家を取り上げたのは、そのデビュー作でストレートに初期クイーン的な作品を目指し、しかも、成功しているからである。

例えば、本作は学校を舞台にしているが、作者は〈学園ミステリ〉を書こうとしているわけではない。クイーンが、初期三作で劇場、デパート、病院といった、不特定多数の人々が集まる場所を舞台にしたのと同じ理由によるものだ——個性が描かれていない顔なき集団から属性をたよりに犯人を絞り込む推理を描く、という。だからこそ、推理の初期段階では、すべての学校関係者だけでなく外部の者まで容疑者に含めている。最終的には、読者にデータが与えられている人物の中から犯人が指摘されるのだから、このあたりの推理には意味がないと考える読者も多いだろう。しかし、こういった名も無き端役まで推理の対象に含めるのが最初期のクイーンの特徴であり、日本の本格ミステリ作家たちが、クローズド・サークルなどを利用して、避けてきた部分でもあるのだ。

また、作中で探偵が披露する推理も、クイーン的な巧妙さがうかがえる。

こうもり傘をめぐる推理は、北村薫が選評で指摘したように――単行本化時に手を入れたと思われるが、それでもなお――雑な点がある。しかし、この推理は二段構えになっていて、北村薫が批判した一段階めは、解決篇よりずっと前に披露されている。問題篇で披露され、学校関係者も警察関係者も納得した以上、読者はそれを「解決篇の推理に用いるデータ」と見なすべきだろう。ずるい手と言えないこともないが、実は、クイーンも『フランス白粉の謎』での死体移動をめぐる推理では、同じ手を使っているのだ。

一方、解決篇で披露されるリモコンをめぐる推理は、『エジプト十字架の謎』のヨードチンキ瓶の推理を思わせる鮮やかなもの。しかも、犯人がリモコンを使ったことは、推理しなければわからないようになっている。また、その推理とも連係する、「被害者のポケットの中身の移動による推理」は、『Xの悲劇』の「回数券の移動による推理」のバリエーションだろう。その他にも、名探偵が「犯人を心理的に追いつめるために消去法推理を用いる」という『フランス白粉』風の理由付けや、『Yの悲劇』ばりの「舞台裏」の章など、作者はかなりクイーンを研究しているように見える。

そして、何よりもクイーンらしい巧妙さは、周辺状況の巧みな設定。解決篇のメインとなる傘の二段階めの推理（こちらは『ローマ帽子の謎』を意識したものらしい）でも、「天気予報が外れた」とか、「傘はポスターの上に置かれていた」といった状況により、他の可能性が消去できるようになっている。また、前述のリモコンの件も、「ビデオデッキ本体のボタンが故障している」や、「リモコンが羊羹の箱に入っている」といった設定により、推理が補強されるようになっているのだ。

唯一の欠点は、クイーン警視のような、名探偵の推理に対して、（時には読者を上回るくらい）鋭い突っ込みを入れる人物がいないことだろうか。凡人による凡庸な突っ込みと、ワトスン役による無批判の賛辞しかないため、読者はレトリックで誤魔化されている感じを受けてしまうのだ。——とはいえ、新人の第一作なので、この点は、今後の伸びしろととらえるべきだろう。

8　氷川透

四人めの氷川透は、クイーンを切り口にした場合、この時期の最も注目すべき作家と言えるので、一節を割く。

デビュー作『真っ暗な夜明け』は、三人称だが、作者と同名の作中探偵・氷川透の視点メインで描かれている。これは言うまでもなく、探偵エラリーのシリーズにおける叙述と同じ形式。そして、作者が、何も考えずにクイーンを踏襲したのではないことは、この作の「読者へ」と題された文を読めば明らかである。

この物語は、基本的にフィクションではない。ぼくが実際に体験した事件を書きつづったものなのだ。（中略）
ただしそうは言っても、もちろんぼくはこの物語の書き手でもあるわけだから、以下のことを保証するにやぶさかではない。もしもあなたが一連の殺人事件の犯人を当てようとするのなら、必要なデータはここまですべて提出された、と。

私は『クイーン論』や本書で、「〝探偵エラリーが自分で解決した事件を自分で小説化した〟という設定が読者に対するフェアプレイを担保している」と指摘している。言い換えると、他の本格ミステリでは、作者が「私は必要な手がかりを全部記述しているのでフェアです」と主張しているのに対して、クイーンは「私は自分が推理に用いた手がかりを全部記述しておいたのでフェアです」と主張しているわけである。従って、クイーンの場合は、読者がエラリーの推理を読んで、「なるほど、エラリーは作中に書かれた手がかりだけで真相を突きとめているな」と思えば、それがフェアだということになる。
『真っ暗な夜明け』の挑戦状（と作者は言っていないが）は、明らかにクイーンと同じスタンスで書かれている。

ところが、ほどなくこの挑戦状は、姿勢を変えることになる。今度は、『人魚とミノタウロス』の文章を見てみよう。

鋭敏な読者は第一章の冒頭でたちまちお気づきになったと思うが、この作品はフィクションである。

もし奇特にもあなたが、この物語に綴られた事件の真相を見破ってやろうとお考えなら――いや、ぜひそう考えてください――、必要なデータはこの段階ですべて提供されたことを作者が確言する。

こちらでは、クイーン以外の作家の姿勢、すなわち「作者がフェアプレイで書いたことを作者自身が宣言する」という手法を用いている。クイーン以前の本格ミステリに戻ってしまったのだ。理由については、おそらく、この二作の間に発表された『最後から二番めの真実』で、〈後期クイーン的問題〉を扱ったからだろう。この問題について、作中では「推理小説がフェアプレイを完遂するためには完結した公理系である必要（がある）」と語っているが、現実の事件は、もともと〝完結した公理系〟など持っていない。従って、（作者の考えが正しいとするならば）「この作品は現実の事件を小説化したものです」という設定の本格ミステリでは、そもそも〈後期クイーン的問題〉を考察する意味はなくなってしまうのだ。この設定の本格ミステリにおいて意味があるのは――前述のように――「現実の探偵が現実の事件を推理するのに充分な手がかりが小説化作品にも描かれているか」と、「現実の探偵が現実の事件で行った推理と矛盾するデータが小説化作品に描かれていないか」に関する考察だけなのだ。だからこそ、氷川透は「この事件は現実です」という宣言を放棄したのだろう。

本作のラストで、作中探偵の氷川は、〈後期クイーン的問題〉の解決について、こう語る。

「でも、現実に殺人が起こった以上、現実に犯人がいるわけで――そこで探偵役がめざすべきものはね、最後から二番めの真実なんですね」
このセリフだけ読むと、おかしな意見だと思うに違いない。現実の事件において、「最後から二番めの真実」を目指したならば、無実の人物を真犯人として指摘してもいい、ということになってしまう。だとすると、自らの推理の誤りで無実の人間を死に追いやった探偵エラリーの苦悩は、意味がなかったことになる。

もちろん、本書全体を読むならば、作者の意図は別にあることがわかる。このセリフの中の〝現実〟とは、われわれ読者のいる現実と地続きの〝作中現実〟ではなく、本の中にしか存在しない架空の〝作中現実〟のことなのだ。作者が作り出した架空の作中世界だけの話ならば、無実の人間が何人死のうが、どうでもいい話になるわけである。

そして、ここまで考察を進めると、本作に散見する奇妙な文章の意味がわかる。探偵の氷川が何か行動するたびに漏らす、「これは物語の要請だ」という述懐である。この述懐は、作中の氷川が、自分が作中人物だと自覚している証拠なのだ。自分が作中にしか存在しない人物だと自覚している者が「現実」と言ったならば、それは作中にしか存在しない現実に決まっている。

かくして、ここに興味深いねじれが生じてしまうことになった。デビュー作ではクイーンと同じ叙述形態――「現実の事件を小説化しました」――を用いた氷川が、作中で〈後期クイーン的問題〉を扱うために、クイーンとは異なる叙述形態――「作者がこの事件を考えました」――を用いざるを得なかったのだ。裏を返せば、クイーン風の叙述を用いるならば、〈後期クイーン的問題〉は生じないということになるのである。

氷川作品については、もう一点、考察をしたい。それは、作中探偵が披露する〝推理〟についてである。ここでも、『最後から二番めの真実』の推理を取り上げよう。

探偵役の氷川は、被害者を大学の屋上から吊した理由を起点として、犯人を特定している。この推理は、一見、もっともらしく思えるが、根本的に成立しない。なぜならば、犯人がもし氷川が特定した人物だったとしたら、わざわざ大学で殺人を犯す理由がないからである。動機が犯人（大学助手）と被害者（学生）の男女関係にあるならば、警察が大学関係者を中心に捜査するのは避けたいはずだ。だとしたら、被害者のプライベート関係の場所で殺すのが、最も都合がいい。それなのに、わざわざ大学で殺人を犯したものだから、監視カメラを欺く必要が生じてしまったのだ。そのためさらに、恨みもない人物を二人も殺し、警備員に化けて警官の前に姿を見せるという大芝居を打ち、失敗する可能性が低くないアリバイ工作を行わざるを得なくなったわけである。メリットはなくデメリットだらけのこんな犯行計画を、誰が実行するというのだろうか？そしてなぜ、探偵は犯人がこんな犯行計画を実行したと思ったのだろうか？

こういった犯人の不合理な行動や、それを不合理に思わない探偵の推理といったものは、小森健太朗が『探偵小説の論理学』と『探偵小説の様相論理学』で指摘した〈ロゴスコード問題〉と重なり合うものかもしれない。が、ここでは——第八章で述べたように——周辺状況の設定の甘さだととらえることにする。すなわち「犯人が大学で殺人を犯さなければならない状況を設定するのを怠っている」と考えたいのだ［注］。というのも、作者のこの周辺状況の設定の欠落が、

〈後期クイーン的問題〉と関係してくるからである。

私は『クイーン論』の中で、〈後期クイーン的問題〉の解決策の一つとして、周辺状況をきちんと設定することを挙げている。なぜならば、論理学や数学の命題には存在せず、現実世界や小説世界に存在するのが、この〝周辺状況〟だからである。例えば、「一人のクレタ島人が『すべてのクレタ島人は嘘つきだ』と言った」という発言は、周辺状況の存在しない論理学の世界では、真偽の判定ができないだろう。だが、現実では、発言者の過去の発言の真偽を調べたり、発言者以外のクレタ島人が嘘つきかどうかを調べたりすれば、判別は可能だ。

本格ミステリにおける手がかりの真偽も同じである。手がかりが残された状況、手がかりが指し示す犯人がらみの状況、真犯人が偽の手がかりを作り出すメリットの有無などを考えれば、真偽を特定することは可能だ。例えば、名探偵が捜査に加わるかどうかわからないのに、その名探偵しか気づかない偽の手がかりをばらまく犯人は、どこにもいないだろう。

かくして、ここにも興味深いねじれが生じてしまうことになった。作中で〈後期クイーン的問題〉が存在することを明言する氷川透の作品では、クイーンとは異なり、周辺状況の設定がおろそかになっているのだ。そのため、「犯人は罪を逃れるために合理的な行動をとるはず」という探偵の推理の前提が崩れ、〈後期クイーン的問題〉を発生させることに成功したわけである。

正直言って、作者が意図的に周辺状況の設定を怠っているかどうかは、私にはわからない。コリン・デクスターのモース警部シリーズのように、推理を確定させないために、意図的に周辺状況の設定をゆるくしているのだろうか？　それとも、小森健太朗が指摘するように、氷川透にもロゴスコードの変質が起きているのだろうか?（ただし、この手の問題は、高木彬光の『刺青殺人事件』の初稿版にも存在するのだが）いずれにせよ、『最後から二番めの真実』に〈後期クイーン的問題〉が生じているとすれば、それは、周辺状況の設定が甘いからであって、本格ミステリに必ず生じるとは言えない。

［注］クイーンの『チャイナ橙の謎』では、犯人が自分の働くオフィスで殺人を犯したため、部屋の中をあべこべにしたり、密室トリックを弄したりせざるを得なかった。しかし作者は、犯人がオフィスで殺人を犯さなければならない状況を、きちんと設定しているのだ。それは、「犯人は上司の名をかたって被害者の持つ高価な切手を手に入れようとしていた」というもの。そのため、被害者を上司のオフィスに招き入れ、上司と会う前に殺さなければならなかったのである。

おわりに

この章では、日本の本格ミステリ作家とクイーンとの関わりについて、駆け足で触れてきた。しかし、作家に対する影響の有無とは別に、一九九〇年代後半から、クイーンがからむ別の動きも生じている。それは、「本格ミステリとは何か?」という問題提議に他ならない。

最初の提議は、〈壊れた本格〉や〈脱格系〉からなされたもの。何が〝壊れて〟いるのか、何から〝逸脱して〟いるのか、といえば、もちろん、〈本格ミステリ〉である。従って、「本格ミステリとは何か」を定めなければ、「壊れた本格とは何か」や「脱格系とは何か」が語れないということになる。

二つめの提議は、東野圭吾『容疑者Xの献身』の〝本格ミステリとしての〟高評価に対して、二階堂黎人が疑問を投げかけたこと。この作を本格ミステリとして評価するかしないかという論争は、自ずと「本格ミステリとは何か」という問いかけにつながっていく。

そして、この問いをめぐるやりとりの中で浮かび出たものは、ほとんどの作家や評論家が、「本格ミステリとはエラリー・クイーン作品のようなもの」と考えていたことだった。クイーンの特殊性や異端さを指摘する者も、「本格ミステリとはエラリー・クイーンの作品のようなものではない」とまでは言っていないのだ。

この章で述べてきたように、クイーン作品のような〈意外な推理の物語〉は少数派に属している。前章までに取り上げた作家たちにしろ、クイーンのような作品は、創作活動の一部を占めているに過ぎない。しかし、その少数派にしてごく一部の作品こそが、狭義の本格ミステリと見なされているのだ。

戦後の日本では、クイーンの〈国名シリーズ〉や〈レーン四部作〉の翻訳書は、新刊書店から姿を消すことがなかった。そのため、好きかどうかは別にして、ほとんどのミステリ作家が、クイーンを読んでいるという状況が生まれたのだ。かくしてクイーン風本格ミステリは、第二節で触れた仁木悦子や森村誠一のように、実作に反映せずとも、頭のどこかに引っかかることになった。ある意味では、日本における本格ミステリの繁栄は、クイーン作品という中心軸が常に存在したからだとも言えるだろう。

一方、クイーン風本格ミステリが少数派にしてごく一部ということは、この作風を求める読者が読む作品が乏しいということにもなる。こういった読者は、クイーンの作品自体に手を伸ばすことになったのだ。

二〇一二年から、角川文庫で〈国名シリーズ〉の新訳刊行が開始された。この新訳版がターゲットとするのは、「これまでクイーンを読んでいない新しい読者」であり、表紙も訳文も解説も、そのコンセプトを重視している。そして実際に、新しい読者がこのシリーズに飛びついた。『金田一少年の事件簿』や『名探偵コナン』などでミステリ・ファンになった読者が、有栖川有栖作品などでミステリ・ファンになった読者が、「クイーンを一冊も読んでいない」とか「クイーンは数冊しか読んでいない」という読者が、この本を手にとってくれたのだ。そして、彼らからは、こういう感想が聞こえてくる。――「これこそが本格ミステリだ」という感想が。

クイーン作品こそが本格ミステリだと考える新世代の読者たち。いずれ彼らの中から、新たな〈クイーンの騎士〉が生まれるのだろう。

終章　日本の本格ミステリ作家たちからクイーンへ

本書では、クイーン作品を自作に取り込み、発展させた日本の本格ミステリ作家について考察してきた。いわば、クイーンから日本の作家への流れを見てきたわけである。

だが、流れは一方向だけではなかった。一九九〇年あたりから逆の流れも生まれている。逆の流れ、すなわち、日本の本格ミステリ作家たちからクイーンに向かう流れである。

一本めの流れは、評論やエッセイによるもの。笠井潔や法月綸太郎といった日本の本格ミステリ作家が、クイーンをテーマにした優れた評論を書き、それがクイーンの作品に新たな光をあてていった。あるいは、綾辻行人や有栖川有栖や北村薫といった日本の本格ミステリ作家が、クイーンの魅力や自作に与えた影響を語り、それがクイーンの魅力を高めていった。かくして、彼らの評論やエッセイにより、クイーン作品の――これまで読者が気づいていなかった――卓越した技巧や斬新な実験性や優れた先進性が、広く知られるようになったのである。例えば、法月綸太郎の「大量死と密室」を読む前と後では、『九尾の猫』に対する読者の見方は、大きく変わっているに違いない。つまり、日本の本格ミステリ作家たちは、その評論やエッセイによって、クイーンから受け取ったものを、何倍にもふくらませて返したとも言えるのだ。

二本めの流れは、実作によるもの。何人もの日本作家がクイーンの〈国名シリーズ〉や〈レーン四部作〉に挑んだり、クイーン父子の設定を踏襲したり、読者への挑戦を実践したり、クイーン作品へのオマージュを書いたりして、それがクイーンの魅力を高めていった。それだけでなく、彼らの試みにより、クイーン作品の――これまで読者が気づいていなかった――卓越した技巧や斬新な実験性や優れた先進性が、広く知られるようになったのである。例えば、麻耶雄嵩の作を読んだ後に〈レーン四部作〉を読むと、以前より評価がアップするのではないだろうか。つまり、日本の本格ミステリ作家たちは、その創作によって、クイーンから受け取ったものを、何倍にもふくらませて返したとも言えるのだ。

もちろん、作家たちのエッセイや評論のすべてがクイーン関係というわけではないし、彼らのすべての作がクイーンを意識しているわけでもない。しかし、そういった作家が何人もいるために、本格ミステリ界全体としては、無視できない比率になっている。

優れた作品を生み出す現役作家が、〝偉大な先達〟としてクイーンを持ち上げる。一人が持ち上げるのは、ほんの少しの高さに過ぎない。だが、何十人もの作家が持ち上げれば、はるかな高みにまで達するのだ。

法月綸太郎や北村薫は、クイーンを〝神〟と呼ぶことがある。しかし、クイーンは〝神〟ではない。彼ら〈クイーンの騎士たち〉が、クイーンを〝神〟にしたのだ。

あとがき

本書のコンセプトは、序章で述べたように、〝エラリー・クイーンを切り口にして日本の本格ミステリ作家たちを考察する〟というもの。もちろん、クイーンを意識しようがしまいが、クイーンのパーツを使おうが使うまいが、クイーンの作風に挑もうが挑むまいが、それは作家それぞれの自由である。「読者に挑戦したからといって、いちいちクイーンと比べるなよ」と思ったり、「私はクイーンの影響を受けているのではなく、鮎川哲也の影響を受けているんだ」と思ったりする作家も少なくないだろう。そういう批判を百も承知の上で、本書を書いた理由は、二つある。

一つめは、日本の作家に対して、クイーンという補助線を引くことによって、これまで見えてこなかったものが見えてくるはずだと考えたこと。本書で取り上げた作家は、これまでいくつもの評論で語られているが、そのどれとも異なるアプローチができるのではないか、と考えたのだ。本書を読み終えた読者が、「これまで何度も読んだ(日本の本格ミステリ作家をめぐる)考察と似たり寄ったりだ」と思ったならばこの本は失敗、そう思わなければ成功である。(余談だが、この手法が読者に受け入れられたならば、J・D・カーを切り口にして、高木彬光、笹沢佐保、森村誠一、島田荘司、歌野晶午、芦辺拓、二階堂黎人、霞流一、貴志祐介、柄刀一、といった作家を考察した『奇跡を解く男たち』や、G・K・チェスタトンを切り口にして、天城一、山田風太郎、大坪砂男、中町信、泡坂妻夫、連城三紀彦、山口雅也、京極夏彦、小森健太朗、西澤保彦、といった作家を考察した『見えない人の創造者たち』などにも挑戦してみたいと考えている。）

二つめは、クイーンを〈日本の本格ミステリ作家〉という鏡に映すことによって、これまで見えてこなかったものが見えてくるはずだと考えたこと。拙著『エラリー・クイーン論』では、クイーン作品に直接取り組んだのだが、それとは異なるアプローチができるのではないか、と考えたのだ。本書を読み終えた読者が、「これまで何度も読んだ（クイーンをめぐる）考察と似たり寄ったりだ」と思ったならばこの本は失敗、そう思わなければ成功である。

さて、読者のみなさんは、どちらだっただろうか？

本書は書き下ろしだが、原型と言える文がいくつかある。以下、それを記しておこう。

第一章の第三節までは、『横溝正史研究４』（戎光祥出版）に発表したものが原型となっている。こちらの本は二〇一三年の刊行だが、当初は二〇一一年末に出る予定であり、私が執筆したのもその年の夏だった。その際には、編集者の浜田知明氏に色々とアドバイスをいただいた（特に、『白蠟変化』と「迷路の三人」がクイーン作品のトリックを流用していることは、氏に教えてもらわなければ気づかなかっただろう）。ここに記して感謝したい。

第二章は、鮎川哲也の『クイーンの色紙』創元推理文庫版（二〇〇三年刊）の解説が原型。ただし、三倍以上に加筆している。

第三章は、文中にも書いてある『松本清張の世界』（別冊宝島二〇〇九年刊）の『点と線』レビューが元ネター―と言っても、この文はわずか原稿用紙二枚ほどの長さしかない。正確には、長さの都合でこの原稿で使えなかったネタを復活させたもの、と言うべきだろう。

第四章は、手塚隆幸氏の同人誌「矢吹駆研究」に、一九九三〜四年に連載した「カケル問答」が原型。

第五章の元ネタは、原稿ではなく綾辻行人氏との私信。氏は新刊が出るたびに私に（正確には私が主宰するエラリー・クイーン・ファンクラブに）送ってくれるので、読み終えると、長文の感想を返すようにしていた。そして、クイーンFC宛てなので、当然、感想はクイーンと結びつけたものにしていた。ところがある時、氏から「今度出る本はホラーなので、これをどうクイーンと結びつけて感想を書くか、楽しみにしている」と言われてしまったのだ。それ以来、こちらも意地になって、どんな作品でも、無理矢理クイーンとからめて感想を書くようになった。今回は、そのネタを再利用した。

ただし、「伊園家の崩壊」と『ローマ帽子の謎』の結びつけは、この私信には含まれていない。というのも、初読時には全く思いつかなかったのだ。実はこのアイデアは、ハヤカワ・ミステリマガジン一九九九年十二月号に掲載された笠井潔氏の『ミネルヴァの梟は黄昏に飛び立つか？』を読んで、初めて思いついたもの。その後、クイーンFCの会誌「Ｑｕｅｅｎｄｏｍ」の二〇〇〇年二月号にエッセイとして発表して、本書にも収めた。

ちなみに、このエッセイは連載で、題名は「読書日記」。クイーンの影響を受けた作品や、クイーンに挑んだ作品について語るコーナーである。これが、第六章から第十章までの考察の元ネタになっている。

第七章には、北村薫氏がクイーンFCの例会にゲストとして参加してもらった際に準備したレジュメのネタが組み込まれている。

第九章には、「本格ミステリー・ワールド２０１２」（南雲堂）での小森健太朗氏と麻耶雄嵩氏との鼎談の時に、麻耶氏にぶつけようと思って用意していたネタを使用。この鼎談はネタバラシはNGということだったので、少しぶつけた程度で終わってしまい、しかも、そこは活字にはなっていない（決して、小森氏が「魔法少女まどか☆マギカ」の話ばかりしたがったからではない……と思う）。小森氏と麻耶氏以外には、初のお披露目となる。また、この章では触れられなかったが、私はEQⅢ名義で、『夏と冬の奏鳴曲』の解決を――〈レーン四部作〉と結びつけて――書いている。クイーンFCのホームページに掲載してあるので、興味のある麻耶ファンは読んでほしい(http://www006.upp.so-net.ne.jp/eqfc/private6.html)。

それ以外では、綾辻行人『奇面館の殺人』、法月綸太郎『キングを探せ』、大山誠一郎『密室蒐集家』の考察に関しては、「図書新聞」での書評に書いたネタを組み込んでいる。

また、『クイーン論』と同年に出た諸岡卓真『現代本格ミステリの研究』は、実に刺激的な本だったので、「Ｑｕｅｅｎｄｏｍ」の二〇一一年二月号に考察を書いた。第十章第七節には、その一部を取り込んでいる。

以上でわかるように、発表済みの元ネタがあっても、考察自体はほとんどが新たに書いたものである。その執筆の際には、いや、企画の段階から、論創社編集部の今井佑氏には貴重なアドバイスをいくつもいただいた。ここに記して感謝したい。

私の一冊めのクイーン本『エラリー・クイーン Perfect Guide』（ぶんか社二〇〇四年。ぶんか社文庫版は『エラリー・クイーン　パーフェクト・ガイド』）は、ガイドブックなので、ネタバラシは一切なしで執筆した。

二冊めの『エラリー・クイーン論』（論創社二〇一〇年）は、〝クイーン論〟なので、クイーン作品はかなりネタバラシをしたが、他作家の作品については、考察に必要がない限りは、明かさないようにした。

三冊めとなる本書では、その章で考察の対象とした作家の作品でも、できるだけネタバラシにならないように書いた。というのも、例えば、北村薫の章が目当てで本書を手に取った読者にも、他の章を読んでほしかったからである。そのため、考察の対象とする作品が少なかったり、あいまいな表現があったりするが、了承してほしい。

そして、国内本格のファンが本書を読んでクイーンに関心を持ったならば、ぜひ『エラリー・クイーン Perfect Guide』を読んでほしいと思う。「〈国名シリーズ〉と〈レーン四部作〉くらいは読んでいる」というファンは、『エラリー・クイーン論』の方をどうぞ。

『クイーン論』の「あとがき」で、私は「本書は、読者のみなさんが反論や異論や同論を考えてくれることによって、初めて『論』になるのだ」と書いている。そして、嬉しいことに、大勢の方々が活字やネットでこの本に言及し、反論や異論や同論を述べてくれた。ここで――否定的な意見の方も含めて——感謝の言葉を述べさせてもらいたい。この本が〈本格ミステリ大賞・評論部門〉を受賞できたのも、みなさんが「考察」を「論」に高めてくれたおかげだと言えるだろう。

もちろん、本書でも、読者のみなさんの反論や異論や同論を期待している。特に、「クイーンには関心はないが、取り上げられた作家のファンなので読んだ」という人が、どのような考えを抱くかが楽しみでならない。

そして、本書で取り上げた現役作家の方々が、どのような感想を抱くかも楽しみである。勝手に〈騎士〉にされて不快に思うだろうか？　それとも、〈エラリー・クイーン〉という剣で斬り込まれるスリルを感じてくれただろうか？

そう、『クイーン論』同様、本書もまた、私から読者のみなさんへの挑戦状なのだ。

諸岡卓真『現代本格ミステリの研究』(2010 北海道大学出版会)
山前譲「解説」(『透明な同伴者』1988 集文)
横溝正史　編集部コメント他(「探偵小説」誌 1932 年 5 ～ 8 月号)／『白蠟変化』(1936)『花髑髏』(角文) 収録／『真珠郎』(1936 扶文※この版には「私の探偵小説論」も収録)／「迷路の三人」(1937)『赤い水泳着』(出版芸術社) 収録／『本陣殺人事件』(1947 角文)／『獄門島』(1948 角文)／『びっくり箱殺人事件』(1948 角文)／『探偵小説昔話』(1975 講談社)／『横溝正史読本』(1976 角文)／『真説　金田一耕助』(1979 角文)
依井貴裕『記念樹』(1990 東京創元社)／『歳時記』(1991 東京創元社)／『夜想曲』(1999 角文)
米澤穂信『インシテミル』(2007 文文)

《共著・他》
E・クイーン VS 松本清張対談「八〇〇〇マイルを越えた共感」(「EQ」誌 1978 年 1 月号)
芦辺拓・有栖川有栖・二階堂黎人編『鮎川哲也読本』(1998 原書房)
文藝春秋編『東西ミステリーベスト 100』(第一回は文春文庫から 1986 年、第二回は週刊文春臨時増刊として 2013 年刊行)
森英俊・山口雅也編『名探偵の世紀』(1999 原書房)
第六章で触れた巽昌章の「法月綸太郎論」は『本格ミステリの現在』(1997 国書刊行会) 収録。東浩紀の法月論は『ミステリーズ!』誌 (東京創元社) 連載の「セカイから、もっと近くに!」の 2008 年分に連載。

／『システィーナ・スカル』（2010 実業之日本社）
都筑道夫『七十五羽の烏』（1972 光文）／『最長不倒距離』（1973 光文）／『黄色い部屋はいかに改装されたか？』（1975 フリースタイル社）
仁木悦子『黒いリボン』（1962）※『仁木兄妹長篇全集②』にはこの長編の他に「あとがきの代わりに」も再録されている。
野崎六助『殺人パラドックス』（1994 講ノ）
法月綸太郎『密閉教室』（1988 講文）／『雪密室』（1989 講文）／『誰彼』（1989 講文）／『頼子のために』（1990 講文）／『一の悲劇』（1991 祥文）／『ふたたび赤い悪夢』（1992 講文）／「大量死と密室」（1993）『名探偵はなぜ時代から逃れられないのか』（講談社）収録／『二の悲劇』（1994 祥文）／「一九三二年の傑作群をめぐって」（1999）「複雑な殺人芸術」（2000）『複雑な殺人芸術』（講談社）収録／『生首に聞いてみろ』（2004 角文）／「しらみつぶしの時計」『しらみつぶしの時計』（2008 祥ノ）収録／『キングを探せ』（2011 講談社）
氷川透『真っ暗な夜明け』（2000 講ノ）／『最後から二番めの真実』（2001 講ノ）／『人魚とミノタウロス』（2002 講ノ）
平石貴樹『誰もがポオを愛していた』（1985 創文）
平野謙「解説」（『松本清張全集 1』文藝春秋社版 1971）
松本清張「地方紙を買う女」（1957）『松本清張傑作短篇コレクション〈上〉』（文文）収録／『点と線』（1958 文文）／「推理小説独言」（1961）は「日本の推理小説」、「推理小説時代」（1958）は「推理小説の読者」と改題され、「創作ノート」（1959）と共に『黒い手帖』（中公文庫）収録／『砂の器』（1961 新文）／『時間の習俗』（1962 新文）／「私の黒い霧」（1962）『松本清張全集 34』収録
麻耶雄嵩『翼ある闇』（1991 講ノ）／『夏と冬の奏鳴曲』（1993 講文）／『痾』（1995 講文）／『木製の王子』（2000 講文）／「ウィーンの森の物語」『貴族探偵』（2010 集英社）収録／『隻眼の少女』（2010 文藝春秋）／「死人を起こす」「答えのない絵本」『メルカトルかく語りき』（2011 講ノ）
森村誠一「本格的クイーンと本格風を狙う私」（「推理文学」誌 1971 年 7 月号）

太田忠司『上海香炉の謎』（1991 祥文）／『月光亭事件』（1991 創文）／『ベネチアングラスの謎』（2000 祥ノ）／『男爵最後の事件』（2009 祥ノ）
大山誠一郎『密室蒐集家』（2012 原書房）
小栗虫太郎『黒死館殺人事件』（1935 河出文庫）
笠井潔『バイバイ、エンジェル』（1979 創文）／『サマー・アポカリプス』（1981 創文）／『薔薇の女』（1983 創文）／「完全犯罪としての作品——中井英夫論」（1984）『物語のウロボロス』（ちくま学芸文庫）収録／『哲学者の密室』（1992 創文）／『熾天使の夏』（1997 創文）／『オイディプス症候群』（2002 光文）
木々高太郎『人生の阿呆』（1936 創文）
北村薫『空飛ぶ馬』（1989 創文）／『六の宮の姫君』（1992 創文）／『盤上の敵』（1999 講文）／『街の灯』（2003 文文）／『ニッポン硬貨の謎』（2005 創文）／『鷺と雪』（2009 文藝春秋）
倉知淳『星降り山荘の殺人』（1996 講文）
栗本薫『エーリアン殺人事件』（1981 ハルキ文庫）／『ぼくらの世界』（1984 講文）
小鷹信光『ハードボイルド以前』（1980）改題『アメリカン・ヒーロー伝説』（ちくま文庫）
小森健太朗『探偵小説の論理学』（2007 南雲堂）／『探偵小説の様相論理学』（2012 南雲堂）
島田荘司『占星術殺人事件』（1981 講談社）／『斜め屋敷の犯罪』（1982 講談社）
殊能将之『黒い仏』（2001 講文）
城平京『虚構推理　鋼人七瀬』（2011 講ノ）
瀬名秀明『八月の博物館』（2000 新文）／『デカルトの密室』（2005 新文）／『第九の日』（2006 光文）
高木彬光「眠れる美女」（1956）『白雪姫』（角文）他収録／「殺人シーン本番」（1958）『妖婦の宿』（角文）他収録／『仮面よ、さらば』（1988 光文）
巽昌章「暗合ということ」（「現代思想」誌 1995 年 2 月号）
柄刀一『密室キングダム』（2007 光文）／『UFO の捕まえ方』（2009 祥ノ）

鮎川哲也『ペトロフ事件』(1950 光文) ／「クロフツィアンの嘆き」『鮎川哲也読本』(1998 原書房)／「赤い密室」(1954)「達也が嗤う」(1956)『下り“はつかり”』(創文) 収録／『黒いトランク』(1956 光文) ／「世界長編推理小説ベスト 10」アンケート回答 (「アルフレッド・ヒッチコック・ミステリマガジン」1960 年 6 月号) ／『死者を笞打て』(1965 講文) ／『死のある風景』(1965 創文) ／「内外推理長編小説ベスト 10」アンケート回答 (「推理文学」誌 1971 年新春特別号) ／「巻末座談会」(『世界ミステリ全集第三巻エラリイ・クイーン』1972 早川書房) ／「推理作家が選んだ 3 冊の推理小説」アンケート回答 (「サンデー毎日」誌 1977 年 10 月 9 日号) ／「あとがき」(『わらべは見たり』1978 新評社) ／「推理小説に関する 355 人の意見」(「中央公論」誌 1980 年夏季臨時増刊号) ／「鎌倉ミステリーガイド」『クイーンの色紙』(1987 創文) 収録／「あとがき」(『モーツァルトの子守歌』1992 創文) ／「クイーンとわたし」(1977)「『黒後家蜘蛛の会 4』解説」(1985)『本格ミステリーを楽しむ法』(晶文社) 収録

有栖川有栖『月光ゲーム』(1989 創文) ／『山伏地蔵坊の放浪』(1996 創文) ／「ペルシャ猫の謎」『ペルシャ猫の謎』(1999 講文) 収録／『マレー鉄道の謎』(2002 講文) ／「モロッコ水晶の謎」『モロッコ水晶の謎』(2005 講文) 収録／『乱鴉の島』(2006 新文) ／「解説」(『点と線』2009 文文) ／『闇の喇叭』(2010 講談社) ／「ロジカル・デスゲーム」『長い廊下がある家』(2010 光文社) 収録／「開かずの間の怪」「除夜を歩く」『江神二郎の洞察』(2012 東京創元社) 収録

飯城勇三『エラリー・クイーン論』(2010 論創社) ／「点と線」(2009 別冊宝島『松本清張の世界』)

歌野晶午『死体を買う男』(1991 講文) ／『葉桜の季節に君を想うということ』(2003 文文) ／『密室殺人ゲーム王手飛車取り』(2007 講文)

海野十三「省線電車の射撃手」(1931)「振動魔」(1931)『海野十三全集 1』(三一書房) 収録／「人間灰」(1934)『海野十三全集 3』収録／『地獄の使者』(1947)『海野十三全集 11』収録)

江戸川乱歩「ルーブリック」『時間の檻』(1987 光文) 収録

の他〕『日本傑作推理12選』（1977光文）／「〈生き残りクラブ〉《ラストマン》の冒険」『死せる案山子の冒険』（2005論創社）収録

《海外作家の作品》
ウィリアム・アイリッシュ『黒いカーテン』（1941創文）
ヴァン・ダイン『僧正殺人事件』（1929創文）
ジョン・ディクスン・カー『白い僧院の殺人』（1934創文）／「妖魔の森の家」『カー短編全集／妖魔の森の家』（1947創文）収録　※クイーンの解説の邦訳は日本版EQMM1956年7月号／「第三の銃弾」『カー短編全集／妖魔の森の家』（1947創文）収録
アガサ・クリスティ『アクロイド殺し』（1926早文）／『そして誰もいなくなった』（1939早文）
アンソニー・バウチャー『Ellery Queen a double profile』（クイーン長編25作目記念冊子・未訳）（1951）
ジョン・ベインブリッジ「ELLERY QUEEN」（「ライフ」誌1943年11月22日号・未訳）
クレイトン・ロースン『首のない女』（1940創文）

《日本作家の作品》
青崎有吾『体育館の殺人』（2012東京創元社）
芦辺拓『グラン・ギニョール城』（2001創文）／『裁判員法廷』（2008文文）／『綺想宮殺人事件』（2010東京創元社）
綾辻行人『十角館の殺人』（1987講文）／『水車館の殺人』（1988講文）／『迷路館の殺人』（1988講文）／『人形館の殺人』（1989講文）／『殺人方程式』（1989講文）／『殺人鬼』（1990角文）／『時計館の殺人』（1991講文）／『黒猫館の殺人』（1992講文）／『鳴風荘事件』（1995講文）／「フリークス」『フリークス』（1996角文）収録／『どんどん橋、落ちた』（1999講文）／『暗黒館の殺人』（2004講文）／『びっくり館の殺人』（2006講文）／『アヤツジ・ユキト2001—2006』（2007講談社）／『Another』（2009角文）／『奇面館の殺人』（2012講ノ）

引用・参考資料一覧

＊読者の利便のため、現時点（2012年末）で入手しやすいと思われる版を記した（ただし、刊行年は初刊年）。筆者が引用等に用いた版との違いはチェックしたが、一部は確認できなかったことをおわびする。

＊略号は、角文＝角川文庫、講ノ＝講談社ノベルス、講文＝講談社文庫、光文＝光文社文庫、集文＝集英社文庫、祥文＝祥伝社文庫、祥ノ＝祥伝社ノン・ノベル、新文＝新潮文庫、創文＝創元推理文庫、早文＝ハヤカワ・ミステリ文庫、扶文＝扶桑社文庫、文文＝文春文庫。

＊中短編は、発表年と収録作品集の刊行年の開きが大きい時のみ、発表年を添えている。

＊作者や作品に踏み込んだ言及をしていないものは省略している。

《エラリー・クイーン作品》

〔長編〕『ローマ帽子の謎』（1929創文）／『フランス白粉の謎』（1930創文）／『オランダ靴の謎』（1931創文）／『ギリシア棺の謎』（1932創文）／『エジプト十字架の謎』（1932創文）／『Xの悲劇』（1932角文）／『Yの悲劇』（1932角文）／『アメリカ銃の謎』（1933創文）／『シャム双子の謎』（1933創文）／『Zの悲劇』（1933角文）／『レーン最後の事件』（1933角文）／『チャイナ橙の謎』（1934創文）／『スペイン岬の謎』（1935創文）／『ニッポン樫鳥の謎』（1937創文）／『災厄の町』（1942早文）／『フォックス家の殺人』（1945早文）／『十日間の不思議』（1948早文）／『九尾の猫』（1949早文）／『ダブル・ダブル』（1950早文）／『悪の起源』（1951早文）／『帝王死す』（1952早文）／『緋文字』（1953早文）／『第八の日』（1964早文）／『三角形の第四辺』（1965早文）

〔中短編〕「ひげのある女の冒険」「七匹の黒猫の冒険」『エラリー・クイーンの冒険』（1934創文）収録／「暗黒の家の冒険」『エラリー・クイーンの新冒険』（1940創文）収録／「キャロル事件」『クイーンのフルハウス』（1965早文）収録／「間違いの悲劇」『間違いの悲劇』（1999創文）収録／〔そ

飯城勇三（いいき・ゆうさん）
1959年宮城県生まれ。東京理科大学卒。エラリー・クイーン研究家にしてエラリー・クイーン・ファンクラブ会長。評論『エラリー・クイーン論』（論創社）で〈本格ミステリ大賞・評論部門〉を受賞。編著書は『エラリー・クイーン Perfect Guide』（ぶんか社）およびその文庫化『エラリー・クイーンパーフェクトガイド』（ぶんか社文庫）と『鉄人28号大研究』（講談社）。訳書はクイーン『エラリー・クイーンの国際事件簿』『間違いの悲劇』（ともに創元推理文庫）など。論創社の〈EQ Collection〉では企画・編集・翻訳などを務めている。

エラリー・クイーンの騎士《きし》たち
――横溝正史から新本格作家まで

2013年8月30日　初版第1刷印刷
2013年9月10日　初版第1刷発行

著　者　飯城勇三
装　丁　宗利淳一
発行人　森下紀夫
発行所　論 創 社
〒101-0051　東京都千代田区神田神保町2-23　北井ビル
電話 03-3264-5254　振替口座 00160-1-155266

印刷・製本　中央精版印刷
組版　フレックスアート

ISBN978-4-8460-1267-0